CARAMBAIA

DEMOCRACIA
UM ROMANCE AMERICANO

HENRY ADAMS

TRADUÇÃO E POSFÁCIO
BRUNO GAMBAROTTO

Por razões que muitos julgaram ridículas, a sra. Lightfoot Lee decidiu passar o inverno em Washington. Sua saúde estava em excelente estado; no entanto, disse que o clima lhe faria bem. Em Nova York, dispunha de uma legião de amigos, mas se viu de súbito ansiosa para reencontrar o reduzidíssimo grupo que vivia às margens do Potomac. Somente ao círculo mais íntimo admitiu, com toda a sinceridade, sentir-se torturada pelo *ennui*[1]. Desde a morte do marido, cinco anos antes, perdera o gosto de frequentar as rodas nova-iorquinas; os preços das ações não lhe interessavam, tampouco os homens que as negociavam; tornara-se uma mulher séria. De que valia tudo aquilo, aquele agreste de homens e mulheres tão enfadonhos quanto as casas de arenito pardo em que viviam? Em seu desespero, recorrera a medidas extremas. Lera filosofia no original alemão e, quanto mais lia, mais ela se desanimava com o fato de que tanta cultura a levasse a nada – nada.

[1]. Em francês no original: tédio. [Todas as notas são desta edição.]

Depois de conversar uma noite inteira sobre Herbert Spencer com um comerciante de ideias literárias muito transcendentais, não foi capaz de ver seu tempo mais bem empregado do que quando, em outra época, o gastara flertando com um jovem corretor da bolsa muito agradável; a bem da verdade, tinha evidência do contrário, pois o flerte resultara em alguma coisa – sim: no casamento; enquanto a filosofia a levava a nada, a não ser, talvez, a outra noite do mesmo tipo, porque os filósofos transcendentais são em sua maioria homens de idade, em geral casados e, quando empenhados em negócios, um tanto sensíveis ao sono com o avizinhar-se da noite. No entanto, a sra. Lee fez o que esteve a seu alcance para imprimir caráter prático aos estudos. Mergulhou na filantropia, visitou prisões, inspecionou hospitais, leu a literatura disponível sobre a miséria e o crime, saturou-se de estatísticas sobre a imoralidade, a ponto de sua mente quase perder de vista a virtude. Esta, por fim, rebelou-se, e ela chegou ao limite de suas forças. Esse caminho, também, parecia não levar a parte alguma. Declarou que perdera o senso do dever e que, no que lhe dizia respeito, todos os indigentes e criminosos em Nova York poderiam, a partir de então, elevar-se em sua majestade e assenhorar-se de todas as ferrovias do continente. Que tinha ela com tudo aquilo? O que era a cidade para ela? Não conseguia encontrar nada que lhe parecesse digno de salvação. O que infundia particular santidade nos números? Por que 1 milhão de pessoas, uma semelhante a outra, eram mais interessantes que uma única? Que aspiração ela poderia ajudar a botar na mente desse monstro de 1 milhão de braços, a ponto de fazer valer seu amor ou respeito? Religião? Mil igrejas poderosas faziam o seu melhor nesse sentido, e ela não via espaço para uma nova fé da qual fosse a inspirada profetisa. Ambição? Elevados ideais populares? Paixão por tudo quanto fosse puro e sublime? As próprias palavras a irritavam. Não estava, ela mesma, consumida pela ambição, devorando o próprio coração por não ser capaz de encontrar nenhum objeto digno de sacrifício?

Foi a ambição – ambição real – ou foi a mera inquietação que tornou a sra. Lightfoot Lee tão amarga contra Nova York e Filadélfia, Baltimore e Boston, contra a vida americana em geral e toda vida em particular? O que desejava? Não se tratava de posição social, pois ela mesma era uma eminente e respeitável filadelfiana; seu pai, um famoso clérigo; e seu marido, igualmente irretocável, descendente de um ramo dos Lee da Virginia, que na juventude seguira para Nova York em busca de fortuna e a encontrara, ou apenas o bastante para ali permanecer. A viúva tinha o seu lugar na sociedade, ninguém podia contestar. Embora não mais brilhante do que suas iguais, o mundo insistiu em colocá-la na categoria das mulheres inteligentes; dispunha de riqueza, ou ao menos o suficiente para dar a ela tudo que o dinheiro pudesse dar, no sentido do prazer, a uma mulher de bom senso em uma cidade americana; possuía casa e carruagem; vestia-se bem; sua mesa era elegante, e nunca permitia que seus móveis estivessem aquém dos mais novos padrões de arte decorativa. Viajara pela Europa e, depois de várias visitas, que cobriram o intervalo de alguns anos, voltara para casa, digamos, trazendo em uma mão uma paisagem cinza-esverdeada, exemplar particularmente agradável do trabalho de Corot, e, na outra, alguns fardos com tapetes e bordados persas e sírios, bronzes e porcelanas japonesas. Com isso, cravou que a Europa se esgotara e declarou-se, pública e francamente, americana da cabeça aos pés; não sabia dizer – não era algo que a preocupasse – se era melhor viver na América ou na Europa; não morria de amores por nenhuma das duas e não objetava críticas a ambas; porém, tinha a pretensão de conquistar tudo que a vida americana pudesse oferecer, o bom e o ruim, e sorvê-la até a última gota, absolutamente determinada a obter tudo o que nela houvesse e a produzir dela tudo o que pudesse ser produzido.

— Sei – comentou ela – que a América produz petróleo e porcos; vi ambos nos navios a vapor; e me disseram que ela produz prata e ouro. Para qualquer mulher, as opções bastam.

No entanto, como já foi dito, a primeira experiência da sra. Lee não foi um sucesso. Não tardou a declarar que Nova York poderia representar o petróleo ou os porcos, mas o ouro da vida, aos seus olhos, não haveria de ser descoberto ali.

Não que não houvesse variedade suficiente: era uma miríade de pessoas, ocupações, objetivos e pensamentos; mas todos, depois de atingir certo ponto, estagnavam-se. Essas pessoas não encontravam o que as mantivesse vivas. Ela conhecia, com maior ou menor intimidade, uns dez homens cujas fortunas variavam entre 1 e 40 milhões. O que faziam do próprio dinheiro? O que podiam fazer com ele que fosse diferente do que outros homens haviam feito? Afinal, é absurdo gastar mais dinheiro do que o necessário para satisfazer todas as próprias necessidades; é grosseiro morar em duas casas na mesma rua, ou ser conduzido por três parelhas de cavalos. No entanto, depois de reservar renda suficiente para todos os desejos, o que fazer com o resto? Permitir que se acumulasse era o mesmo que possuir o fracasso; a grande queixa da sra. Lee era que se acumulava sem que a qualidade de seus proprietários se alterasse ou melhorasse. Gastar em caridade e obras públicas era sem dúvida louvável – mas seria sensato? A sra. Lee havia se dedicado à leitura de economia política e de relatórios sobre a pobreza a ponto de estar praticamente convencida de que as obras públicas eram deveres públicos, e de que as grandes benfeitorias faziam igualmente o mal e o bem.

E mesmo supondo que o dinheiro fosse gasto com tais objetivos: como poderia fazer mais do que ampliar e perpetuar aquele mesmo tipo de natureza humana que era sua grande queixa? Seus amigos de Nova York não eram capazes de enfrentar a questão sem recorrer aos clichês nativos, que ela esmagava sem dó, afirmando que, não obstante muito admirasse o gênio do famoso viajante, o sr. Gulliver, nunca fora capaz, desde que enviuvara, de aceitar a doutrina brobdingnagiana segundo a qual aquele que fez crescer duas lâminas de grama onde antes só havia uma merecia mais da humanidade do que toda a raça dos políticos. Não teria encontrado problemas no filósofo, caso este exigisse que a grama fosse de melhor qualidade:

— Mas – dizia ela – não posso, francamente, fingir que gostaria de ver dois nova-iorquinos onde hoje vejo apenas um; é uma ideia ridícula demais; um e meio que fosse já seria fatal para mim.

Apareceram, então, seus amigos de Boston, sugerindo que o ensino superior correspondia exatamente à necessidade dela – ela poderia se lançar em uma cruzada em nome das universidades e escolas de arte. A sra. Lee voltou-se a eles com um sorriso delicado:

— Vocês sabiam – comentou ela – que temos em Nova York a universidade mais rica da América, e que seu único problema sempre foi não conseguir alunos, nem mesmo pagando por eles? Vocês querem que eu vá para as ruas e faça emboscadas para garotos? Se os pagãos se recusarem a ser convertidos, vocês me concedem o poder de condená-los à fogueira ou à espada para obrigá-los a entrar? E suponhamos que possam. Suponhamos que eu perfile todos os garotos da Quinta Avenida e os faça marchar até a universidade e aprender adequadamente grego e latim, ética, literatura inglesa e filosofia alemã. E depois? Vocês fazem isso em Boston. Digam-me, honestamente, o que resulta disso. Imagino que vocês vivam em uma sociedade fantástica lá; incontáveis poetas, estudiosos, filósofos, estadistas, todos andando pela Beacon Street para cima e para baixo. As noites devem ser puro brilho; sua imprensa, magnífica. Como é que nós, os nova-iorquinos, nunca ouvimos falar disso? Não frequentamos muito a sociedade de Boston; mas, quando o fazemos, não parece muito melhor que a nossa. Vocês são como todos nós. Chegam a 6 polegadas de altura e param. Por que ninguém cresce a ponto de ser uma árvore e lançar uma sombra?

O cidadão médio da sociedade nova-iorquina, embora não de todo desacostumado ao tratamento desdenhoso de seus líderes, retaliou do alto de seu cego senso comum.

— O que quer essa mulher? – inquiriu ele. — Por acaso perdeu a cabeça nas Tulherias ou na Marlborough House? Ela se acha feita para um trono? Por que não dá palestras sobre os direitos das mulheres? Por que não sobe ao palco? Se não é capaz de se contentar, como os demais, que necessidade há de nos fustigar apenas porque não se sente mais alta do que nós? O que ela espera dessa língua ferina? Que tanto sabe ela, afinal?

É certo que a sra. Lee sabia muito pouco. Lera voraz e promiscuamente sobre uma enfiada de assuntos. Em seus pensamentos, Ruskin e Taine haviam dançado alegremente de mãos dadas com Darwin e Stuart Mill, Gustave Droz e Algernon Swinburne. Chegou até a debruçar-se sobre a literatura do próprio país. Era, talvez, a única mulher em Nova York que conhecia algo da história americana. Provavelmente não seria capaz de dizer a lista dos presidentes na sequência correta, mas sabia que a Constituição dividia o governo em Executivo, Legislativo e Judiciário; sabia que o presidente, o orador e o presidente do Supremo Tribunal eram personagens importantes, e instintivamente se perguntou se não eram eles a solução de seu problema; se não eram eles as árvores de sombra que via em seus sonhos.

Aqui, então, estava a explicação de sua inquietude, de seu descontentamento ou ambição – chamem-no como quiserem. Sentia-se como um passageiro a bordo de um navio a vapor cujos pensamentos não lhe davam descanso até que estivesse na sala das máquinas e conversasse com o maquinista. Ela queria ver com os próprios olhos as forças primárias em ação; tocar com as próprias mãos a imensa máquina da sociedade; medir com o próprio pensamento a capacidade da força motriz. Estava empenhada em chegar ao coração do grande mistério americano da democracia e do governo. Não se preocupava com o lugar aonde essa busca a poderia levar, pois não dava valor extravagante à vida, tendo, como dissera, exaurido ao menos duas delas e se tornado bastante endurecida e insensível no processo.

— Depois de perder um marido e um bebê – dizia ela – e manter a coragem e a razão, é preciso ou endurecer ou amolecer de vez. Hoje sou puro aço. Bata no meu coração com um martinete de forja, e o martinete será rebatido.

Talvez depois de esgotar o mundo político, ela pudesse tentar novamente outro lugar; ela não fingia saber aonde poderia ir, ou o que faria; mas, naquele momento, ela tinha a intenção de ver que tipo de diversão poderia haver na política.

Seus amigos perguntavam que tipo de diversão ela esperava encontrar entre o enxame iletrado de gente medíocre que em Washington representava colégios eleitorais tão desoladores que, em comparação, Nova York mais parecia uma Nova

Jerusalém, e a Broad Street, um bosque de universidade. Ela respondeu que, se a sociedade de Washington fosse tão ruim assim, ela conseguiria tudo o que desejava, pois seria um prazer retornar – exatamente a sensação almejada. Em seus pensamentos, porém, desagradava-lhe a ideia de procurar homens. O que ela gostaria de ver, pensava, era o confronto de interesses, os interesses de 40 milhões de pessoas e todo um continente, centrando-se em Washington; guiados, contidos, controlados, ou desenfreados e incontroláveis, todos nas mãos de homens feitos do barro mais ordinário; as imensas forças do governo, a máquina da sociedade em funcionamento. O que ela queria era o PODER.

Talvez a força do motor se confundisse um pouco, em seus pensamentos, com a do maquinista, e o poder com os homens que o exerciam. Talvez o interesse humano da política fosse, afinal, o que realmente a atraía e, apesar de toda a força com que o negasse, a paixão pelo exercício do poder em si poderia cegar e induzir ao erro uma mulher que esgotara todos os recursos femininos comuns. Mas por que especular sobre seus motivos? Diante dela estava o palco, a cortina estava subindo, e os atores, prontos para entrar em cena; cabia a ela apenas se postar tranquilamente entre os espectadores e ver como a peça era representada e os efeitos de palco produzidos; como os grandes trágicos declamavam, e o diretor de palco praguejava.

2

No dia 1º de dezembro, a sra. Lee tomou o trem com destino a Washington e, antes das cinco da tarde, entrou em sua casa recém-alugada na Lafayette Square. Ela encolheu os ombros com uma expressão na qual se misturavam desprezo e pesar pela curiosa vulgaridade das cortinas e dos papéis de parede, e os dois dias seguintes foram ocupados com uma luta de vida ou morte pelo domínio do que a cercava. Nesse renhido embate, os interiores da casa condenada sofreram como se houvesse nela um demônio; nem sequer uma cadeira, espelho ou tapete passou incólume, e em meio à pior confusão a nova senhora sentava-se, calma como a estátua de Andrew Jackson na praça ao alcance de seus olhos, e emitia ordens com uma firmeza digna daquele herói. Ao fim do segundo dia, a vitória coroou-a. Uma nova era, uma concepção de dever e existência mais nobre, resplandecia como o amanhecer naquela residência outrora entregue às trevas pagãs. A riqueza da Síria e da Pérsia foi despejada sobre os melancólicos tapetes de Wilton; cometas bordados e ouro tecido no Japão e em Teerã desciam do teto e cobriam cada triste pano de cortina; uma extravagante mescla de esboços, pinturas, leques, bordados e porcelanas foi pendurada, pregada, presa ou encostada nas paredes; por fim, a peça de altar, a paisagem mística de Corot, foi erguida ao seu lugar sobre a lareira da sala, e então tudo acabou. O sol poente adentrava suavemente pelas janelas, e a paz reinou na casa redimida e no coração de sua senhora.

— Acho que assim está bom, Sybil – declarou ela, examinando o local.

— Tem de estar – respondeu Sybil. — Você já não tem porcelana, leque ou panos coloridos sobrando. Precisa pedir à criada que saia para comprar alguns desses lenços que as negras usam, caso ainda queira cobrir qualquer coisa. Qual é o sentido disso? Acha que algum ser humano em Washington vai gostar? Vão achar que você é louca.

— Existe uma coisa chamada dignidade – ponderou calmamente a irmã.

Sybil – a srta. Sybil Ross – era a irmã de Madeleine Lee. O psicólogo mais sutil não era capaz de identificar uma única característica que elas tivessem em comum e, por essa razão, eram amigas dedicadas. Madeleine tinha 30 anos; Sybil, 24. Madeleine era indescritível; Sybil, translúcida. Madeleine tinha estatura mediana e silhueta graciosa, com uma cabeça bem torneada e um cabelo castanho dourado em volume o bastante para lhe emoldurar a variedade expressiva do rosto. Seus olhos nunca ostentavam por mais de duas horas o mesmo matiz, porém eram mais frequentemente azuis do que cinza. Pessoas que lhe invejavam o sorriso diziam que ela cultivava o bom humor para exibir os dentes. Talvez estivessem certas; mas não havia dúvida de que seu hábito de gesticular enquanto falava nunca teria sido cultivado se ela não soubesse que suas mãos não eram apenas belas, mas expressivas. Vestia-se com a sofisticação das nova-iorquinas; porém, à medida que ganhava idade, começava a apresentar sintomas de uma extravagância perigosa. Havia quem a tivesse ouvido emitir opinião negativa sobre suas conterrâneas que cegamente se prostravam diante do bezerro de ouro do sr. Worth, e ela chegara a travar uma batalha de enorme gravidade, enquanto durou, com uma de suas amigas mais bem-vestidas que havia sido convidada – e comparecido – às reuniões de chá da tarde do dito senhor. O segredo era que a sra. Lee tinha inclinações artísticas e, a menos que fossem contidas a tempo, não havia como lhes prever as consequências. Mas até aquele momento tais inclinações não lhe haviam causado constrangimentos; na verdade, haviam ajudado a dar-lhe aquele tipo de ar que pertence apenas a certas mulheres; sublime como o arrebol; impalpável como uma névoa de veranico; e inexistente, exceto para as pessoas que sentem mais do que racionalizam. Sybil não tinha nada disso. Ali, a imaginação desistira de todas as tentativas de alçar voo. É difícil que uma jovem mais direta, calma, alegre, compassiva, superficial, calorosa e pragmática tenha pisado neste planeta. Em seus pensamentos não havia espaço para pedras tumulares, nem guias; ela não poderia ter vivido no passado ou no futuro, mesmo que tivesse passado seus dias em igrejas e suas noites em cemitérios. "Ela não era tão perspicaz como Madeleine, graças a Deus." Madeleine não era membro ortodoxo da igreja; os sermões a entediavam, e os clérigos lhe irritavam a sensibilidade de cada nervo. Sybil era uma simples e devota adoradora no altar ritualístico; ela se inclinava humildemente diante dos padres paulinos. Quando ia a um baile, sempre tinha o melhor parceiro do salão e o encarava naturalmente; mas a questão é que ela sempre rezava por um; de alguma forma isso lhe fortalecia a fé. Sua irmã tinha o cuidado de nunca rir dela nesse pormenor, ou de ferir suas opiniões religiosas. "Há tempo", dizia ela, "para que ela esqueça a religião quando a religião lhe faltar". Quanto à frequência regular à igreja, Madeleine era capaz de harmonizar seus hábitos sem problemas. Ela mesma passara anos sem entrar em uma igreja; dizia que isso lhe despertava sentimentos não cristãos; mas Sybil tinha uma voz de excelente qualidade, bem treinada e cultivada – Madeleine insistia em que ela cantasse no coro e, por essa pequena manobra, a divergência de seus caminhos se fazia menos evidente. Madeleine não cantava e, portanto, não podia ir à igreja com Sybil. Essa falácia ultrajante parecia responder perfeitamente ao seu propósito, e Sybil o aceitou de boa-fé, como um belo princípio de trabalho que justificava a si mesmo.

Madeleine era sóbria em seus gostos. Não desperdiçava dinheiro. Não era dada a exibicionismos.

Caminhava, em vez de dirigir, e não usava diamantes ou brocados. No entanto, a impressão geral que causava era de luxo. Sua irmã, por outro lado, usava vestidos parisienses e os vestia, assim como seus ornamentos, seguindo todas as convenções; tinha uma agradável correção e curvava os ombros brancos abaulados diante de qualquer fardo que a autocracia parisiense decidisse pôr sobre eles. Madeleine nunca interferiu e sempre pagou pelos serviços.

Antes que tivessem passado dez dias em Washington, as coisas lhes pareceram em seus devidos lugares, e elas foram levadas sem nenhum esforço pelo fluxo da vida social.

A sociedade era gentil; não havia razão para que fosse diferente. A sra. Lee e sua irmã não conheciam inimigos, não dispunham de cargos e faziam seu melhor para se tornarem populares. Sybil não passara os verões em Newport e os invernos em Nova York em vão; nem seu rosto ou figura, voz ou dança careciam de defesa. A política não era seu ponto forte. Foi convencida a ir uma vez ao Capitólio e a sentar-se dez minutos na galeria do Senado. Ninguém jamais soube quais foram suas impressões; com tato feminino, conseguiu não se trair. Mas, na verdade, a ideia que tinha de corpos legislativos era vaga, flutuava entre suas experiências da igreja e da ópera, de modo que a noção de uma espécie de espetáculo nunca lhe saía da cabeça. Em seus pensamentos, o Senado era um lugar aonde as pessoas iam recitar discursos, e ela ingenuamente supunha que os discursos eram úteis e tinham um propósito, mas, como não lhe interessaram, ela nunca mais voltou. Esse é um entendimento muito comum do Congresso; muitos congressistas partilham dele.

Sua irmã era mais paciente e ousada. Ela visitou o Capitólio quase todos os dias por pelo menos duas semanas. Ao fim desse período, o interesse dela começou a arrefecer, e ela julgou melhor ler os debates todas as manhãs no *Congressional Record*. Julgando a tarefa trabalhosa e nem sempre instrutiva, ela começou a pular as partes maçantes; e, na ausência de qualquer questão instigante, por fim se resignou a pular o todo. No entanto, ainda tinha energia para visitar a galeria do Senado ocasionalmente, quando lhe foi dito que um orador esplêndido estava prestes a falar sobre uma questão de profundo interesse para o país. Ela escutou com alguma disposição para admirá-lo, caso fosse possível; e, sempre que pôde, o fez. Nada disse, mas o escutou atentamente. Queria aprender como funcionava a máquina do governo; e qual era a qualidade dos homens que a controlavam. Um a um, ela os submeteu aos cadinhos e os testou com ácidos e fogo.

Alguns poucos sobreviveram a seus testes e saíram vivos, embora mais ou menos desfigurados nos pontos em que impurezas haviam sido encontradas. De toda a amostra, somente um reteve, sob tal processo, caráter o bastante para interessá-la.

Nessas primeiras visitas ao Congresso, a sra. Lee por vezes teve a companhia de John Carrington, um advogado de Washington de aproximadamente 40 anos que, em virtude de ser natural da Virginia e ter um parentesco distante com o seu marido, dizia-se primo e adotava um tom de semi-intimidade que a sra. Lee aceitou porque Carrington era um homem de quem gostava, e porque era alguém a quem a vida havia tratado mal. Ele pertencia àquela desventurada geração do Sul que iniciou a vida com a Guerra Civil, e talvez tenha sido ainda mais desventurado porque, como a maioria dos virginianos educados na antiga escola de Washington, viu desde o início que, qualquer que fosse o rumo da guerra, a Virginia e ele quedariam arruinados. Aos 22 anos, alistou-se no exército rebelde como soldado e carregou modestamente o seu mosquete em algumas poucas campanhas, depois das quais subiu lentamente ao posto de capitão veterano em seu regimento e encerrou seus serviços com a patente de major, sempre realizando com bastante consciência o que concebia ser seu dever, sem jamais fazê-lo com entusiasmo. Quando os exércitos rebeldes se renderam, ele partiu para a fazenda de sua família – o que não foi exatamente difícil, pois ficava a poucas milhas de Appomattox – e imediatamente começou a estudar Direito; em seguida, deixando à mãe e às irmãs a plantação arruinada para que fizessem o que fosse possível, iniciou a prática do Direito em Washington, esperando desse modo sustentar a si mesmo e a elas. Ele havia conseguido parcialmente e, pela primeira vez, o futuro não parecia de todo sombrio. A casa da sra. Lee era um oásis para ele, e ele se viu, para sua surpresa, quase alegre em companhia dela. A alegria era de um tipo muito silencioso; e Sybil, embora lhe fosse amigável, declarou que ele era sem dúvida chato; mas essa chatice exercia fascínio sobre Madeleine, que, tendo provado muito mais variedades do vinho da vida do que Sybil, aprendera a valorizar certos refinamentos do envelhecimento e do sabor que se perdiam em paladares mais jovens e vulgares. Ele falava devagar e quase com esforço, mas tinha algo da dignidade – outros diriam rigidez – da velha escola da Virginia, e vinte anos de responsabilidade constante e esperança postergada haviam acrescentado um toque de preocupação que beirava a tristeza. Seu maior atrativo era que nunca falava ou parecia pensar em si mesmo. A sra. Lee confiava nele por instinto.

— Ele é um tipo! – comentou ela. — É a ideia que tenho de George Washington aos 30.

Certa manhã, em dezembro, Carrington entrou na sala da sra. Lee ao meio-dia e perguntou se ela gostaria de ir ao Capitólio.

— Terá uma chance de ouvir hoje o que pode ser o último grande discurso de nosso maior estadista – disse ele. — Você deveria vir.

— Uma amostra esplêndida de nossa matéria-prima nativa, senhor? – perguntou ela, recém-saída de uma leitura de Dickens e seu famoso retrato do estadista americano.

— Precisamente – disse Carrington. — O Gigante da Pradaria de Peonia, o Filho Favorito de Illinois; o homem que chegou a três votos de conseguir a indicação do partido para a presidência na última primavera, e que só foi derrotado porque dez pequenos conspiradores são mais afiados do que um grande. O honorável Silas P. Ratcliffe, senador de Illinois; ele ainda concorrerá à presidência.

— O que o P. significa? – perguntou Sybil.

— Não me lembro de ter ouvido o seu nome do meio – disse Carrington. — Talvez seja Peonia ou Prairie, não sei dizer.

— Ele é o homem cuja aparência me impressionou quando estávamos no Senado na semana passada, não é? Um homem grande e corpulento, com mais de 6 pés de altura, muito senatorial e altivo, com uma cabeça grande e belos traços? – indagou a sra. Lee.

— Ele mesmo – respondeu Carrington. — Não perca a oportunidade de ouvi-lo falar. Ele é a pedra no caminho do novo presidente, a quem não será oferecida a paz a menos que entre em acordo com Ratcliffe; e por isso todos acreditam que o Gigante da Pradaria de Peonia poderá escolher entre o Departamento do Estado ou o do Tesouro. Se escolher, será o Tesouro, porque ele não mede esforços quando o assunto é gerência política e desejará apoio para a próxima convenção nacional.

A sra. Lee ficou encantada ao ouvir o debate, e Carrington ficou encantado de acompanhá-la e trocar comentários ininterruptos com ela sobre os discursos e os oradores.

— Você conhece o senador? – perguntou ela.

— Atuei várias vezes como advogado diante de seus comitês. É um excelente líder, sempre atento e geralmente cordial.

— Onde ele nasceu?

— A família é da Nova Inglaterra, e acredito que respeitável. Ele veio, eu acho, de algum lugar do Vale do Connecticut, mas não sei dizer se de Vermont, New Hampshire ou Massachusetts.

— É um homem educado?

— Teve uma educação convencional em uma das faculdades da região. Mas foi para o Oeste logo depois de se formar e, saindo jovem e cheio de vida daquele antro abolicionista, entrou de cabeça no movimento abolicionista de Illinois e depois de uma longa luta surgiu com a onda. Ele não faria a mesma coisa agora.

— Por que não?

— Está mais velho, mais experiente e não tão bem informado. Além disso, não tem mais tempo para esperar. Você pode ver os olhos dele daqui? Eu os chamo de olhos ianques.

— Não fale mal dos ianques – pediu a sra. Lee. — Eu mesma sou metade ianque.

— Isso é falar mal? Você quer negar que eles tenham olhos?

— Admito que possa haver olhos entre eles; mas os virginianos não são juízes justos de sua expressão.

— Olhos frios – continuou ele. — Cinza-aço, bastante pequenos, não desagradáveis quando de bom humor, diabólicos quando inflamados, mas piores quando um pouco desconfiados; então eles vigiam você como se você fosse uma cascavel jovem, para matá-la quando for conveniente.

— Ele não olha nos olhos?

— Olha; mas não como se gostasse de você. Os olhos dele parecem apenas perguntar que possíveis usos teriam. Ah, o vice-presidente deu-lhe a palavra; agora vamos ver isso. Voz dura, não é? Como os olhos dele. Modos duros, como a voz dele. Duro por inteiro.

— Que pena ele ser tão horrivelmente senatorial! – lamentou a sra. Lee. — Caso contrário, eu o admiraria.

— Agora ele está se concentrando em seu trabalho – prosseguiu Carrington. — Veja como se esquiva de todos os problemas espinhosos. Que coisa é ser um ianque! Que gênio o sujeito tem para liderar um partido! Você vê o quão tudo é bem feito? O novo presidente lisonjeado e pacificado, o partido unido e com uma forte liderança. E agora veremos como o presidente lidará com ele. Dez para um em Ratcliffe. Venha, aquele imbecil do Missouri está se levantando. Vamos embora.

Enquanto desciam a escadaria e saíam para a avenida, a sra. Lee virou-se para Carrington como se tivesse refletido profundamente e, por fim, chegado a uma decisão.

— Sr. Carrington, quero conhecer o senador Ratcliffe.

— Você o encontrará amanhã à noite – respondeu Carrington – em seu jantar senatorial.

O senador de Nova York, o honorável Schuyler Clinton, era um velho admirador da sra. Lee, e sua esposa era prima dela, mais ou menos distante. Assim, eles não perderam tempo em honrar a carta de crédito que ela tinha com eles e convidaram-na, juntamente com a irmã, para um jantar solene, tão imponente quanto a dignidade política era capaz de fazê-lo. O sr. Carrington, como um contato dela, fez parte do grupo de convidados, e era praticamente o único entre as vinte pessoas à mesa que não tinha cargo, título ou eleitorado. O senador Clinton recebeu a sra. Lee e sua irmã com singelo entusiasmo, pois eram exemplares atraentes de seus eleitores. Apertou-lhes as mãos e era claro que apenas com esforço refreou o desejo de abraçá-las, pois o senador tinha as mulheres bonitas em alta consideração e cortejara todas as moças com quaisquer pretensões à beleza que apareceram no estado de Nova York por meio século. Ao mesmo tempo, sussurrou um pedido de desculpas em seu ouvido; ele lamentava muitíssimo ser obrigado a renunciar ao prazer de jantar ao seu lado; Washington era a única cidade na América onde isso podia acontecer, mas era fato que as senhoras aqui eram muito exigentes no tocante à etiqueta; por outro lado, ele tinha o triste consolo de que ela sairia ganhando, pois havia posto em seu lugar lorde Skye, o ministro britânico...

— Um homem muito agradável e não casado, como tenho a infelicidade de ser; do outro lado, ousei colocar o senador Ratcliffe, de Illinois, cujo discurso admirável eu a vi ouvindo com profunda atenção ontem. Pensei que você talvez quisesse conhecê-lo. Fiz certo?

Madeleine assegurou-lhe que havia adivinhado seus desejos mais íntimos, e ele se voltou ainda mais caloroso à irmã:

— Quanto a você, minha querida... querida Sybil, o que posso fazer para tornar seu jantar agradável? Dou uma coroa à sua irmã, mas lamento não ter um diadema para você. Fiz tudo que estava ao meu alcance. O primeiro-secretário da Legação Russa, conde Popoff, irá acompanhá-la; um jovem encantador, minha querida Sybil; e do outro lado estará o secretário de Estado adjunto, que você conhece.

E assim, após o devido atraso, o grupo se instalou na mesa de jantar, e a sra. Lee deparou-se com os olhos cinzentos do senador Ratcliffe demorando-se em seu rosto por um momento, quando se sentaram.

Lorde Skye era muito agradável e, em praticamente qualquer outro momento de sua vida, a sra. Lee não teria desejado mais do que conversar com ele do começo ao fim do jantar. Alto, esguio, calvo, desajeitado e gaguejando com sua elaborada gagueira britânica sempre que lhe convinha; um fino observador dotado de uma sagacidade que, via de regra, ele escondia; um humorista satisfeito de rir em silêncio do próprio humor; um diplomata que usava a máscara da franqueza com grande efeito; lorde Skye era um dos homens mais populares de Washington. Todos sabiam que ele era um crítico implacável dos modos americanos, mas conhecia a arte de combinar o ridículo com o bom humor, e assim se tornava ainda mais popular. Ele era um declarado admirador das mulheres americanas em tudo, exceto suas vozes, e não se furtava a ocasionalmente fazer um pouco de troça das peculiaridades nacionais das próprias compatriotas; uma pequena e certa lisonja a seus primos americanos. Teria ficado feliz em se dedicar à sra. Lee, mas a boa civilidade exigia que prestasse alguma atenção à sua anfitriã, e ele era um diplomata muito bom para não estar atento a uma anfitriã que era a esposa de um senador que, por sua vez, era o presidente da comissão de relações exteriores.

No instante em que lorde Skye virou a cabeça, a sra. Lee disparou em direção a seu Gigante de Peonia, naquele momento todo atenção ao peixe servido e desejando compreender por que o ministro britânico não usava luvas, enquanto ele próprio sacrificava suas convicções usando o maior e mais branco par de luvas francesas de pelica à venda na Pennsylvania Avenue. Havia um pequeno toque de embaraço na ideia de que não ficava à vontade entre as pessoas da moda, e nesse instante sentiu que a verdadeira felicidade só podia ser encontrada em meio à prole simples e honesta do trabalho. Certo ciúme secreto do ministro britânico está sempre à espreita no peito de cada senador americano, se este é verdadeiramente democrático; pois a democracia, corretamente entendida, é o governo do povo, pelo povo, em benefício dos senadores, e há sempre o perigo de que o ministro britânico não entenda esse princípio político como se deve. Lorde Skye havia corrido o risco de cometer dois erros: ofender o senador de Nova York, não dando a devida atenção à sua esposa; e ofender o senador de Illinois, ao absorver a atenção da sra. Lee. Um jovem inglês teria feito as duas coisas, mas lorde Skye estudara a Constituição americana. A esposa do senador de Nova York julgava-o, então, muito agradável, e ao mesmo tempo o senador de Illinois despertou à convicção de que, afinal, mesmo nos frívolos círculos da moda, a verdadeira dignidade não corre risco de ser negligenciada; um senador americano representa um estado soberano; o grande estado de Illinois é tão grande quanto a Inglaterra – com a conveniente omissão de Gales, Escócia, Irlanda, Canadá, Índia, Austrália e alguns outros continentes e ilhas; e, em suma, era perfeitamente claro que lorde Skye não lhe parecia admirável, mesmo em um convívio superficial; não tinha a própria sra. Lee dito com todas as letras que nenhuma posição se comparava à de um senador americano?

Em dez minutos, a sra. Lee tinha esse dedicado estadista a seus pés. Ela não havia estudado o Senado sem um propósito. Com instinto infalível, ela lera que uma característica geral de todos os senadores era a sede ilimitada e ingênua de lisonja, engendrada a tragos diários procedentes de amigos políticos ou dependentes e tornando-se necessária como a bebida e engolida com um sorriso pesado de contentamento inefável. Um simples exame do rosto de Ratcliffe mostrou a Madeleine que ela não precisava ter medo de se exceder na lisonja; seu respeito próprio, não o dele, era a única restrição ao uso de tal isca feminina.

Ela abriu-se com ele com uma aparente simplicidade e seriedade, um tranquilo silêncio de modos e uma evidente consciência da própria força, o que significava que era muito perigosa.

— Ouvi seu discurso ontem, senhor Ratcliffe. Fico feliz de ter a oportunidade de lhe dizer o quanto ele me impressionou. Pareceu-me magistral. O senhor não acha que teve grande impacto?

— Eu agradeço, senhora. Espero que ajude a unir o partido, mas ainda não tivemos tempo para medir seus resultados. Isso exigirá muitos dias mais – o senador falou em seu modo senatorial, elaborado, altivo e um pouco em guarda.

— O senhor sabe – disse a sra. Lee, virando-se para ele como se ele fosse um amigo valioso e fitando profundamente seus olhos –, o senhor sabe que todo mundo me disse que eu deveria estar estarrecida com a queda na capacidade política em Washington? Não acreditei neles e, desde que ouvi seu discurso, tenho certeza de que estão enganados. O senhor acha que há menos habilidade no Congresso do que costumava haver?

— Bem, madame, é difícil responder a essa pergunta. Não é tão fácil governar hoje quanto antigamente. Os costumes são outros. Há muitos homens habilidosos na vida pública; muito mais do que costumava haver; e há mais crítica e mais crítica ferina também.

— Será que eu estava certa em pensar que o senhor tem uma forte semelhança com Daniel Webster em sua maneira de falar? Vocês vêm da mesma região, não é?

Aqui a sra. Lee tocou no ponto fraco de Ratcliffe. O contorno de sua cabeça guardava, de fato, certa semelhança com a de Webster, do que ele se orgulhava, bem como de ter relação de parentesco distante com o Elucidador da Constituição; ele começou a pensar que a sra. Lee era uma pessoa muito inteligente. Sua modesta admissão da semelhança deu a ela a oportunidade de falar da oratória de Webster, e a conversa logo se estendeu a uma discussão sobre os méritos de Clay e Calhoun. O senador foi informado de que sua vizinha – uma mulher sofisticada de Nova York, elegantemente vestida e com voz e modos sedutores e suaves – havia lido os discursos de Webster e Calhoun. Ela não julgou necessário dizer-lhe que convencera o honesto Carrington a lhe trazer os volumes e marcar as passagens dignas de sua leitura; mas teve o cuidado de conduzir a conversa, e criticou com alguma habilidade e mais humor os pontos fracos da oratória websteriana, dizendo com um riso ligeiro e um olhar dirigido aos olhos dele em deleite:

— Talvez meu julgamento não valha muito, sr. senador, mas parece-me que nossos antepassados tinham a si mesmos em muito alta conta, e até que o senhor me prove o contrário, continuarei a achar que a passagem em seu discurso de ontem que dizia: "Nossa força reside nessa massa emaranhada de princípios isolados, o cabelo do gigante meio adormecido do Partido" não deve nada a Webster, tanto em linguagem como em imagem, em qualquer momento.

O senador de Illinois emergiu na direção dessa mosca chamativa como um enorme salmão de 200 libras; seu colete branco emitiu um leve reflexo prateado enquanto lentamente subia à superfície e engolia o anzol. Ele não deu sequer um mergulho, não fez sequer um esforço perceptível para se desvencilhar da arma farpada, mas, flutuando gentilmente a seus pés, permitiu-se pousar como quem se deliciasse. Apenas os miseráveis casuístas perguntarão se se tratava de jogo limpo da parte de Madeleine; se uma bajulação tão grosseira não lhe custou à consciência nenhuma pontada, ou se qualquer mulher pode, sem rebaixar a si mesma, se fazer culpada de tal falsidade desavergonhada. Ela, no entanto, desprezou a ideia da falsidade. Teria se defendido alegando que não havia elogiado tanto Ratcliffe quanto depreciado Webster, e que era honesta em sua opinião sobre a oratória americana à moda antiga. Mas não podia negar que havia voluntariamente permitido que o senador tirasse conclusões muito diferentes de qualquer opinião que guardasse. Não podia negar que pretendia lisonjeá-lo na medida necessária ao seu propósito e que estava satisfeita com seu sucesso. Antes de se levantarem da mesa, o senador já havia relaxado; falava com naturalidade, sagacidade e algum humor; havia lhe contado histórias de Illinois; discorria com extraordinária liberdade sobre sua situação política; e expressou o desejo de visitar a sra. Lee, caso ele pudesse ter a esperança de encontrá-la em casa.

— Estou sempre em casa nas noites de domingo – informou ela.

Aos olhos dela, ele era o sumo sacerdote da política americana; conservava consigo o significado dos mistérios, a chave dos hieróglifos políticos. Através dele, ela esperava sondar as profundezas do Estado e trazer de seu leito lamacento a pérola que procurava; a misteriosa gema que há de jazer escondida em algum lugar na política. Ela queria entender aquele homem; virá-lo do avesso; experimentá-lo e usá-lo como fazem os jovens estudantes de medicina com rãs e gatinhos. Se havia nele bem ou mal, ela pretendia encontrar seu significado.

E ele era um viúvo do Oeste já na casa dos 50 anos; sua residência em Washington ficava em lúgubres e apertados aposentos de pensão, mobiliados apenas com documentos públicos e animados por políticos do Oeste e aspirantes a cargos. No verão, retirava-se para uma solitária casa branca com persianas verdes, cercada por alguns pés de grama descuidada e uma cerca branca; seu interior era ainda mais tedioso, com fogões de ferro, tapetes oleados, paredes brancas e uma grande gravura de

Abraham Lincoln na sala de estar; tudo em Peonia, Illinois! Que igualdade havia entre esses dois combatentes? Que esperança para ele? Que risco para ela? E, no entanto, Madeleine Lee tinha seu embate perfeito no sr. Silas P. Ratcliffe.

04401 THE CAPITOL, WASHINGTON, D.C.

A sra. Lee logo se tornou popular. Seu salão tornou-se o lugar favorito de certos homens e mulheres conhecedores da arte de encontrar sua senhora em casa; uma arte que não parecia ao alcance de todos. Carrington costumava estar lá com mais frequência do que qualquer outra pessoa, de modo que era visto praticamente como parte da família, e se Madeleine queria um livro da biblioteca, ou um homem a mais em sua mesa de jantar, Carrington certamente a auxiliava em uma solicitação ou outra. O velho barão Jacobi, o ministro búlgaro, apaixonou-se perdidamente pelas duas irmãs, como era seu costume diante de todos os rostos belos e figuras elegantes. Era um *roué*[2] parisiense, espirituoso, cínico e arruinado, preso a Washington havia alguns anos por suas dívidas e seu salário; sempre se queixando por não haver ópera e desaparecendo misteriosamente em visitas a Nova York; um leitor voraz das literaturas francesa e alemã, especialmente de romances; um homem que parecia ter conhecido todas as personagens notáveis ou notadas do século, e cuja mente era um almanaque de informações divertidas; um excelente crítico musical, que não tinha medo de criticar o canto de Sybil; perito em *bric-à-brac*, que ria das variedades de Madeleine em exposição e vez por outra lhe trazia uma porcelana persa ou um bordado, que dizia ser bom e lhe traria reputação. Esse velho pecador acreditava em tudo o que era perverso e imoral, mas aceitava os preconceitos da sociedade anglo-saxã e era inteligente demais para impor suas opiniões aos outros.

2. Em francês no original: astuto.

Ele teria se casado com as duas irmãs ao mesmo tempo com mais gosto do que se tivesse de escolher entre uma ou outra, mas como disse, cheio de confiança: "Se eu fosse quarenta anos mais novo, *mademoiselle*, você não cantaria para mim com tanta tranquilidade". Seu amigo Popoff, um russo vivaz e inteligente, de feições mongóis, suscetível como uma menina e apaixonado amante da música, pairava sobre o piano de Sybil o tempo todo; trouxe árias russas que a ensinou a cantar e, se fosse possível conhecer a verdade, entediava Madeleine desesperadamente, pois ela se comprometera a desempenhar o papel de protetora da irmã mais nova.

Já o sr. C.C. French era um visitante muito diverso – um jovem membro do Congresso, representante de Connecticut, que aspirava a desempenhar o papel de cavalheiro educado na política e a purificar o tom público. Ele tinha princípios reformistas e modos infelizmente arrogantes; era um tanto rico, um tanto esperto, um tanto instruído, um tanto honesto e um tanto vulgar. Sua lealdade se dividia entre a sra. Lee e sua irmã, a quem enfurecia ao tratá-la como "srta. Sybil" com familiaridade arrogante. Era particularmente forte no que chamava de "graceijo", e suas divertidas, porém desajeitadas, tentativas de humor levavam a sra. Lee para além dos limites da paciência. Quando sério, falava como se estivesse treinando para os ouvidos de uma sociedade de debates universitária, com um efeito ainda pior sobre a paciência; mas, apesar de tudo, era útil, sempre borbulhando com as últimas fofocas políticas e profundamente interessado no destino do jogo partidário.

Tipo bem diferente de pessoa era o sr. Hartbeest Schneidekoupon, cidadão da Filadélfia, embora residente havia tempos em Nova York, onde fora vítima dos encantos de Sybil e fizera esforços para conquistar seus jovens afetos instruindo-a nos mistérios do dinheiro e da segurança, assuntos a que era dedicado. Para promover esses dois interesses e cuidar do bem-estar da srta. Ross, fazia visitas periódicas a Washington, onde se trancava com membros de comitê e oferecia jantares caros a membros do Congresso. O sr. Schneidekoupon era rico e tinha cerca de 30 anos, alto e magro, olhos brilhantes e rosto suave, modos cultivados e muita loquacidade. Tinha a reputação de dar rápidas cambalhotas mentais, em parte para se divertir, em parte para assustar a sociedade. Em um momento, ele era artístico e discursava cientificamente sobre as próprias pinturas; em outro, era literário e escrevia um livro sobre a "Vida Nobre", com propósitos humanitários; em seguida, dedicava-se ao esporte, fazia uma exibição de cavalgada com obstáculos, jogava polo e conduzia uma carruagem de quatro cavalos; sua última ocupação fora fundar na Filadélfia a *Protective Review*, uma revista a serviço dos interesses da indústria americana, que ele próprio editava, como um trampolim para o Congresso, o Gabinete e a Presidência. Mais ou menos na mesma época, comprou um iate, e os amigos mais esportivos faziam apostas pesadas para acertar o que ele afundaria primeiro, a revista ou a embarcação. Não obstante, ele era um sujeito amável e excelente, apesar de todas as suas excentricidades, e trouxe à sra. Lee os derramamentos singelos do político amador.

Um personagem muito maior era o sr. Nathan Gore, de Massachusetts, homem bonito, de barba grisalha, nariz reto e bem torneado e olhar belo e penetrante; fora em sua juventude poeta de sucesso, cujas sátiras fizeram barulho em seu tempo e ainda são lembradas pela pungência e inteligência de alguns versos; depois, foi estudante dedicado na Europa por muitos anos, até que sua famosa *História da Espanha na América* alçou-o imediatamente à frente dos historiadores americanos e o fez ministro em Madri, onde permaneceu quatro anos para sua total satisfação, sendo essa a posição mais próxima que obteve de uma patente de nobreza e pensão do governo que o cidadão americano pode obter. Uma mudança de administração o reduzira novamente aos negócios privados, e depois de alguns anos de aposentadoria estava agora em Washington, disposto a ser devolvido à sua antiga missão. Cada presidente considera respeitável ter ao menos um literato em sua folha de pagamento, e as perspectivas do sr. Gore eram boas para a obtenção de seu objetivo, já que contava com o apoio ativo da maior parte da delegação de Massachusetts. Era um homem de egoísmo abominável, colossal egocentrismo, e não pouco vaidoso; mas era astuto; sabia como conter a língua; era habilmente capaz da lisonja e aprendeu a evitar a sátira. Falava livremente apenas em meio a gente de confiança e entre amigos, mas a sra. Lee ainda não convivia com ele nesses termos.

Estes eram todos os homens, e não havia falta de mulheres no salão da sra. Lee; mas elas são capazes de descrever a si mesmas melhor do que qualquer pobre romancista seria capaz de fazê-lo. Geralmente, duas linhas de conversação corriam juntas – uma em torno de Sybil, outra em torno de Madeleine.

— Srta. Ross – chamou o conde Popoff, trazendo consigo um jovem estrangeiro bonito –, tenho sua permissão para lhe apresentar meu amigo conde Orsini, secretário da Legação Italiana? A senhora estará em casa esta tarde? O conde Orsini também canta.

— Ficaremos encantadas de ver o conde Orsini. É bom que o senhor tenha chegado tão tarde, pois acabo de retornar de minhas visitas de Gabinete. Eles estavam tão engraçados! Estou chorando de rir há uma hora.

— A senhora acha essas visitas divertidas? – perguntou Popoff séria e diplomaticamente.

— Sim, sinceramente! Fui com Julia Schneidekoupon, sabe, Madeleine? Os Schneidekoupon descendem de todos os reis de Israel e são mais orgulhosos do que Salomão em sua glória. E quando entramos na casa de uma mulher medonha, sabe-se lá Deus de onde, imagine o que senti ao ouvir esta conversa: "Qual seria seu sobrenome, madame?". "Schneidekoupon", responde Julia, muito alta e ereta. "A senhora tem algum amigo que eu talvez conheça?" "Creio que não", diz Julia com severidade. "Ora! Não me parece que eu já tenha escutado seu nome. Mas suponho que esteja tudo bem. Gosto de saber quem faz a visita." Quase fiquei histérica quando chegamos à rua, mas Julia não foi capaz de entender a graça daquilo.

O conde Orsini não tinha muita certeza de ter ele mesmo visto graça naquilo, por isso apenas sorriu adequadamente e mostrou os dentes. Em matéria de afetação e singela vaidade infantil, nada se compara a um secretário de Legação Italiana aos 25 anos. Ainda consciente de que o efeito de sua beleza pessoal talvez fosse diminuído pelo silêncio permanente, ele se atreveu a murmurar:

— A senhora não acha muito estranho existir esse tipo de sociedade na América?

— Sociedade! – riu Sybil com alegre desprezo. — Não existem cobras na América, não mais do que na Noruega.

— Cobras, *mademoiselle*! – repetiu Orsini com a expressão duvidosa de alguém que não tem certeza se há gelo fino sob os pés e decide caminhar com leveza. — Cobras! Na verdade, eu as preferiria chamar de pombas.

Uma risada gentil de Sybil transformou em convicção a esperança do conde de que havia feito uma piada nessa língua desconhecida. Seu rosto se iluminou, sua confiança retornou; uma ou duas vezes ele repetiu baixinho para si mesmo:

— Não cobras; seriam pombas!

Mas o ouvido sensível da sra. Lee captou a observação de Sybil e detectou nela certo tom de desdém que não era de seu gosto.

Os semblantes impassíveis desses plácidos jovens secretários de legação pareciam demasiadamente confortáveis com a tese de que não existia sociedade que não a do Velho Mundo. Ela entrou na conversa com uma ênfase que agitou o pombal:

— Sociedade na América? Existe, sim, uma sociedade na América, e uma sociedade muito boa; mas ela tem um código próprio, e os recém-chegados raramente o entendem. Eu lhe direi o que é, sr. Orsini, e o senhor nunca correrá o risco de cometer nenhum erro. "Sociedade" na América significa todas as mulheres honestas, bondosas e de voz agradável e todos os homens bons, corajosos e despretensiosos, entre o Atlântico e o Pacífico. Cada um deles tem passe livre em todas as cidades e vilarejos, "válido apenas para esta geração", e depende de cada um fazer uso ou não desse passe segundo sua vontade. A essa regra *não* há exceções, e aqueles que dizem "Abraão é nosso pai" certamente alimentarão aquele humor que é o insumo básico de nosso país.

Os jovens, assustados, sem compreender minimamente o sentido dessa declaração, voltaram-se com uma ligeira tentativa de assentimento, enquanto a sra. Lee brandia as pinças de açúcar a transferir um torrão para a xícara, sem atinar no ligeiro absurdo do gesto, enquanto Sybil arregalava os olhos maravilhada, pois não era frequente a irmã agitar a bandeira nacional com tanta energia. Quaisquer que fossem suas críticas silenciosas, porém, a sra. Lee estava muito determinada para estar consciente delas, ou, de fato, para se preocupar com qualquer coisa que não fosse o que estava dizendo. Fez-se um instante de silêncio quando ela chegou ao fim de seu discurso, e então o fio da conversa foi tranquilamente retomado, quando um incipiente sorriso sarcástico de Sybil o rompeu.

Carrington entrou.

— O que o senhor tem feito no Capitólio? – perguntou Madeleine.

— Lobby! – foi a resposta, dada no tom semissério do humor de Carrington.

— Tão cedo e com o Congresso com apenas dois dias de vida! – exclamou a sra. Lee.

— Madame, os congressistas são como as aves do céu. Só os vermes da manhã lhes chamam a atenção – retorquiu Carrington com sua mais tranquila malícia.

— Boa tarde, sra. Lee. Srta. Sybil, mais uma vez, como vai? Do coração de qual destes cavalheiros a senhorita está se alimentando agora?

Esse era o estilo refinado do sr. French, divertindo-se com aquilo que chamava de "graceijo". Ele também vinha do Capitólio e entrou para uma xícara de chá e um pouco de convívio humano. Sybil fez uma careta que claramente expressava o desejo de infligir ao sr. French algum doloroso castigo pessoal, mas ela fingiu não ouvir. Ele se sentou perto de Madeleine e perguntou:

— A senhora viu Ratcliffe ontem?

— Sim. Ele esteve aqui ontem à noite com o sr. Carrington e outras pessoas – respondeu ela.

— Ele falou alguma coisa sobre política?

— Nenhuma palavra. Conversamos principalmente sobre livros.

— Livros! O que ele sabe sobre livros?

— O senhor deve perguntar a ele.

— Ora, que situação ridícula esta em que estamos. Ninguém sabe nada sobre o novo presidente. Dá para jurar que todos estão no escuro. Ratcliffe diz que sabe tão pouco quanto todos nós, mas não é possível; ele é um político muito experiente para não ter cartas na manga; e só hoje um dos mensageiros do Senado disse ao meu colega Cutter que ele enviou ontem uma carta a Sam Grimes, de North Bend, que, como todos sabem, pertence à multidão particular do presidente. Ora, sr. Schneidekoupon! Como vai? Quando o senhor chegou?

— Obrigado; esta manhã – respondeu o sr. Schneidekoupon, acabando de entrar na sala. — Muito feliz em vê-la novamente, sra. Lee. A senhora e sua irmã estão gostando de Washington? Vocês sabem que trouxe Julia para uma visita? Pensei que fosse encontrá-la aqui.

— Ela acabou de sair. Esteve a tarde toda com Sybil, fazendo visitas. Disse que o senhor a quer aqui para fazer lobby em sua causa, sr. Schneidekoupon. É verdade?

— Sim – respondeu ele com uma risada –, mas ela não é muito útil. Então vim para recrutar a senhora para o serviço.

— Eu?

— Sim; a senhora sabe que todos estamos na expectativa de que o senador Ratcliffe seja nomeado secretário do Tesouro, e é muito importante que o mantenhamos a par da moeda e da tarifa. Então eu vim para estabelecer relações mais íntimas com ele, como se diz na diplomacia. Quero levá-lo para jantar comigo no Welckley's, mas, como sei que ele fica na defensiva quando se trata de política, achei que minha única chance era fazer disso um jantar de senhoras, e por isso trouxe Julia. Vou tentar convencer a sra. Schuyler Clinton, e conto com a senhora e sua irmã para auxiliar Julia.

— Eu! Em um jantar de lobby! Isso é apropriado?

— Por que não? É preciso escolher os convidados.

— Nunca vi uma coisa assim; mas certamente será divertido. Sybil provavelmente não irá, mas eu certamente irei.

— Desculpe-me; Julia conta com a srta. Ross e não se senta à mesa sem ela.

— Bem – concordou a sra. Lee, hesitante –, talvez se o senhor conseguisse a sra. Clinton, e se a sua irmã estivesse lá... E quem mais?

— Escolha a própria companhia.

— Não conheço ninguém.

— Ah, sim; aqui está French, não entende muito de tarifas, mas é bom para o que queremos agora. Assim podemos convencer o sr. Gore; ele tem as próprias motivações e ficará feliz em ajudar-nos com as nossas. Queremos apenas mais dois ou três, e vou levar um ou dois homens a mais para fazer número.

— Pergunte ao orador. Quero conhecê-lo.

— Pergunto, e Carrington, e meu senador da Pensilvânia. Vai funcionar muito bem. Lembre-se: Welckley's, sábado às sete.

Enquanto isso, Sybil estava ao piano e, depois de cantar durante algum tempo, Orsini foi levado a tomar seu lugar e mostrar que era possível cantar sem ferir a beleza de alguém. Barão Jacobi entrou e encontrou defeito em ambos. A pequena srta. Dare – comumente conhecida entre seus amigos homens como a pequena Daredevil –, sempre envolvida em algum flerte com secretários de legação, entrou, sem saber que Popoff estava presente, e se retirou com ele a um canto, enquanto Orsini e Jacobi intimidavam a pobre Sybil e brigavam entre si ao piano; todos falavam sem se preocupar muito com alguma resposta, quando finalmente a sra. Lee os levou para fora da sala:

— Somos pessoas silenciosas – disse – e jantamos às seis e meia.

O senador Ratcliffe havia realizado seu intento de fazer à sra. Lee uma visita noturna no domingo. Talvez não fosse estritamente correto dizer que haviam conversado sobre livros a noite inteira, mas, qualquer que fosse a conversa, ela apenas ratificou a admiração do sr. Ratcliffe pela sra. Lee, que, sem a intenção de fazê-lo, interpretou um papel ainda mais perigoso do que se tivesse sido a mais perfeita das *coquettes*. Nada poderia ser mais fascinante para o político enfastiado em sua solidão do que o repouso do salão da sra. Lee, e, quando Sybil cantou para ele uma ou duas árias simples – disse ela que eram hinos estrangeiros, uma vez que o senador era, ou era considerado, ortodoxo –, o coração do sr. Ratcliffe derreteu-se pela encantadora garota com os sentimentos de um pai ou mesmo de um irmão mais velho.

Seus irmãos senadores logo começaram a comentar que o Gigante da Pradaria tinha adquirido um tique de olhar para a galeria feminina. Um dia, Jonathan Andrews, o correspondente especial do *Sideral System*, de Nova York, órgão muito amigável, aproximou-se do senador Schuyler Clinton com um olhar intrigado.

— Você pode me dizer – perguntou ele – o que se passa com Silas P. Ratcliffe? Há um instante eu estava conversando com ele em seu assento sobre um assunto muito importante, sobre o qual devo enviar suas opiniões esta noite para Nova York, quando, no meio de uma frase, ele parou, ergueu-se sem olhar para mim e saiu da Câmara do Senado. Agora eu o vejo na galeria conversando com uma senhora cujo rosto não conheço.

O senador Clinton ajeitou lentamente os óculos de ouro e olhou para o lugar indicado:

— Ah! A sra. Lightfoot Lee! Acho que vou trocar uma palavra com ela pessoalmente – e, virando as costas para o correspondente especial, escapou com agilidade juvenil na direção do senador de Illinois.

— Diabo! – murmurou o sr. Andrews. — O que aconteceu com esses velhos tolos? – E num murmúrio ainda menos audível, enquanto olhava para a sra. Lee, em seguida, conversando com Ratcliffe: — Devo transformar isso em assunto?

Quando o jovem sr. Schneidekoupon visitou o senador Ratcliffe para convidá-lo para o jantar no Welckley's, descobriu que aquele cavalheiro estava sobrecarregado de trabalho, como declarou, e muito pouco disposto a conversar. Não! Ele não sairia agora para jantar. Na atual situação dos negócios públicos, julgava impossível perder tempo com tais distrações. Lamentou recusar a cortesia de Schneidekoupon, mas havia motivos de força maior para que se abstivesse naquele momento de divertimentos sociais; ele havia se permitido uma única exceção à regra, e unicamente sob o pedido urgente do senador Clinton, seu velho amigo, e em uma ocasião muito especial.

O sr. Schneidekoupon ficou profundamente aborrecido – ainda mais, disse ele, porque pretendia pedir ao senhor e à sra. Clinton que se unissem ao grupo, bem como a uma dama encantadora que raramente frequentava a sociedade, mas que estava perto de aceitar o convite.

— Quem é? – perguntou o senador.

— A sra. Lightfoot Lee, de Nova York. Provavelmente o senhor não a conhece bem o bastante para admirá-la como eu; mas creio que seja a mulher mais inteligente que já conheci.

Os olhos frios do senador repousaram por um momento no rosto aberto do jovem com uma expressão peculiar de desconfiança. Então disse com seriedade, valendo-se de seu tom mais profundamente senatorial:

— Meu jovem amigo, nesta altura da minha vida os homens têm outras ocupações além de mulheres, por mais inteligentes que sejam. Quem mais foi convidado?

O sr. Schneidekoupon deu-lhe os nomes.

— No sábado à noite às sete, você disse?

— Sábado às sete.

— Temo que sejam pequenas as chances de ir, mas não vou absolutamente recusar. Talvez, quando o momento chegar, veja-me em condições de prestigiá-lo. Mas não conte comigo – não conte comigo. Tenha um bom dia, sr. Schneidekoupon.

Schneidekoupon era um jovem de pensamento simplório, incapaz de perscrutar mais do que a distância de um passo os segredos do universo, e saiu resmungando terrivelmente acerca da "empáfia infernal desses senadores". Ele contou à sra. Lee toda a conversa, como de fato se viu obrigado a fazer sob o risco de incluí-la no grupo de convidados sob falsos pretextos.

— Que desagradável – desabafou ele. — Aqui sou forçado a pedir a um mundaréu de gente que encontre um homem que, ao mesmo tempo, diz que provavelmente não virá. Por que, meu Deus, por que ele não podia confirmar ou não a presença, como qualquer outra pessoa? Conheço dezenas de senadores, sra. Lee, e eles são todos assim. Eles nunca pensam em ninguém além de si mesmos.

A sra. Lee forçou ligeiramente um sorriso e acalmou-lhe o orgulho ferido; ela não tinha dúvida de que o jantar seria muito agradável, estivesse lá o senador ou não; de qualquer forma, ela faria o que estivesse a seu alcance para que o jantar fosse um sucesso, e Sybil usaria seu vestido mais novo. Ainda assim ela permaneceu contida e séria, e ao sr. Schneidekoupon coube apenas declarar que ela era uma pessoa confiável; que dissera a Ratcliffe que ela era a mulher mais inteligente que ele já conhecera, e que devia ter acrescentado a mais gentil, e Ratcliffe o fitara como se ele fosse um macaco verde. A tudo isso, a sra. Lee riu bem-humorada e despachou-o o mais depressa possível.

Quando ele se foi, ela andou de um lado para outro pela sala e refletiu. Compreendeu o significado da súbita mudança de tom de Ratcliffe. Tinha tanta certeza de que ele iria ao jantar quanto da da razão pela qual iria. E era possível que ela se sentisse atraída a algo muito próximo de um flerte com um homem vinte anos mais velho do que ela; um político de Illinois; um senador enorme, corpulento, calvo e de olhos cinzentos, com uma cabeça websteriana, que vivia em Peonia? A ideia era quase absurda demais para ser real; mas, no geral, a coisa em si era bastante divertida. "Suponho que os senadores possam ter cautela como outros homens", foi sua conclusão final. Pensou apenas no perigo que ele corria, e sentiu uma espécie de compaixão por ele, refletindo sobre as possíveis consequências de um grande e intenso amor naquela fase da vida.

Sua consciência estava um pouco inquieta; mas não pensou nem por um momento em si mesma. No entanto, é fato histórico que os senadores idosos têm um fascínio curioso por mulheres jovens e bonitas. Será que elas também cuidavam de si mesmas? Qual dos dois grupos inspirava mais cuidados?

Quando Madeleine e sua irmã chegaram ao Welckley's no sábado seguinte à noite, encontraram o pobre Schneidekoupon num estado de humor bastante inadequado a um anfitrião.

— Ele não vem! Eu disse que ele não viria! – lamentou ele a Madeleine, enquanto lhe estendia a mão para que entrasse. — Se eu me tornar um comunista, será pela diversão de assassinar um senador.

Madeleine consolou-o gentilmente, mas ele continuou a usar, pelas costas do sr. Clinton, linguajar absolutamente ofensivo e impróprio dirigido ao Senado e, finalmente, fazendo soar a campainha, ordenou ao garçom que servisse o jantar. Naquele exato instante, a porta se abriu, e a imponente figura do senador Ratcliffe apareceu no limiar. Os olhos dele imediatamente capturaram Madeleine, e ela quase riu em voz alta, pois viu que o senador se vestia com um asseio pouco senatorial; que trazia uma flor na lapela e estava sem luvas!

Após a descrição entusiasmada que Schneidekoupon dera dos encantos da sra. Lee, ele não podia fazer menos do que pedir ao senador Ratcliffe que a conduzisse ao jantar, o que ele fez sem demora. Isso, ou o champanhe, ou alguma influência oculta, teve um efeito extraordinário sobre ele. Parecia dez anos mais jovem que o normal; o rosto estava iluminado; os olhos brilhavam; parecia inclinado a provar o parentesco com o imortal Webster rivalizando com sua sociabilidade. Ele mergulhou na conversa; riu, brincou e ridicularizou; contava histórias nos dialetos ianque e do Oeste; ofereceu pequenos e espirituosos esboços de divertidas experiências políticas.

— Nunca fiquei tão surpreso na vida – sussurrou o senador Krebs, da Pensilvânia, do outro lado da mesa, para Schneidekoupon. — Não tinha ideia de que Ratcliffe fosse tão divertido.

E o sr. Clinton, que se sentou ao lado de Madeleine, sussurrou em seu ouvido:

— Tenho a impressão, minha querida sra. Lee, de que a senhora é responsável por isso. Ele nunca fala assim para o Senado.

Não, ele chegou a alçar voos mais altos e contou a história de Lincoln no leito de morte com tamanho sentimento que fez brotar lágrimas dos olhos de todos. Os demais convidados não lhe foram páreo. O orador consumiu seu pato e champanhe solitários em um canto sem pronunciar palavra.

Até mesmo o sr. Gore, que não costumava permitir que lhe ofuscassem a luz, não fez nenhuma tentativa de tomar para si a palavra e aplaudiu com entusiasmo a conversa de seu vizinho oposto. Pessoas mal intencionadas poderiam dizer que o sr. Gore viu no senador Ratcliffe um possível secretário de Estado; seja como for, ele certamente disse à sra. Clinton, num aparte perfeitamente audível para todos na mesa:

— Que brilhantismo! Que mente original! Que sensação ele causaria no estrangeiro!

E era verdade, sem dúvida, para além do mero e momentâneo impacto que a conversa tivera na mesa de jantar, que havia certa grandeza no homem; uma sagacidade perspicaz e pragmática; uma liberdade ousada de autoafirmação; uma maneira aberta de lidar com o que sabia.

Carrington era a única pessoa na mesa que o observava com frieza e criticava com hostilidade. A impressão que Carrington tinha de Ratcliffe talvez estivesse começando a sofrer as distorções de um tom de ciúme, pois estava de particular mau humor naquela noite e não escondia de todo sua irritação.

— Se alguém pudesse confiar nesse homem! – murmurou ele a French, sentado ao seu lado.

Esse comentário infeliz levou French a pensar em como poderia provocar Ratcliffe e, assim, com seus modos alegres, combinando vaidade e princípios elevados, começou a atacar o senador com um "graceijo" sobre o delicado tema da reforma do serviço público, assunto quase tão perigoso na conversa política em Washington quanto a própria escravidão nos velhos tempos anteriores à guerra. French era reformista e não perdeu a ocasião de frisar seus pontos de vista; mas, infelizmente, não passava de um peso leve, e seus modos eram um tanto ridículos, de forma que até a sra. Lee, ela mesma uma reformista fervorosa, às vezes se voltava para o outro lado quando ele falava. Tão logo disparou sua pequena flecha na direção do senador, este percebeu astutamente a oportunidade e prometeu a si o prazer de aplicar ao sr. French a punição que sabia que agradaria ao grupo. Ainda que fosse uma reformista e se sentisse um tanto assustada com a aspereza do tratamento imposto por Ratcliffe, a sra. Lee não foi capaz, como devia, de culpar o Gigante da Pradaria, que, depois de levar o pobre sr. French ao chão, fê-lo chafurdar na lama.

— Sr. French, o senhor é financista o bastante para saber quais são os produtos mais famosos de Connecticut?

O sr. French sugeriu modestamente que tinha para si que os representantes do estado responderiam melhor a essa pergunta.

— Não, senhor! Até nesse ponto o senhor está errado. Os homens do espetáculo acabaram com o senhor no próprio campo. Qualquer criança de sindicato sabe que os produtos mais famosos de Connecticut são ideias ianques, noz-moscada feita de madeira e relógios que não funcionam. Pois bem: sua reforma do serviço público é apenas mais uma dessas ideias ianques; é uma noz-moscada de madeira; é um relógio com mostrador e mecanismo falsos. E o senhor sabe disso! O senhor é precisamente o velho mascate de Connecticut. O senhor andou vendendo sua noz-moscada de madeira até entrar no Congresso, e agora a tira dos bolsos e não apenas quer que a levemos pelo preço que pede, como discursa sobre os nossos pecados quando não a aceitamos. Ora! Não nos incomoda que faça isso em casa. Insulte-nos tanto quanto gosta de insultar seus eleitores. Consiga tantos votos quanto puder. Mas não faça campanha aqui, porque aqui o conhecemos intimamente, e todos nós já vendemos um pouco de noz-moscada de madeira.

O senador Clinton e o senador Krebs declararam com risos a aprovação à punição imposta ao pobre French, adequada à sua ideia de sagacidade. Eles todos estavam no ramo da noz-moscada, como Ratcliffe disse. A vítima tentou se opor a eles; protestou declarando que sua noz-moscada era genuína; que não vendia produtos cuja autenticidade não garantisse; e que o artigo em questão tinha a garantia das convenções nacionais de ambos os partidos.

— Então o senhor precisa, sr. French, é de uma educação escolar básica. Precisa estudar um pouco o beabá. Ou, se não acredita em mim, pergunte aos meus irmãos senadores aqui que chance há para suas reformas, sendo o cidadão americano o que ele é.

— O senhor não terá muito conforto em meu estado, sr. French – rosnou o senador da Pensilvânia, com um sorriso de escárnio. — Experimente e verá.

— Muito bem, muito bem! – interveio o benevolente sr. Schuyler Clinton, reluzindo benignamente através dos óculos dourados. — Não sejam muito duros com French. Ele quer o bem. Talvez não seja muito bem informado, mas quer o bem. Eu sei mais sobre isso do que qualquer um de vocês, e não nego que a coisa é toda ruim. Apenas, como Ratcliffe diz, a dificuldade está no povo, não em nós. Vá convencê-lo, French, e deixe-nos em paz.

French se arrependeu do ataque e se contentou em resmungar para Carrington:

— Malditos velhos cínicos!

Carrington respondeu:

— Eles estão certos, porém, em uma coisa: o conselho deles é bom. Nunca peça a um deles que reforme qualquer coisa; se fizer isso, você mesmo será reformado.

O jantar terminou tão brilhantemente quanto começou, e Schneidekoupon ficou encantado com seu sucesso. Fez-se particularmente agradável a Sybil, confiando a ela todas as suas esperanças e temores sobre a tarifa e as finanças. Quando as damas deixaram a mesa, Ratcliffe não pôde ficar para o charuto; ele precisava voltar a seu apartamento, onde sabia que vários homens o aguardavam; despedia-se das damas e se apressava. Mas, quando os cavalheiros apareceram quase uma hora depois, encontraram Ratcliffe ainda se despedindo das damas, que ficaram encantadas com sua conversa divertida; e, quando ele finalmente partia, disse para a sra. Lee, como se fosse algo natural:

— A senhora estará em casa como de costume amanhã à noite?

Madeleine sorriu, curvou-se, e ele seguiu seu caminho.

Quando as duas irmãs voltaram para casa naquela noite, Madeleine ficou estranhamente silenciosa. Sybil bocejou convulsivamente e depois se desculpou:

— O sr. Schneidekoupon é muito simpático e bem-humorado, mas uma noite inteira dele vai longe; e aquele horrível senador Krebs não dizia uma palavra e bebia muito vinho, embora não pudesse torná-lo mais idiota do que já era. Não acho que me importo com os senadores. – Então, cansada, depois de uma pausa: — Bem, Maude, espero que você tenha conseguido o que queria. Tenho certeza de que deve ter se enchido de política. Você ainda não chegou ao coração do seu grande mistério americano?

— Bem perto, eu acho – disse Madeleine, um pouco para si mesma.

...118. The Capitol—Senate Chamber.

A noite de domingo foi de tempestade, e era necessário um pouco de entusiasmo para fazer com que alguém se expusesse a seus perigos em prol da sociedade. Mesmo assim, algumas pessoas íntimas fizeram sua costumeira aparição à casa da sra. Lee. O fiel Popoff estava lá, e a srta. Dare também correu para passar uma hora com sua querida Sybil; mas como Sybil passou a noite toda em um canto com Popoff, a srta. Dare deve ter ficado desapontada em seu objetivo. Carrington veio, assim como o barão Jacobi. Schneidekoupon e sua irmã jantaram com a sra. Lee e ficaram até depois do jantar, enquanto Sybil e Julia Schneidekoupon compararam seus achados acerca da sociedade de Washington. A feliz ideia também ocorreu ao sr. Gore: como a casa da sra. Lee ficava a alguns passos de seu hotel, ele também poderia ter a oportunidade de se divertir ali, em vez da solidão certa de seus aposentos. Finalmente, o senador Ratcliffe fez sua aparição e, tendo-se estabelecido com uma xícara de chá ao lado de Madeleine, foi logo deixado a desfrutar de uma conversa calma com ela, uma vez que o resto do grupo consentiu em se entreter entre si. Sob o murmúrio da conversação na sala, Ratcliffe rapidamente se dispôs a confidências.

— Vim para sugerir que, se a senhora quiser ouvir um debate interessante, vá ao Senado amanhã. Disseram-me que Garrard, da Louisiana, quer atacar meu último discurso, e provavelmente, nesse caso, precisarei responder-lhe. Tendo a senhora como crítica, falarei melhor.

— Sou uma crítica tão cordial? – perguntou Madeleine.

— Nunca ouvi dizer que os críticos cordiais fossem os melhores – respondeu ele. — A justiça é a alma da boa crítica, e é apenas justiça que peço e espero da senhora.

— Que bem faz todo esse falatório? – perguntou ela. — Esses discursos o levam mais próximo do fim de suas dificuldades?

— Ainda não sei ao certo. Agora estamos em águas mortas; mas isso não há de perdurar por muito tempo. Na verdade, não tenho medo de contar à senhora, embora, é claro, a senhora não o vá repetir a ninguém, mas tomamos medidas para forçar um conflito. Certos cavalheiros, eu mesmo entre os outros, escrevemos cartas destinadas aos olhos do presidente, embora não fossem dirigidas diretamente a ele, com o objetivo de forçá-lo a alguma declaração que nos mostrará o que esperar.

— Oh! – riu Madeleine. — Eu sabia disso há uma semana.

— Sabia do quê?

— De sua carta a Sam Grimes, de North Bend.

— O que a senhora ouviu sobre minha carta para Sam Grimes, de North Bend? – Ratcliffe exclamou um pouco abruptamente.

— Ah, o senhor não sabe como organizei admiravelmente minha agência de serviços secretos – disse ela. — O sr. Cutter interpelou um dos mensageiros do Senado e fez com que ele confessasse que havia recebido do senhor uma carta para ser enviada, carta endereçada ao sr. Grimes, de North Bend.

— E, claro, ele contou isso para French, e French lhe contou – concluiu Ratcliffe. — Entendo. Se eu soubesse disso, não teria tratado French tão delicadamente ontem à noite, pois prefiro lhe contar minha própria história sem os enfeites dele. Mas foi culpa minha. Foi um erro ter confiado a carta a um mensageiro. Nada é segredo aqui por muito tempo. Mas uma coisa que o sr. Cutter não descobriu foi que vários outros senhores escreveram cartas ao mesmo tempo e com o mesmo propósito. Seu amigo, o sr. Clinton, escreveu; Krebs escreveu; e um ou dois membros.

— Suponho que não devo perguntar o que o senhor disse?

— A senhora pode. Concordamos que seria melhor sermos muito amáveis e conciliadores e pedirmos ao presidente que nos desse apenas algumas indicações de suas intenções, a fim de que não nos opuséssemos pura e simplesmente a elas. Produzi um retrato forte do efeito da situação presente sobre o partido e sugeri que não tinha desejos pessoais a satisfazer.

— E o senhor acredita que terá qual resultado?

— Acho que de alguma forma conseguiremos consertar as coisas – resumiu Ratcliffe. — A única dificuldade é que o novo presidente tem pouca experiência e nutre desconfianças. Ele acha que vamos produzir intrigas para atá-lo, e quer se adiantar e nos atar. Eu não o conheço pessoalmente, mas aqueles que o conhecem, e são juízes justos, dizem que, embora bastante estreito e teimoso, é suficientemente honesto e vai mudar de ideia. Não tenho dúvida de que em uma hora de conversa seria capaz de resolver com ele nossas diferenças, mas procurá-lo está fora de questão, a menos que me peçam, e tal pedido já seria um acordo.

— Então o que o senhor teme?

— Que ele ofenda todas as lideranças importantes do partido a fim de procurar acordo com os que não têm importância, talvez os sentimentais, como seu amigo French; que ele estabeleça compromissos tolos sem o devido conselho. A propósito, a senhora viu French hoje?

— Não – respondeu Madeleine. — Acho que ele deve ter se ressentido do tratamento que o senhor lhe dedicou ontem à noite. O senhor foi muito rude com ele.

— Nem um pouco – disse Ratcliffe. — É disso que precisam esses reformistas. Ele quis me desafiar. Percebi pelo modo como se portou.

— Mas a reforma é realmente tão impossível quanto o senhor descreve? É realmente inviável?

— A reforma que ele quer é absolutamente inviável, e não é sequer desejável.

A sra. Lee, com muita seriedade de maneiras, insistiu na pergunta:

— É certo que algo pode ser feito para refrear a corrupção. Será que estaremos sempre à mercê de ladrões e rufiões? Um governo respeitável é impossível em uma democracia?

Sua ênfase atraiu a atenção de Jacobi, e ele perguntou, do outro lado da sala.

— O que a senhora está dizendo, sra. Lee? É sobre corrupção?

Todos os cavalheiros começaram a ouvir e se reunir em torno deles.

— Estou perguntando ao senador Ratcliffe – esclareceu ela – o que será de nós se permitirmos uma corrupção desenfreada.

— Posso me aventurar a pedir permissão para ouvir a resposta do sr. Ratcliffe? – perguntou o barão.

— Minha resposta – disse Ratcliffe – é que nenhum governo representativo pode ser muito melhor ou muito pior do que a sociedade que ele representa. Purifique a sociedade, e você terá purificado o governo. Mas tente purificar o governo artificialmente, e o fracasso só se agravará.

— Uma resposta de estadista – arrematou o barão Jacobi com reverência formal, mas um ligeiro tom de zombaria.

Carrington, que o ouvira com o semblante carregado, virou-se de repente para o barão e perguntou-lhe que conclusão tirara da resposta.

— Ah! – exclamou o barão com seu olhar mais malicioso. — Por que a minha conclusão é de interesse? Vocês, americanos, acreditam que devem ser excluídos do funcionamento das leis gerais. Vocês não se importam com a experiência. Vivi 75 anos, e todo esse tempo no meio da corrupção. Eu mesmo sou corrupto, só que tenho coragem de proclamá-lo, e vocês não têm. Roma, Paris, Viena, Petersburgo, Londres, todas corruptas; só Washington é pura! Bem, declaro a vocês que em toda a minha experiência não encontrei nenhuma sociedade que tivesse elementos de corrupção como os Estados Unidos. As crianças na rua são corruptas e sabem como enganar. As cidades são todas corruptas, e também os vilarejos e os condados e as legislaturas dos estados e os juízes. Em todos os lugares os homens traem a confiança pública e privada, roubam dinheiro, fogem com fundos públicos. Somente no Senado os homens não levam dinheiro. E vocês, senhores do Senado, declaram sem pestanejar que os seus grandes Estados Unidos, a liderança do mundo civilizado, nunca poderão aprender com o exemplo da Europa corrupta. Vocês estão certos – parabéns! Os grandes Estados Unidos não precisam de um exemplo. Lamento muito não ter ainda 100 anos de vida. Se eu pudesse então voltar a esta cidade, eu me encontraria muito contente – muito mais do que agora. Estou sempre contente onde há muita corrupção, e, *ma parole d'honneur*![3] – explodiu o velho homem com um gesto inflamado — Os Estados Unidos serão então mais corruptos que Roma sob Calígula; mais corruptos do que a Igreja sob Leão X; mais corruptos do que a França sob o Regente!

Quando o barão encerrou sua breve arenga, diretamente dirigida ao senador sentado próximo a ele, teve a alegria de ver que todos estavam em silêncio, ouvindo-o com profunda atenção. Ele parecia gostar de irritar o senador e teve a satisfação de ver que este estava visivelmente irritado. Ratcliffe olhou severamente para o barão e disse, breve e secamente, que não via razão para aceitar tais conclusões.

A conversa arrefeceu, e todos, exceto o barão, ficaram aliviados quando Sybil, a pedido de Schneidekoupon, sentou-se ao piano para cantar o que ela chamou de hino. Assim que a música acabou, Ratcliffe, que parecia ter sido curiosamente tirado do prumo pelas palavras de Jacobi, alegou ter de resolver assuntos urgentes em seu apartamento e se retirou. Os outros logo saíram em grupo, deixando apenas Carrington e Gore, este sentado ao lado de Madeleine e imediatamente arrastado por ela a uma discussão sobre o assunto que a deixara perplexa e por um instante lançava sobre sua mente uma rede de irresistível fascinação.

— O barão desconcertou o senador – disse Gore com certa hesitação. — Por que Ratcliffe se deixou abater dessa maneira?

— Gostaria que o senhor explicasse o porquê – respondeu a sra. Lee. — Diga-me, sr. Gore, o senhor que representa o cultivo e o gosto literário na cidade, por favor, diga-me o que pensar sobre o discurso do barão Jacobi. Quem e o que merece crédito? O sr. Ratcliffe parece honesto e sábio. Ele é corrupto? Ele acredita nas pessoas ou diz que acredita. Ele está dizendo a verdade ou não?

Gore era muito experiente em política para ser pego em uma armadilha como essa. Ele evitou a pergunta.

— O sr. Ratcliffe tem um trabalho prático a fazer. Seu negócio é fazer leis e aconselhar o presidente; e ele o faz extremamente bem. Não temos outro político tão bom em termos práticos; é injusto exigir que também seja um cruzado.

— De fato – interveio Carrington secamente –, mas também não precisa obstruir cruzadas. Ele não precisa falar de virtude e se opor à punição do vício.

3. Em francês no original: "Minha palavra de honra!".

— Ele é um político pragmático e perspicaz – prosseguiu Gore – e sente primeiro o lado fraco de qualquer tática política proposta.

Com um suspiro de desespero, Madeleine continuou:

— Quem, então, está certo? Como podemos todos estar certos? Metade dos nossos sábios declara que o mundo está indo direto ao abismo; a outra metade diz que caminha a passos largos rumo à perfeição. Não podem estar ambos certos. Há apenas uma coisa na vida – prosseguiu, rindo – que quero e vou saber antes de morrer. Preciso saber se a América está certa ou errada. A questão é que agora essa pergunta é muito concreta, porque realmente quero saber se devo acreditar no sr. Ratcliffe. Se eu o jogasse ao mar, tudo então deveria seguir, pois ele é apenas uma amostra.

— Por que não acreditar no senhor Ratcliffe? – lançou Gore. — Eu mesmo acredito nele e não tenho medo de dizê-lo.

Carrington, para quem Ratcliffe começou então a representar o espírito do mal, interveio nesse ponto e observou que tinha para si que Gore dispunha de outros guias para sua crença, e guias mais constantes, além de Ratcliffe; enquanto Madeleine, com certa perspicácia feminina, atacou Gore em um ponto muito mais fraco de sua armadura e perguntou se ele também acreditava no que Ratcliffe representava:

— O senhor acha que a democracia é o melhor governo e o sufrágio universal, um êxito?

Gore viu-se imobilizado e se afastou com energia digna do desespero:

— São assuntos sobre os quais raramente falo em sociedade; eles são como a doutrina de um Deus pessoal; de uma vida futura; da religião revelada; assuntos que se reservam naturalmente para a reflexão privada. Mas, como vocês querem saber sobre meu credo político, eu direi. Minha condição é que seja somente para vocês e que nunca seja reproduzido ou atribuído a mim. Acredito na democracia. Eu a aceito. Serei fiel a ela, servindo-a e defendendo-a. Acredito nela porque me parece a consequência inevitável do que a antecede. A democracia afirma o fato de que as massas se elevaram nesse momento a uma inteligência superior à anterior. Toda nossa civilização almeja esse ponto. Queremos fazer o que pudermos para ajudá-la. Eu mesmo quero ver o resultado. Admito que é um experimento, mas é a única direção que a sociedade pode tomar que vale a pena, a única concepção de seu dever ampla o bastante para satisfazer seus instintos, o único resultado pelo qual vale a pena o esforço ou o risco. Todos os outros passos possíveis estão para trás, e não me interessa repetir o passado. Fico feliz em ver a sociedade às voltas com questões nas quais ninguém pode se dar ao luxo de ser neutro.

— Suponhamos que o experimento fracasse – devolveu a sra. Lee –, suponhamos que a sociedade se destrua com o sufrágio universal, a corrupção e o comunismo.

— Sra. Lee, gostaria que a senhora fosse ao Observatório comigo alguma noite e olhasse para Sirius. A senhora já travou contato com uma estrela fixa? Os astrônomos estimam que existam, creio eu, cerca de 20 milhões delas à vista, e uma infinita possibilidade de milhões invisíveis – e cada uma delas é um sol como o nosso, que pode ter satélites como o nosso planeta. Imagine que uma dessas estrelas fixas subitamente aumente de brilho, e a senhora é informada de que um satélite caiu nela e está queimando, seu tempo acabou, suas capacidades estão esgotadas. É curioso, não? Mas o que isso importa? Tanto quanto uma mariposa que queima em uma vela.

Madeleine estremeceu ligeiramente.

— Não consigo chegar ao alto da sua filosofia – disse ela. — O senhor transita entre infinitos, e eu sou finita.

— De forma alguma! Mas eu tenho fé; talvez não nos antigos dogmas, mas nos novos; fé na natureza humana; fé na ciência; fé na sobrevivência do mais forte. Sejamos fiéis ao nosso tempo, sra. Lee! Se a nossa era for vencida, que morramos nas fileiras. Se é para sermos vitoriosos, que sejamos a vanguarda. De qualquer forma, que não nos encolhamos como covardes ou resmungões. Avante! Recitei meu catecismo corretamente? Aí está! Agora me faça o favor de esquecê-lo. Perderia minha reputação em casa se ele fosse divulgado. Boa noite!

A sra. Lee foi ao Capitólio no dia seguinte, como não podia deixar de fazer, depois do pedido do senador Ratcliffe. Ela foi sozinha, pois Sybil recusara-se terminantemente a voltar ao Capitólio, e Madeleine achou que, no geral, não era uma ocasião para convocar Carrington a servi-la. Mas Ratcliffe não falou. Para surpresa de todos, o debate foi adiado.

Ele se uniu à sra. Lee na galeria, no entanto, permanecendo a seu lado enquanto ela o permitiu, e mostrou-se ainda mais confidente, dizendo-lhe que recebera a resposta esperada do sr. Grimes, de North Bend, e que com ela vinha uma carta escrita pelo presidente eleito ao sr. Grimes versando sobre as investidas feitas pelo sr. Ratcliffe e seus amigos.

— Não é uma carta bonita – arrematou ele. — Na verdade, parte dela é um insulto. Gostaria de ler um trecho e ouvir sua opinião sobre como ela deve ser tratada. – Tirando a carta do bolso, procurou a passagem e leu o seguinte: — "Eu também não posso deixar de levar em consideração que esses três senadores (ele se refere a Clinton, Krebs e a mim) são popularmente considerados os membros mais influentes do chamado círculo senatorial, que adquiriu essa notoriedade geral. Embora tenha o compromisso de receber suas demandas com o devido respeito, cabe a mim o exercício de uma total liberdade de ação e, assim, a consulta a outros conselheiros políticos, tanto quanto aqueles, e em todos os casos devo ter como primeiro objetivo seguir os desejos do povo, nem sempre representado de modo absolutamente verdadeiro por seus representantes nominais". O que a senhora me diz dessa preciosidade das boas maneiras presidenciais?

— Ao menos gosto de sua coragem – disse a sra. Lee.

— Coragem é uma coisa; bom senso é outra. Esta carta é um insulto estudado. Ele me tirou do caminho uma vez e quer fazer de novo. É uma declaração de guerra. O que devo fazer?

— O que for melhor para o bem público – sugeriu Madeleine com absoluta seriedade.

Ratcliffe fitou-a com um deleite indisfarçável – e havia tão pouca possibilidade de confundir ou ignorar a expressão de seus olhos que ela recuou com certo choque. Ela não estava preparada para uma manifestação tão direta. Ele endureceu suas feições de pronto e continuou:

— Mas o que é o melhor para o bem público?

— O senhor sabe melhor do que eu – disse Madeleine. — Só uma coisa é clara para mim. Se o senhor se deixar dominar por seus sentimentos particulares, cometerá um erro maior do que ele. Agora preciso ir, pois tenho visitas a fazer. Da próxima vez que eu vier, sr. Ratcliffe, espero que tenha cumprido com sua palavra.

Quando se encontraram novamente, Ratcliffe leu para ela uma parte de sua resposta ao sr. Grimes, que dizia: "É o destino de todos os líderes partidários sofrer ataques e cometer erros. É verdade, como o presidente diz, que não fui exceção a essa lei. Acreditando que os grandes resultados só podem ser atingidos por grandes partidos, cedo de todo em minhas opiniões pessoais onde elas se mostrem falhas em favor da concórdia geral. Continuarei a trilhar esse caminho, e o presidente poderá, com perfeita confiança, contar com meu apoio desinteressado a todas as medidas partidárias, mesmo que eu não seja consultado para as produzir".

A sra. Lee ouviu atentamente e depois disse:

— O senhor nunca se recusou a votar com o seu partido?

— Nunca! – foi a resposta firme de Ratcliffe.

Madeleine ainda perguntou com mais interesse:

— Não existe nada mais poderoso do que a fidelidade partidária?

— Nada, exceto a lealdade nacional – respondeu Ratcliffe com ainda maior firmeza.

Para uma mulher jovem e vivaz, amarrar um proeminente estadista à cauda de seu vestido e conduzi-lo como um urso manso é diversão mais segura do que amarrar-se a ele e ser arrastada de um lado para outro como uma índia. Essa foi a primeira grande descoberta política de Madeleine Lee em Washington, e fez valer toda a filosofia alemã que ela lera até então, incluindo mesmo uma edição das obras completas de Herbert Spencer. Não havia dúvida de que as honras e dignidades de uma vida pública não eram um prêmio justo por seu esforço. Madeleine estabeleceu para si mesma a pequena tarefa diária de ler sucessivamente as vidas e cartas dos presidentes americanos, e de suas esposas, quando descobria vestígios da existência das últimas. De George Washington ao último dignitário, que espetáculo degradante! Quantas irritações, decepções e erros dolorosos! Quantas posturas absolutamente repreensíveis! Nenhum dos que tiveram por objetivo um alto propósito fora mais do que frustrado, decepcionado e, geralmente, aviltado! Quanta tristeza havia nas feições daqueles caciques famosos, Calhoun, Clay e Webster; quanta variada expressão de derrota e quanto desejo insatisfeito; quanto senso de autoimportância e grandiloquência senatorial; quanta ânsia de bajulação; quanto desespero diante da sentença do destino! E o que conseguiram, afinal?

Foram todos homens pragmáticos! Não tinham grandes problemas de pensamento a resolver, nenhuma questão que se elevasse acima das regras mesquinhas da moral comum e do dever caseiro. Como foram capazes de lançar sombras sobre o assunto! Que elaboradas e espetaculares estruturas construíram, sem outro resultado senão obscurecer o horizonte! O país não teria passado melhor sem eles? Poderia ter passado pior? Seria possível um abismo mais profundo ter-se aberto sob os pés da nação do que aquele a cuja beira eles o levaram?

A monotonia da história enfadou os pensamentos de Madeleine. Ela discutiu o assunto com Ratcliffe, que lhe disse francamente que o prazer da política estava na posse do poder. Ele concordou que o país ficaria muito bem sem ele. "Mas eu estou aqui", disse ele, "e aqui pretendo ficar". Ele tinha pouquíssimo apreço pelo moralismo raso e um desprezo de estadista pela política filosófica. Ele amava o poder e queria ser presidente.

Era o que bastava.

Aflorava às vezes o lado trágico, às vezes o lado cômico, nos pensamentos dela; e às vezes ela mesma não sabia se devia chorar ou rir.

Washington, mais do que qualquer outra cidade do mundo, fervilha com o espetáculo simplório da natureza humana; homens e mulheres curiosamente fora de lugar, a quem seria cruel ridicularizar e por quem seria ridículo chorar. Felizmente, os espetáculos mais tristes são poucas vezes vistos por pessoas respeitáveis; apenas os pequenos acidentes sociais têm seus olhos por testemunha. Uma noite, a sra. Lee foi à primeira recepção noturna oferecida pelo presidente. Uma vez que Sybil se recusou terminantemente a enfrentar a multidão, e Carrington disse que temia não ter sido suficientemente reconstruído para se sentir à vontade naquela augusta presença, a sra. Lee aceitou a companhia do sr. French e atravessou a praça com ele para se unir à multidão que invadia a Casa Branca. Tomaram seus lugares na fila dos cidadãos e finalmente conseguiram entrar na sala de recepção. Lá, Madeleine se viu diante de duas figuras aparentemente mecânicas, que podiam ser de madeira ou cera, haja vista as evidências de vida que apresentavam. Essas duas figuras eram o presidente e sua esposa; estavam rígidos e desajeitados ao lado da porta, ambos com os rostos despojados de qualquer sinal de inteligência, enquanto as mãos direitas de ambos se estendiam à fila de visitantes com os movimentos mecânicos de bonecos de brinquedo. Por um instante a sra. Lee se pôs a rir, mas a risada morreu em seus lábios. Para o presidente e sua esposa, aquilo claramente não era motivo de riso. Lá estavam eles, autômatos, representantes da sociedade que passava por eles. Madeleine agarrou o sr. French pelo braço.

— Leve-me imediatamente – pediu ela – para algum lugar de onde eu possa observar isso. Aqui, no canto! Eu não tinha ideia do quão assustador era!

O sr. French supôs que ela estivesse se referindo aos homens e mulheres de aparência esquisita que enxameavam as salas, e ele fez, a partir da própria e delicada noção de humor, algumas ironias grosseiras sobre os que passavam. A sra. Lee, no entanto, estava sem humor para explicar ou mesmo ouvir. Ela interrompeu-o brevemente:

— Por favor, sr. French! Vá embora, deixe-me. Quero ficar sozinha por meia hora. Depois venha me buscar.

E lá permaneceu ela, com os olhos fitos no presidente e em sua esposa, enquanto o fluxo infinito de humanidade passava por eles, apertando-lhes as mãos.

Que estranho e solene espetáculo era aquele, e como o fascínio mortal do que via gravou a fogo uma imagem em sua mente! Que horrível admonição para a ambição! E em toda aquela multidão não havia ninguém além dela que sentisse o escárnio do espetáculo. Para os demais, essa tarefa era parte corriqueira do dever do presidente, e nela nada havia de ridículo. Eles julgavam tudo aquilo uma instituição democrática, aquele macaquear ridículo de formalidade monárquica. Para eles, a monotonia infernal do espetáculo era tão natural e apropriada quanto as cerimônias do Escorial aos cortesãos dos Filipe e Carlos. Para ela, tudo aquilo mais parecia um pesadelo ou a alucinação de um comedor de ópio. Sentiu a súbita convicção de que aquilo seria o fim da sociedade americana; de sua realização e de seu sonho ao mesmo tempo. Ela estremeceu em espírito.

— Sim! Finalmente cheguei ao fim! Nós nos transformaremos em imagens de cera, e nossas conversas serão como os guinchos de bonecos de brinquedo. Vamos todos dar voltas e voltas pela terra e apertar as mãos. Ninguém terá qualquer objetivo neste mundo, e não haverá outro. É pior do que quer que exista no Inferno de Dante. Que visão terrível da eternidade!

De repente, como através de uma névoa, ela avistou o rosto melancólico de lorde Skye se aproximando. Ele chegou a seu lado, e sua voz a lembrou da realidade.

— Isso a diverte, esse tipo de coisa? – perguntou ele de um jeito vago.

— Nós nos divertimos tristemente, à maneira de nosso povo – respondeu ela. — Mas certamente me interessa.

Eles ficaram parados por um tempo em silêncio, observando a lenta dança da correnteza da Democracia, até que ele retomou a palavra:

— Por quem a senhora toma aquele homem – o alto e magro, com uma mulher alta em cada braço?

— Aquele homem – respondeu ela –, eu tomo por um burocrata de Washington, ou talvez um deputado de Iowa, com a esposa e a irmã da esposa. Eles ferem sua nobreza?

Ele voltou-se a ela com cômica resignação.

— A senhora quer me dizer que elas estão à altura de condessas viúvas. Aceito. Meu espírito aristocrático está em frangalhos, sra. Lee. Até os convido para um jantar, se a senhora me pedir, e vier para conhecê-los. Mas a última vez que convidei um membro do Congresso para jantar, ele me mandou de volta uma nota a lápis em meu próprio envelope dizendo que levaria dois de seus amigos com ele, eleitores muito respeitáveis de Yahoo City, ou coisa que o valha; os nobres da terra, ele disse.

— O senhor devia tê-los recebido.

— Eu os recebi. Quis ver dois dos nobres da terra e sabia que eles provavelmente seriam mais agradáveis do que seu deputado. Eles vieram; pessoas muito respeitáveis, um com uma gravata azul, o outro com uma vermelha: ambos tinham broches de diamante nas camisas, e seus cabelos haviam sido cuidadosamente escovados. Não disseram nada, comeram pouco, beberam menos e se comportaram muito melhor do que eu. Quando foram embora, eles unanimemente me convidaram a ficar com eles quando visitasse Yahoo City.

— O senhor não vai querer convidados se agir sempre desse modo.

— Não sei. Penso que foi pura ignorância da parte deles. Não compreendiam bem a situação e pareciam gente bastante simplória. Minha única queixa era que eu não podia tirar nada deles. Fico imaginando se suas esposas teriam sido mais divertidas.

— Elas seriam na Inglaterra, lorde Skye?

Ele olhou para ela com os olhos semicerrados e falou:

— A senhora conhece as minhas compatriotas?

— Na verdade, não muito.

— Então vamos discutir um assunto menos sério.

— Como quiser. Gostaria que o senhor me explicasse por que seu semblante está tão melancólico esta noite.

— Foi um comentário amigável, sra. Lee? Realmente lhe pareço melancólico?

— Indescritivelmente melancólico, tal como eu sinto. Estou louca de curiosidade para saber o motivo.

O ministro diplomático britânico realizou um calmo e completo exame de toda a sala, terminando com um demorado olhar sobre o presidente e a primeira-dama, que seguiam em seus cumprimentos mecânicos; em seguida, voltou a fitá-la e não disse uma única palavra.

Ela insistiu:

— Preciso que o senhor me esclareça o enigma. Ele me sufoca. Eu não ficaria triste por ver essas mesmas pessoas trabalhando ou se divertindo, se é que se divertem; ou em uma igreja ou em uma palestra. Por que aqui elas pesam sobre mim como um horrível fantasma?

— Não vejo enigma algum, sra. Lee. A senhora respondeu à própria pergunta: elas não estão nem trabalhando nem se divertindo.

— Então, por favor, leve-me para casa imediatamente. Estou a ponto de ter um ataque histérico. A visão daquelas duas figuras sofridas na porta é muito dolorosa para ser suportada. Estou tonta de olhar para essa gente tão cheia de si. Não acredito que sejam reais. Queria que a casa pegasse fogo. Queria um terremoto. Gostaria que alguém beliscasse o presidente ou puxasse a primeira-dama pelo cabelo.

A sra. Lee não repetiu a experiência de visitar a Casa Branca, e de fato por algum tempo falou com pouco entusiasmo sobre o cargo presidencial. Ao senador Ratcliffe, ela expressou fortemente suas opiniões. O senador tentou argumentar em vão que o povo tinha o direito de visitar seu magistrado-chefe, e que ele era obrigado a recebê-lo; sendo assim, não havia procedimento menos censurável do que aquele que havia sido escolhido.

— Quem deu ao povo tal direito? – perguntou a sra. Lee. — De onde vem isso? O que eles querem com isso? O senhor sabe, sr. Ratcliffe! Nosso magistrado-chefe é um cidadão como qualquer outro. O que passa por sua cabeça tola ao deixar de ser cidadão e macaquear a realeza? Nossos governadores nunca se fazem ridículos. Por que o miserável não pode se contentar em viver como o resto de nós e cuidar de seu trabalho? Será que ele sabe o papel de palhaço que faz? – e a sra. Lee chegou ao ponto de declarar que gostaria de ser a esposa do presidente apenas para pôr fim àquela tolice; nada seria capaz de induzi-la a levar a cabo tal espetáculo; e, se o público não o aprovasse, o Congresso poderia impugná-la e removê-la do cargo; tudo o que ela exigia era o direito de ser ouvida perante o Senado em sua própria defesa.

No entanto, havia uma impressão muito geral em Washington de que a sra. Lee não queria outra coisa senão estar na Casa Branca. Conhecida por relativamente poucas pessoas, e em raríssimas oportunidades discutindo até mesmo com elas os assuntos que mais profundamente a interessavam, Madeleine passava por uma mulher inteligente e intrigante que tinha os próprios objetivos a realizar. Verdade seja dita: sem sombra de dúvida, é possível dizer que todos os residentes de Washington ocupam cargos ou são aspirantes a cargos; e, quando não deixam às claras seus objetivos, incorrem na culpa de uma tentativa – e uma tentativa estúpida – de enganar; no entanto, há uma pequena classe de aparentes exceções destinadas a confirmar a regra. Julgava-se que a sra. Lee era uma aspirante a cargo. Para os locais, era natural que a sra. Lee se casasse com Silas P. Ratcliffe. Que ele se alegrasse de ter uma esposa elegante e inteligente, com uma renda de 20 ou 30 mil dólares por ano, não era surpreendente. Que ela devia aceitar o mais importante homem público do momento, com uma boa chance de chegar à presidência – um homem ainda relativamente jovem e não destituído de boa aparência –, era perfeitamente natural, e em seu empreendimento ela tinha o apoio de todas as mulheres sensatas de Washington que não fossem potenciais rivais; porque, para elas, a esposa do presidente é mais importante que o presidente; e, de fato – se a América ao menos soubesse disso! –, elas não estão muito longe da verdade.

Algumas havia, no entanto, que não concordavam com essa visão bem-humorada, ainda que mundana, do casamento proposto. Tais senhoras eram severas em seus comentários sobre a conduta da sra. Lee, e não hesitavam em declarar sua opinião de que ela era a mais fria e ambiciosa sirigaita que elas já conheceram. Aconteceu que, por infelicidade, a respeitável e correta sra. Schuyler Clinton assumiu essa perspectiva do caso e não fez muito esforço para esconder sua opinião. Ela estava justamente indignada com a vulgaridade mundana da prima e sua possível promoção hierárquica.

— Se Madeleine Ross se casar com aquele político velho e horrível de Illinois – disse ela ao marido –, enquanto viver nunca vou perdoá-la.

O sr. Clinton tentou defender Madeleine e chegou a sugerir que a diferença de idade não era maior do que no próprio caso; mas sua esposa aferrava-se com tenacidade a seu argumento.

— De qualquer forma – arrematou ela –, nunca fui a Washington na condição de viúva com o propósito de agarrar o primeiro candidato à presidência que encontrasse, e nunca fiz um espetáculo público da minha indecente preocupação nas próprias galerias do Senado; e a sra. Lee devia ter vergonha de si mesma. Ela é uma gata de sangue-frio, sem coração nem feminilidade.

A pequena Victoria Dare, cuja tagarelice formava um som contínuo como o do vento e dos riachos, com total indiferença ao que dizia ou a quem se dirigia, costumava levar trechos selecionados dessa fofoca à sra. Lee. Sempre afetava um pouco a gagueira quando dizia qualquer coisa incomumente impudente e adotava modos de lânguida simplicidade. Ela sentiu particular satisfação de ver os próprios e incorrigíveis pecados atribuídos a Madeleine. Durante anos, todos os locais concordaram que Victoria estava apenas um pouco acima das pecadoras; ela não fizera nada mais do que transgredir todas as regras de boa conduta e escandalizar cada família correta da cidade, e não havia nada de bom nela. No entanto, não se podia negar que Victoria era divertida e exercia uma espécie de fascinação irregular; assim, era universalmente tolerada. Ver a sra. Lee rebaixada ao próprio nível lhe proporcionava um prazer irrestrito, e ela repetia cuidadosamente para Madeleine trechos seletos do diálogo que captou em suas andanças.

— Sua prima, a sra. Clinton, diz que você é uma ga-ga-gata de sangue-frio, sra. Lee.

— Não acredito, Victoria. A senhora Clinton nunca disse nada do tipo.

— A senhora Marston diz que é porque você pegou um ra-ra-rato, e o senador Clinton era apenas um ca-ca-ca-camundongo!

Naturalmente, toda essa inesperada publicidade não irritou pouco a sra. Lee, especialmente quando parágrafos curtos e vagos, logo seguidos de outros mais longos e afirmativos, no que dizia respeito às perspectivas matrimoniais do senador Ratcliffe, começaram a aparecer nos jornais, juntamente com descrições dela saídas das penas de esforçadas correspondentes femininas da imprensa, que nem ao menos a tinham visto. À primeira leitura de um desses artigos de jornal, Madeleine chorou de humilhação e raiva. Quis deixar Washington no dia seguinte e odiava o próprio pensamento de Ratcliffe. Havia algo tão inescrutavelmente vulgar no estilo do jornal, algo tão inexplicavelmente revoltante para o senso de decência feminina, que ela se encolheu diante disso como se fosse uma aranha venenosa. No entanto, depois que a primeira vergonha aguda passou, ela recobrou a têmpera e prometeu seguir o próprio caminho, sem se desviar de seu primeiro intento e sem levar em conta toda a crueldade e vulgaridade dos grandes Estados Unidos. Ela não estava inclinada a se casar com o senador Ratcliffe; gostava de sua companhia e sentia-se lisonjeada com sua confiança; esperava impedi-lo de fazer um pedido formal, e, caso não o conseguisse, o faria postergar até o último momento possível; mas não seria forçada a não se casar com ele por qualquer vileza ou fofoca, e não pretendia recusá-lo a não ser por razões mais fortes do que essas. Em sua coragem desesperada, chegou ao ponto de rir de sua prima, a sra. Clinton, a cujo venerável marido deu permissão e até incentivo para que lhe prestasse tamanha atenção pública e expressasse tão ardorosos e juvenis sentimentos que certamente inflamara e exasperara aquela excelente dama, sua esposa.

Carrington era a pessoa mais desagradavelmente afetada pelo curso que o caso havia tomado. Ele já não podia esconder de si mesmo o fato de que estava tão apaixonado quanto um orgulhoso cavalheiro da Virginia poderia estar. Para ele, de todo modo, ela não fizera demonstrações de coqueteria nem jamais o lisonjeara ou incentivara. Mas Carrington, em sua luta solitária contra o destino, encontrara nela uma amiga afetuosa; sempre pronta para ajudar onde a assistência fosse necessária, generosa com o próprio dinheiro em relação a qualquer causa que ele estivesse disposto a apoiar, repleta de compaixão onde esta era mais importante do que o dinheiro, e de recursos e sugestões onde dinheiro e compaixão fracassavam. Carrington a conhecia melhor do que ela mesma. Selecionava os livros que ela lia; levava os últimos discursos ou relatórios do Capitólio ou dos departamentos; conhecia suas dúvidas e extravagâncias, e, até onde as entendia, ajudava a resolvê-las.

Carrington era muito modesto, e talvez demasiado tímido, para representar o papel de um amante declarado, e era altivo demais para permitir que se pensasse que queria trocar a pobreza em que vivia pela riqueza de Madeleine. Porém, ficou preocupado quando percebeu a evidente atração que a vontade viva e a energia inescrupulosa de Ratcliffe exerciam sobre ela. Ele viu que Ratcliffe forçava constantemente seus avanços; que mimava todas as fraquezas da sra. Lee pela confiança e deferência com que a tratava; e que, num curto espaço de tempo, Madeleine se casaria com ele ou seria vista por todos como uma *coquette* desalmada. Ele tinha as próprias razões para pensar o pior do senador Ratcliffe, e sua intenção era de lhes impedir o casamento; mas o inimigo que tinha diante de si não cederia facilmente em seus propósitos e era capaz de destruir qualquer rival que surgisse em seu caminho.

Ratcliffe não temia ninguém. Não fora em vão que abrira com muito esforço seu caminho pela vida, e ele sabia o valor da frieza e de uma autoconfiança obstinada.

Era com seu americanismo robusto e a força de sua vontade que se conduzia com segurança através dos perigos e armadilhas da sociedade da sra. Lee, onde rivais e inimigos o cercavam por todos os lados. Ele não parecia mais do que um estudante quando adentrava seus domínios, mas, quando conseguia atraí-los para o próprio território de vida prática, raramente deixava de destruir seus agressores.

Foram esse pragmatismo e essa frieza que conquistaram a sra. Lee, mulher o bastante para supor que toda a beleza que a adornava estava muito bem empregada, e que lhe bastava que o sexo oposto reconhecesse sua grandeza superior. Os homens eram valiosos tão somente em relação à sua força e sua apreciação das mulheres. Se o senador tivesse sido forte o suficiente para controlar seus humores, teria se saído muito bem; no entanto, seu temperamento estava sob grande pressão naqueles tempos, e seu incessante esforço para controlá-lo na política o tornava menos atencioso na vida privada. A premissa tácita da sra. Lee quanto à excelência de seu refinamento irritava-o, e às vezes o fazia mostrar os dentes como um buldogue, ao custo de receber da sra. Lee, como um gato bem-criado que repreendesse o excesso de familiaridade, uma ligeira patada em resposta; inocente à vista, mas capaz de ferir. Certa noite, quando estava mais do que irritadiço, depois de permanecer algum tempo em soturno silêncio, ele se levantou e, pegando um livro sobre a mesa, olhou para o título e o folheou. Por azar, aconteceu que se tratava de um volume de Darwin que a sra. Lee acabara de tomar emprestado à Biblioteca do Congresso.

— A senhora entende desse tipo de coisa? – perguntou o senador abruptamente, num tom que sugeria um sorriso de escárnio.

— Não muito bem – respondeu a sra. Lee de maneira um tanto ríspida.

— Por que a senhora quer entender? – insistiu o senador. — Que bem lhe fará?

— Talvez nos ensine a ser modestos – respondeu Madeleine à altura.

— Por que diz que nós descendemos de macacos? – retrucou o senador grosseiramente. — A senhora acha que é descendente de macacos?

— Por que não? – devolveu Madeleine.

— Por que não? – repetiu Ratcliffe em um riso grosseiro. — Eu não gosto da relação. A senhora pretende apresentar seus primos distantes à sociedade?

— Eles trariam mais diversão do que a maioria de seus membros atuais – retrucou a sra. Lee com um sorriso gentil que sugeria a maldade. Mas Ratcliffe não vestia a carapuça; pelo contrário, o único efeito do desafio da sra. Lee era provocar ainda mais seu mau humor, e sempre que perdia a paciência tornava-se senatorial e websteriano.

— Livros como este – começou ele – desgraçam nossa civilização; degradam e estupidificam nossa natureza divina; são apenas adequados para despotismos asiáticos, nos quais os homens estão reduzidos ao nível das bestas; que sejam aceitos por um homem como o barão Jacobi, eu posso entender; ele e seus mestres não têm nada a fazer no mundo a não ser humilhar e destruir os direitos humanos. O senhor Carrington, é claro, aprovaria essas ideias; ele acredita na doutrina divina do pelourinho para os negros; mas que a senhora, que professa filantropia e princípios livres, caminhe com eles é surpreendente; é incrível; é indigno da senhora.

— O senhor é muito duro com os macacos – respondeu Madeleine com severidade, quando o discurso do senador teve fim. — Os macacos nunca lhe causaram mal algum; eles não estão na vida pública; sequer são eleitores; se fossem, o senhor ficaria entusiasmado com a inteligência e a virtude deles. Afinal de contas, devemos ser gratos a eles, pois o que os homens fariam neste mundo melancólico se não tivessem herdado a alegria dos macacos, assim como a oratória?

Ratcliffe, para que se lhe faça justiça, recebia bem as punições, pelo menos quando vinham das mãos da sra. Lee, e suas ocasionais explosões de insubordinação invariavelmente eram seguidas de um melhor comportamento; mas se, por um lado, ele permitia que a sra. Lee lhe corrigisse os defeitos, por outro não tinha a menor intenção de obedecer a seus amigos e não perdia a oportunidade de lhes deixar isso claro. Fazê-lo, porém, nem sempre foi suficiente. Fosse por ter poucas ideias para além da própria experiência, fosse por não confiar em si mesmo em terreno duvidoso, ele parecia compelido a reduzir toda e qualquer discussão ao próprio nível. Madeleine quebrou a cabeça em vão para descobrir se ele o fazia porque lhe fosse irresistível ou porque pretendia desse modo encobrir a própria ignorância.

— O barão me divertiu muito com o relato da sociedade de Bucareste – disse a sra. Lee, a certa altura. — Eu não sabia que era tão alegre.

— Eu gostaria de apresentar a ele nossa sociedade em Peonia – foi a resposta de Ratcliffe. — Ele encontraria um círculo bastante vivo entre os verdadeiros nobres da terra.

— O barão diz que seus políticos são muito refinados e precisos – acrescentou o sr. French.

— Ah, existem políticos na Bulgária? – perguntou o senador, cujas ideias sobre as regiões romenas e búlgaras eram nebulosas e tinha uma vaga noção de que eram habitadas por gente que vivia em tendas, vestia peles de ovelha forradas de lã e comia coalhada. — Ah, existem políticos lá! Eu gostaria de vê-los testar sua precisão no Oeste.

— Verdade! – exclamou a sra. Lee. — Imagine Átila e suas hordas organizando uma reunião do partido em Indiana...

— De qualquer forma – exclamou French com uma risada alta –, o barão disse que um grupo tão canalha de políticos quanto o de seus amigos não poderia ser encontrado em todo o Illinois.

— Ele disse isso? – perguntou Ratcliffe com raiva.

— Não foi, sra. Lee? Mas eu não acredito nisso; o senhor acredita? Qual é a sua opinião sincera, Ratcliffe? O que o senhor não sabe sobre a política de Illinois não vale a pena ser conhecido? O senhor acha mesmo que os canalhas búlgaros não seriam capazes de tocar uma convenção estadual de Illinois?

Ratcliffe não gostava de ser caçoado, especialmente sobre esse assunto, mas não podia ressentir-se da liberdade de French, que era apenas uma resposta moderada àquela história da noz-moscada de madeira. Tirar a conversa da Europa, da literatura, da arte, era seu grande objetivo, e a piada era uma forma de escapar.

Carrington estava bem ciente de que o lado fraco do senador estava em sua ignorância total da moral. Ele nutria a falsa esperança de que cedo ou tarde a sra. Lee perceberia isso e ficaria horrorizada, de modo que bastava que Ratcliffe se expusesse. Sem falar muito, Carrington sempre procurava provocá-lo. Ele logo descobriu, porém, que Ratcliffe entendia perfeitamente tais táticas e, em vez de feri-lo, fazia com que o senador melhorasse sua posição. Às vezes, a audácia do homem era espantosa, e mesmo quando Carrington o julgava irremediavelmente capturado ele se desfazia das redes que o prendiam com uma incrível demonstração de força, e saía mais audaz e perigoso do que nunca.

Quando a sra. Lee pressionava-o muito, ele admitia com franqueza as acusações que ela lhe fazia.

— O que a senhora diz é em grande parte verdade. Há muita coisa na política que causa repulsa e desânimo; há muita coisa grosseira e ruim. Aceito que a senhora diga que existe desonestidade e corrupção. Precisamos tentar tornar a quantidade a menor possível.

— O senhor deveria poder dizer à sra. Lee como agir nesse caso – disse Carrington. — O senhor teve experiência. Ouvi dizer, parece-me, que o senhor já foi levado a medidas muito duras contra a corrupção.

Ratcliffe não pareceu satisfeito com esse elogio e endereçou a Carrington um daqueles seus olhares frios que significavam maldade. Mas ele aceitou o desafio sem pensar duas vezes:

— Sim, tive de fazê-lo e sinto muito por isso. A história é essa, sra. Lee; e é bem conhecida de todos os homens, mulheres e crianças no estado de Illinois, de modo que não tenho motivo para torná-la mais suave. Nos piores dias da guerra havia quase a certeza de que meu estado seria vencido de forma fraudulenta, como pensávamos, pelo partido defensor da paz, embora, com ou sem fraude, jamais o permitiríamos. Se tivéssemos perdido Illinois naquele momento, certamente teríamos perdido a eleição presidencial e, provavelmente, a União. De qualquer forma, eu acreditava que o destino da guerra dependia do resultado. Eu era então governador e tinha comigo toda a responsabilidade. Nós tínhamos controle total dos condados do Norte e de seus resultados. Pedimos aos oficiais responsáveis pela fiscalização da eleição em um certo número de condados que não divulgassem os resultados até que recebessem instruções, e, quando fomos informados dos votos de todos os condados do Sul e soubemos o número exato de votos de que precisávamos para ganhar a maioria, telegrafamos para os nossos oficiais no Norte para ajustar o voto de seus distritos e, assim, vencemos a eleição. Assim se deu e, como agora sou senador, tenho o direito de supor que o que fiz recebeu aprovação. Não tenho orgulho do que fiz, mas faria de novo, e até mais, se julgasse que salvaria o país da desunião. Mas é claro que não esperava receber a aprovação do senhor Carrington. Creio que ele estivesse, então, realizando seus princípios de reforma empunhando armas contra o governo.

— Estava – respondeu Carrington secamente. — O senhor me derrotou também. Como o velho escocês, o senhor não se preocupava com quem fizesse as guerras do povo, desde que ficasse com as urnas.

Carrington não compreendera o essencial. O homem que cometeu um assassinato por seu país é um patriota, não um assassino, mesmo quando ele recebe um assento no Senado como sua parte do butim. Não se pode esperar que as mulheres perscrutem as razões do patriota que salva seu país e sua eleição em tempos de revolução.

A hostilidade de Carrington a Ratcliffe era, no entanto, branda quando comparada com a sentida pelo velho barão Jacobi. Não é fácil de explicar por que o barão alimentara preconceitos tão violentos, mas um diplomata e um senador são inimigos naturais, e Jacobi, como admirador declarado da sra. Lee, encontrou Ratcliffe em seu caminho. O que esse velho diplomata preconceituoso e imoral desprezava e abominava em um senador americano era o tipo que, para seus cansados olhos europeus, combinava máxima autoconfiança pragmática e temperamento arrogante com a educação mais estreita e a experiência pessoal mais mesquinha que já existiu em qualquer governo considerável. Como o país do barão Jacobi não tinha relações especiais com os Estados Unidos, e sua legação em Washington era meramente um trabalho criado para Jacobi preencher uma vaga, ele não encontrava razão para disfarçar suas antipatias pessoais, e em alguma medida julgava ter a missão de expressar esse desprezo diplomático pelo Senado, desprezo que seus colegas, caso o sentissem, eram obrigados a esconder. Ele desempenhava suas funções com diligente precisão. Nunca perdia uma oportunidade de enfiar a ponta de seu florete dialético por entre as juntas da desajeitada e tacanha autoestima senatorial. Deliciava-se em expor com habilidade aos olhos de Madeleine um novo aspecto da ignorância de Ratcliffe. Suas conversas nesses momentos brilhavam com alusões históricas, citações em meia dúzia de línguas diferentes, referências a fatos conhecidos que a memória de um velho não podia recordar com precisão em todos os detalhes, mas com os quais o honorável senador tinha alguma intimidade, e que ele poderia prontamente fornecer. E seu semblante voltairiano se enchia de educada malícia ao ouvir a resposta de Ratcliffe, que demonstrava invariável ignorância de literatura, arte e história. O clímax de seu triunfo veio uma noite, quando Ratcliffe, por azar, provocado por alguma alusão a Molière, a qual ele julgou entender, fez referência à infeliz influência daquele grande homem nas opiniões religiosas de seu tempo. Num lampejo de inspiração, Jacobi entendeu que Ratcliffe confundira Molière com Voltaire, e, afetando uma suavidade extrema de modos, colocou sua vítima em grande desconforto e a torturou com explicações e perguntas arrogantes, até que Madeleine foi forçada a interromper e encerrar a cena. Mas, mesmo quando o senador não era atraído a uma armadilha, ele não escapava ao ataque. O barão, nesse caso, cruzava a fronteira e o atacava no próprio terreno, como em certa ocasião, quando Ratcliffe defendia sua doutrina de lealdade partidária, Jacobi o silenciou sarcasticamente em termos mais ou menos que tais:

— Seu princípio é bem correto, sr. senador. Eu também, como o senhor, já fui um bom homem de partido: meu partido era o da Igreja; eu era ultramontano. Seu sistema partidário é totalmente calcado em nossa Igreja; sua Convenção Nacional é o nosso Conselho Ecumênico; vocês abdicam da razão, como nós, diante de suas decisões; e você mesmo, sr. Ratcliffe, é um cardeal. São homens capazes, os cardeais; conheci muitos; eram nossos melhores amigos, mas não eram reformistas. O senhor é um reformista, senhor senador?

Ratcliffe passou a temer e odiar o velho, mas todas as suas táticas comuns eram impotentes contra esse cínico impenetrável do século XVIII. Se recorria à sua prática parlamentar de intimidação e dogmatismo, o barão apenas sorria e dava as costas, ou fazia algum comentário em francês, o que irritava ainda mais o inimigo, porque, embora não o entendesse, sabia muito bem que Madeleine o compreendia e tentava reprimir o sorriso.

Os olhos cinzentos de Ratcliffe tornaram-se cada vez mais frios e pétreos à medida que ele percebeu que o barão Jacobi conduzia seus estratagemas com engenhosidade maligna e o objetivo de expulsá-lo da casa de Madeleine, e fez um terrível juramento de que não apanharia daquele estrangeiro com cara de macaco. Por outro lado, Jacobi tinha pouca esperança de sucesso:

— O que um velho pode fazer? – disse ele com absoluta sinceridade a Carrington. — Se eu fosse quarenta anos mais novo, esse paquiderme não teria chance. Ah! Eu gostaria de ser jovem novamente e que estivéssemos em Viena! – Do que Carrington inferiu que o venerável diplomata, se tais atos ainda estivessem em moda, insultaria friamente o senador e enfiaria uma bala em seu coração.

Em fevereiro, a temperatura subiu e fez lembrar o verão. Na Virginia, muitas vezes nessa época do ano surge um vislumbre ilusório de verão, deslizando entre as nuvens de tempestade de granizo e neve; dias, às vezes semanas, quando a temperatura é como a de junho; quando as primeiras plantas começam a exibir suas flores resistentes, e quando os ramos nus das árvores da floresta protestam sozinhos contra a postura das estações. Então homens e mulheres ficam indolentes; a vida parece, como na Itália, sensual e repleta de cores brilhantes; fazemo-nos conscientes de caminhar em uma atmosfera quente, palpável, radiante de possibilidades; uma névoa delicada paira sobre Arlington e suaviza até o brilho branco e áspero do Capitólio; a luta da existência parece arrefecer; a Quaresma lança sua sombra tranquila sobre a sociedade; e diplomatas joviais, inconscientes do perigo, são atraídos a pedir a moças tolas que se casem com eles; o sangue derrete no coração e flui para as veias, como as gotas de água cintilante que escorrem de cada bloco de gelo ou neve, como se todo o gelo e a neve na terra e toda a dureza do coração, toda a heresia e cisma, todas as obras do diabo, se rendessem à força do amor e ao calor cheio de frescor da virtude inocente, confidente e terna. Em tal mundo, não deveria haver malícia – e, no entanto, há muita. De fato, em nenhuma outra estação existe em tamanha abundância. Esse é o momento em que os dois sepulcros caiados em cada extremidade da avenida recendem à atmosfera espessa de negociatas e vendas. O velho está partindo; o novo está chegando. Riquezas, cargos, poderes estão em leilão. Quem dá mais? Quem é mais venenoso em seu ódio? Quem manipula com mais habilidade? Quem fez o jogo político mais sujo, sórdido e sombrio? Este terá sua recompensa.

O senador Ratcliffe estava ocupado e desconfortável. Uma multidão de aspirantes a cargos permanecia em seu encalço e sitiava seus aposentos em busca de endosso para que suas personagens saíssem do papel. O novo presidente chegaria na segunda-feira. Intrigas e combinações, das quais o senador era a alma, estavam todas em polvorosa, à espera desse momento. Correspondentes de jornal o importunavam com perguntas. Senadores correligionários o convocavam para reuniões. Seus pensamentos estavam imersos nos próprios interesses. Pode-se supor que, em tal momento, nada poderia tê-lo afastado da mesa de jogo político e, no entanto, quando a sra. Lee comentou que viajaria a Mount Vernon no sábado com um pequeno grupo, incluindo o ministro britânico e um cavalheiro irlandês convidado da Legação Britânica, o senador surpreendeu-a, expressando um forte desejo de unir-se a eles. Ele explicou que, como a liderança política não estava mais em suas mãos, havia nove em dez chances de que, a qualquer movimento seu, ele cometesse um erro; que seus amigos esperavam que ele fizesse alguma coisa quando, na verdade, nada poderia ser feito; que todas as providências já haviam sido tomadas e que, para ele, ir a um passeio em Mount Vernon, naquele momento, com o ministro britânico, era, de modo geral, o melhor uso que ele podia dar a seu tempo, já que assim se esconderia por pelo menos um dia.

Lorde Skye adquirira o hábito de consultar a sra. Lee quando as próprias fontes sociais estavam em baixa, e foi ela quem sugeriu a viagem a Mount Vernon, com Carrington como guia e o sr. Gore para dar um colorido, com o intuito de ocupar o tempo do amigo irlandês que lorde Skye lutava para distrair.

Esse cavalheiro, que tinha o título de Dunbeg, era um par arruinado, nem rico nem tampouco célebre. Lorde Skye levou-o em visita à sra. Lee e, de certa forma, tomou-o sob seus cuidados. Ele era jovem, não tinha má aparência, era muito inteligente, apreciador dos fatos e pouco espirituoso. Era dado a sorrir de forma depreciativa e, quando falava, mostrava-se ora ausente, ora animado; era displicente no que dizia, e depois sorria fazendo pouco da ofensa, ou suas palavras tropeçavam umas sobre as outras em sua rapidez. Talvez seus modos fossem um pouco ridículos, mas tinha um bom coração, boa cabeça e um título. Encontrou interesse nos olhos de Sybil e Victoria Dare, que se recusaram a aceitar outras mulheres no grupo, embora não tenham feito objeção à admissão de Ratcliffe. Quanto a lorde Dunbeg, ele era um entusiasmado admirador do general Washington e, como confidenciava, estava ansioso por estudar aspectos da sociedade americana. Ele ficou encantado com a oportunidade de viajar em um pequeno grupo, e a srta. Dare prometeu secretamente a si mesma que lhe mostraria um desses aspectos.

A manhã estava quente, o céu, suave, o pequeno vapor estava parado no cais tranquilo, com alguns negros observando preguiçosamente os preparativos para a partida.

Carrington chegou primeiro com a sra. Lee e as moças e ficou encostado na amurada, esperando a chegada de seus companheiros. Então veio o sr. Gore, elegantemente vestido e enluvado, com um sobretudo leve de primavera; porque o sr. Gore era muito cuidadoso com seu aspecto pessoal e não pouco vaidoso de sua boa aparência. Então uma bela mulher, de olhos azuis e cabelos loiros, vestida de preto e levando uma menina pela mão, subiu a bordo e Carrington dirigiu-se a ela para cumprimentá-la. Quando ele voltou para perto da sra. Lee, ela perguntou-lhe sobre a conhecida, e ele respondeu com uma meia risada, como se não se orgulhasse do contato, que se tratava de uma cliente, uma linda viúva, bem conhecida em Washington.

— Qualquer um no Capitólio lhe contaria tudo sobre ela. Foi a esposa de um célebre lobista, falecido há cerca de dois anos. Os congressistas não são capazes de recusar o que seja a um rosto bonito, e ela é a ideia que eles têm da perfeição feminina. Mas ela é também uma mulherzinha fútil. Seu marido morreu depois de uma doença breve e, para minha grande surpresa, fui nomeado executor de seu testamento. Acho que ele tinha a ideia de que podia me confiar seus documentos, que eram importantes e comprometedores, pois ele parece não ter tido tempo de examiná-los e destruir o que fosse necessário tirar do caminho. Então, como você vê, fiquei com a viúva e a filha dele para cuidar. Felizmente, elas estão bem amparadas.

— Mas o senhor não me disse o nome dela.

— O nome dela é Baker, sra. Sam Baker. Mas eles estão prontos para partir, e Ratcliffe será deixado para trás. Vou pedir ao capitão que espere.

Cerca de uma dúzia de passageiros havia chegado, entre eles os dois condes, com um lacaio carregando uma promissora cesta de almoço, e as pranchas de embarque estavam sendo retiradas quando uma carruagem aproximou-se rapidamente do cais. O sr. Ratcliffe saltou e correu a bordo. "Partamos, já!", gritou ele aos marujos negros e, no instante seguinte, o pequeno vapor iniciou sua jornada, abrindo com seu esforço as águas barrentas do Potomac e erguendo sua pequena coluna de fumaça como se fosse um queimador de incenso recém-inventado que se aproximasse do templo da divindade nacional. Ratcliffe explicou com grande alegria que não fora sem enorme dificuldade que escapara a seus visitantes dizendo-lhes que o ministro britânico esperava por ele e que voltaria logo.

— Se soubessem para onde eu estava indo – disse ele –, vocês teriam visto o barco inundado de gente à procura de cargos. O estado de Illinois teria transformado todos vocês em náufragos.

Ele estava muito animado, determinado a desfrutar de sua folga, e enquanto passavam pelo arsenal com sua sentinela solitária, e o estaleiro da Marinha, com um único vapor de guerra de madeira sem condições de navegar, apontou essas evidências da grandeza nacional a lorde Skye, ameaçando, como o último terror da diplomacia, mandá-lo para casa em uma fragata americana. Assim permaneceram eles, desfrutando do bom humor senatorial de um lado do barco, enquanto do outro Sybil e Victoria, com a ajuda de Gore e Carrington, traziam progressos à mente de lorde Dunbeg.

A srta. Dare, finalmente encontrando para si mesma assento conveniente onde pudesse repousar e ser a dona da situação, afetou uma expressão incomumente recatada e esperou com gravidade até que seu nobre vizinho lhe desse a oportunidade de lhe mostrar os poderes que, acreditava ela, desvelariam um novo aspecto em sua existência. A srta. Dare era uma dessas jovens, às vezes encontradas na América, que parecem não ter nenhum objetivo na vida e, embora aparentemente dedicadas aos homens, não se importam com estes, mas encontram a felicidade unicamente na violação das regras; ela não ostentava qualquer virtude que tivesse, e seu principal prazer era fazer troça de si e de todos.

— Que rio nobre! – observou lorde Dunbeg, enquanto o barco singrava a larga correnteza. — Suponho que vocês costumam navegar por ele?

— Eu nunca havia estado aqui na minha vida – respondeu a mentirosa srta. Dare. — Não lhe damos muita atenção; é um rio muito pequeno; estamos acostumados a outros muito maiores.

— Sinto que a senhorita não iria gostar de nossos rios ingleses; são meros riachos comparados com este.

— É verdade? – perguntou Victoria com uma vaga surpresa. — Que curioso! Então acho que não gostaria de ser uma inglesa. Eu não poderia viver sem grandes rios.

Lorde Dunbeg fitou-a, insinuando que a ideia não fazia o menor sentido.

— A menos que eu fosse uma condessa! – prosseguiu Victoria, em tom reflexivo, olhando para Alexandria e ignorando o aristocrata. — Acho que seria capaz de lidar com isso se eu fosse uma c-c-condessa. É um título tão bonito!

— Geralmente se considera duquesa um título mais bonito – gaguejou Dunbeg, muito envergonhado. O jovem não estava acostumado a uma postura feminina provocativa.

— Eu ficaria satisfeita com condessa. Soa bem. Surpreende-me que o senhor não goste.

Dunbeg começou a olhar em torno buscando algum meio de fuga, mas estava preso.

— Tenho a impressão de que é uma tremenda responsabilidade escolher uma condessa. Como o senhor faz?

Lorde Dunbeg uniu-se nervosamente ao riso geral quando Sybil exclamou: "Oh, Victoria!", mas a srta. Dare continuou impassível, sem um sorriso ou qualquer elevação de sua voz monótona:

— Ora, Sybil, não me interrompa, por favor. Estou profundamente envolvida na minha conversa com lorde Dunbeg. Ele entende que meu interesse é puramente científico, mas minha felicidade exige que eu saiba como as condessas são escolhidas. Lorde Dunbeg, o que o senhor recomendaria a um amigo que quisesse escolher uma condessa?

Lorde Dunbeg começava a se divertir com a audácia da srta. Dare e até tentou estabelecer, para sua satisfação, uma ou duas regras de seleção de condessas, mas muito antes de ter inventado a primeira regra Victoria tinha ido para um novo assunto:

— Quem o senhor preferiria ser, lorde Dunbeg? Um conde ou George Washington?

— George Washington, certamente – foi a resposta cortês, ainda que um tanto desconcertante, do conde.

— Sério? – perguntou ela com uma indolente afetação de surpresa. — É muitíssimo gentil de sua parte dizer isso, mas é claro que não é o que pensa.

— Mas foi exatamente o que eu quis dizer.

— É possível? Nunca me passaria pela cabeça uma coisa dessas.

— Por que não, srta. Dare?

— O senhor não tem o ar de quem gostaria de ser George Washington.

— Posso perguntar de novo por que não?

— Pode, claro. O senhor já viu George Washington?

— Lógico que não. Ele morreu cinquenta anos antes de eu nascer.

— Foi o que pensei. Vê-se que o senhor não o conhece. Agora, diga-nos: que ideia tem do general Washington?

Dunbeg fez uma descrição lisonjeira do general Washington, uma combinação do retrato de Stuart e da estátua do Júpiter Olímpico de Greenough, dotado das feições de Washington, na praça do Capitólio. A srta. Dare ouviu com uma expressão de superioridade temperada de paciência, e então o esclareceu da seguinte forma:

— Tudo o que o senhor diz é perfeito, sem tirar nem pôr – desculpe a vulgaridade da expressão. Quando for uma condessa, falarei melhor. A verdade é que o general Washington era um sujeito do campo, um fazendeiro magrelo, de feições muito duras, muito desajeitado, muito analfabeto e muito enfadonho; muito mal-humorado, muito profano, e que geralmente ficava bêbado depois do jantar.

— A senhora me assusta, srta. Dare! – exclamou Dunbeg.

— Ah, eu sei tudo sobre o general Washington. Meu avô o conheceu intimamente e muitas vezes ficava semanas a fio em Mount Vernon. O senhor não deve acreditar no que lê nem no que o sr. Carrington possa dizer. Ele é da Virginia e vai lhe contar um número sem fim de boas histórias sem uma única sílaba de verdade nelas. Somos todos patrióticos quando se trata de Washington e gostamos de esconder seus defeitos. Se eu não tivesse certeza de que o senhor jamais repetiria o que eu disse, não lhe contaria. A verdade é que, mesmo quando George Washington era um menino pequeno, seu temperamento era tão violento que ninguém era capaz de dar jeito nele. Certa vez ele cortou todas as árvores frutíferas do pai em um ataque de fúria, e então, só porque queriam açoitá-lo, ameaçou acertar o pai com uma machadinha. Sua esposa idosa comeu o pão que o diabo amassou na mão dele. Meu avô muitas vezes me contou que via o general beliscá-la e xingá-la até que a pobre criatura saía da sala aos prantos; e como uma vez em Mount Vernon ele viu Washington, já bastante velho, de repente avançar contra um visitante inofensivo e o expulsar do lugar batendo na cabeça dele sem parar com uma bengala cheia de nós, e só porque ouviu o coitado gaguejar; ele não suportava g-g-gagueira.

Carrington e Gore explodiram em gargalhadas com a descrição do Pai Fundador, mas Victoria continuou em sua fala gentil para esclarecer lorde Dunbeg em relação a outros assuntos com informações igualmente mentirosas, até que ele concluiu que ela era a pessoa mais excêntrica que já havia conhecido. Quando o barco chegou a Mount Vernon, ela ainda estava dedicada a descrever a sociedade e os costumes dos Estados Unidos, e especialmente as regras que tornavam necessária uma oferta de casamento. Segundo ela, lorde Dunbeg corria perigo iminente; em todos os estados ao sul do Potomac, era esperado que cavalheiros, e especialmente estrangeiros, se oferecessem a pelo menos uma jovem em cada cidade:

— E ontem mesmo recebi uma carta de uma menina adorável da Carolina do Norte, uma amiga querida, que me escreveu dizendo que estava transtornada porque seus irmãos tinham desafiado um jovem visitante inglês com carabinas, e ela temia que ele não sobrevivesse e, enfim, disse que devia tê-lo recusado.

Enquanto isso, Madeleine, do outro lado do barco, impassível diante das risadas que rodeavam a srta. Dare, conversava sóbria e seriamente com lorde Skye e o senador Ratcliffe. Lorde Skye, também um pouco inebriado pelo brilho da manhã, irrompeu em admiração pelo nobre rio e acusou os americanos de não apreciar as belezas do próprio país.

— Sua mente nacional – disse ele – não tem pálpebras. Ela exige um imenso fulgor e uma estrada batida. Prefere sombras que possam ser cortadas com uma faca. Não conhece a beleza dessa suavidade invernal da Virginia.

A sra. Lee se ressentiu da acusação. Diferentemente da Europa, afirmava ela, a América não havia gasto e exaurido seus sentimentos. Ela ainda tinha uma história a ser contada; estava à espera de um Burns e de um Scott, de um Wordsworth e um Byron, um Hogarth e um Turner.

— O senhor quer pêssegos na primavera – disse ela. — Dê-nos nossos mil anos de verão e depois se queixe, se quiser, de nossos pêssegos não serem tão doces quanto os seus. Depois disso, até nossas vozes poderão se tornar suaves – acrescentou ela, lançando um olhar a lorde Skye.

— Ficamos em desvantagem ao discutir com a sra. Lee – comentou ele, dirigindo-se a Ratcliffe. — Mal termina no papel de advogado, ela começa como testemunha. Os lábios da famosa duquesa de Devonshire não chegavam aos pés da voz da sra. Lee em termos de convencimento.

Ratcliffe ouvia atentamente, assentindo sempre que percebia que a sra. Lee assim o desejava. Ele queria entender precisamente o que eram tons e meios-tons, cores e harmonias.

Eles chegaram e caminharam pela trilha ensolarada. Pararam diante do túmulo, como fazem todos os bons americanos, e o sr. Gore, num tom de tristeza contida, fez um discurso curto:

— Ficaria muito pior se tentassem melhorar sua aparência – disse ele, observando suas proporções com o olhar estético de um cidadão de Boston. — Tal como está, esta tumba é uma simples desgraça que pode acometer qualquer um de nós; não devemos lamentá-la demais. O que sentiríamos se um comitê do Congresso a reconstruísse com mármore branco e torretas góticas e fizessem por dentro um acabamento dourado sobre estuque moldado à máquina!

Madeleine, no entanto, reforçou que o túmulo, tal como se apresentava, era o único ponto de perturbação na paisagem tranquila, e que aquilo contradizia tudo que pensava sobre o descanso em uma sepultura. Ratcliffe especulou consigo mesmo sobre o que ela queria dizer.

Seguiram perambulando pelo gramado e pela casa. Os olhos de todos, cansados das cores e formas ásperas da cidade, sentiam prazer nos desgastados lambris e nas paredes manchadas. Algumas das salas ainda estavam ocupadas; o fogo ardia nas amplas lareiras. A mobília desses cômodos era aceitável, e não havia a desconfortável sensação de reforma ou renovação. Eles subiram as escadas, e a sra. Lee riu quando lhe foi mostrado o quarto em que o general Washington dormia e onde morreu.

Carrington também sorriu.

— Nossas casas antigas da Virginia eram mais ou menos assim – lembrou ele. — Conjuntos de grandes salões no primeiro andar, e estes barracões esquálidos no andar de cima. A casa virginiana era uma espécie de hotel. Quando havia uma corrida, um casamento ou um baile, e a casa estava cheia, eles não se importavam em enfiar meia dúzia de pessoas em um quarto, e, se o quarto fosse grande, estendiam um lençol de uma ponta a outra para separar os homens e as mulheres. Quanto à higiene, não era o tempo dos banhos frios pela manhã. Com os nossos antepassados, uma lavadinha bastava.

— Vocês ainda vivem assim na Virginia? – perguntou Madeleine.

— Ah, não. Hoje vivemos como outras pessoas do campo e tentamos pagar nossas dívidas, o que aquela geração nunca fez. Eles viviam um dia de cada vez. Mantinham um estábulo cheio de cavalos. Os jovens estavam sempre cavalgando pelo país, apostando em corridas de cavalos, jogando, bebendo, brigando e fazendo a corte. Ninguém sabia exatamente o que valia a pena até que o desastre aconteceu há cinquenta anos, e a coisa toda acabou.

— Exatamente o que aconteceu na Irlanda! – disse lorde Dunbeg, muito interessado e ainda impregnado de seu artigo na *Quarterly*. — A semelhança é perfeita, até mesmo nas casas.

A sra. Lee perguntou secamente a Carrington se ele lamentava a destruição desse antigo arranjo social.

— Não se pode deixar de lamentar – respondeu ele – o que quer que tenha produzido George Washington e uma multidão de outros homens como ele. Mas acho que ainda poderíamos produzir os homens se tivéssemos o mesmo espaço para eles.

— E o senhor traria a velha sociedade de volta se pudesse? – perguntou ela.

— Para quê? Ela não conseguiu se sustentar. O próprio general Washington não foi capaz de salvá-la. Antes de morrer, havia perdido o domínio sobre a Virginia, e seu poder desaparecera.

O grupo se separou por algum tempo, e a sra. Lee se viu sozinha na grande sala de visitas. Logo a loira, a sra. Baker, entrou com a filha, que corria fazendo mais barulho do que a sra. Washington teria permitido. Madeleine, que tinha o habitual amor feminino pelas crianças, chamou-a e indicou os pastores e pastoras esculpidos no mármore branco italiano da lareira; ela inventou uma pequena história sobre eles para divertir a criança, enquanto a mãe permaneceu próxima e, no final, agradeceu à contadora de histórias com mais entusiasmo do que o solicitado. A sra. Lee não gostou de seus modos efusivos nem de sua aparência, e ficou feliz quando Dunbeg apareceu na porta.

— O que o senhor achou da casa do general Washington? – perguntou ela.

— Realmente, garanto-lhe que me sinto em casa – respondeu Dunbeg com um sorriso mais radiante do que nunca. — Tenho certeza de que o general Washington era um irlandês. Sei disso pela aparência do lugar. Quero pesquisar e escrever um artigo sobre isso.

— Então, se o senhor já decidiu o que fazer dele – disse Madeleine –, acho que vamos almoçar, e tomei a liberdade de pedir que seja servido lá fora.

Ali havia uma mesa improvisada, e a srta. Dare examinava o almoço e fazia comentários sobre o estilo culinário e a adega de lorde Skye.

— Espero que seja um champanhe bem seco – disse ela. — Champanhe doce é absolutamente abominável.

A jovem não sabia mais sobre champanhe seco e doce do que sobre o vinho de Ulisses, exceto que bebia ambos com igual satisfação, mas estava imitando uma secretária da Legação Britânica, responsável pelo jantar em sua última festa noturna. Lorde Skye pediu encarecidamente que o experimentasse, o que ela fez, e com grande gravidade observou que tinha cerca de 5% de açúcar, segundo presumia. Esse era também um empréstimo da secretária, embora tivesse tanto conhecimento do que dizia quanto um papagaio.

O almoço foi muito animado e muito bom. Quando acabou, os cavalheiros foram autorizados a fumar, e a conversa entrou em um momento mais sóbrio, ameaçando por fim tornar-se séria.

— O senhor quer meios-tons! – disse Madeleine a lorde Skye. — Não há meios-tons suficientes para agradar-lhe nas paredes desta casa?

Lorde Skye sugeriu que isso se devia provavelmente ao fato de que Washington, pertencendo, como pertencia, ao universo, era no tocante ao gosto uma exceção às regras locais.

— A sensação de descanso aqui não é sedutora? – prosseguiu ela. — Olhe aquele jardim pitoresco, esse gramado irregular, o rio tão largo diante de nós e o forte antiquíssimo na outra margem! Tudo é tranquilo, até o quartinho do pobre general. Dá vontade de se deitar nele e dormir uns dois séculos. E tudo isso com aquele Capitólio medonho e empesteado de caça-cargos a 10 milhas de distância.

— Não! Isso é mais do que sou capaz de suportar! – interrompeu a srta. Victoria num sussurro de palco. — Aquele Capitólio medonho! Ora, nenhum de nós estaria aqui sem aquele lugar medonho, exceto, talvez, eu mesma!

— Você ficaria muito bem de sra. Washington, Victoria.

— A srta. Dare foi muito gentil ao nos dar sua opinião sobre o caráter do general Washington esta manhã – disse Dunbeg –, mas eu ainda não tive a oportunidade de perguntar ao sr. Carrington a dele.

— O que a srta. Dare diz é valioso – respondeu Carrington –, mas seu ponto forte são os fatos.

— Não seja lisonjeiro, sr. Carrington – retrucou a srta. Dare. — Eu não preciso disso, e isso não cai bem ao seu estilo. Diga-me, lorde Dunbeg, o sr. Carrington não é um pouco a sua ideia de um general Washington em seu apogeu entre nós?

— Depois do seu relato do general Washington, srta. Dare, como posso concordar com a senhorita?

— Afinal – disse lorde Skye –, acho que devemos concordar que a srta. Dare está, em linhas gerais, certa sobre os encantos de Mount Vernon. Até mesmo a sra. Lee, enquanto subíamos, concordou que o general, que é o único residente permanente aqui, tem o ar de estar absolutamente entediado em sua tumba. Eu mesmo não amo o seu Capitólio medonho lá embaixo, mas o prefiro a uma vida bucólica aqui. E assim justifico minha falta de entusiasmo pelo seu grande general. Ele não gostava de nenhum tipo de vida a não ser esta. Parece ter sido maior na condição de um fazendeiro da Virginia com saudades de casa do que como general ou presidente. Eu o perdoo por sua excessiva obtusidade, pois não era um diplomata e não era do ofício dele mentir, mas poderia de vez em quando ter se esquecido de Mount Vernon.

Neste ponto, Dunbeg intrometeu-se com um protesto animado; todas as suas palavras pareciam colidir umas com as outras na pressa que tinham.

— Todos os nossos maiores ingleses foram cavalheiros rurais saudosos de casa. Eu também sou um cavalheiro rural.

— Que interessante! – disse baixinho a srta. Dare.

Aqui foi a vez de o sr. Gore entrar na conversa:

— Ótimo que avaliem o general Washington de acordo com as próprias regras de ouro. Mas o que vocês dirão a nós, naturais da Nova Inglaterra, que nunca fomos cavalheiros rurais e nunca tivemos nenhum apreço pela Virginia? O que Washington fez por nós? Ele nunca sequer fingiu gostar de nós. Nunca foi mais do que apenas civil para nós. Eu não o estou criticando; todo mundo sabe que ele nunca se importou com nada além de Mount Vernon. Ainda assim, nós o idolatramos. Para nós ele representa a Moralidade, a Justiça, o Dever, a Verdade; meia dúzia de deuses romanos com letras maiúsculas. Ele é austero, solitário e grandioso; deveria ser deificado. Eu mal me sinto confortável comendo, bebendo, fumando aqui em seu pórtico sem sua permissão, tomando liberdades com sua casa, criticando seus quartos em sua ausência. Imaginem que ouvíssemos o cavalo dele correndo do outro lado, e ele de repente aparecesse diante desta porta e olhasse para nós. Eu abandonaria vocês à raiva dele. Fugiria e me esconderia no barco. O mero pensamento me castra.

Ratcliffe parecia se divertir com as ideias um tanto sérias de Gore.

— O senhor me faz recordar de mim mesmo – disse ele –, de meus sentimentos quando era menino e fui obrigado pelo meu pai a decorar o "Discurso de Despedida". Naquela época, o general Washington era uma espécie de Jeová americano. Mas o Oeste não é uma boa escola para a reverência. Desde que cheguei ao Congresso, aprendi mais sobre o general Washington e fiquei surpreso ao descobrir em quão pouca informação sua fama se apoia. Um oficial militar de boa reputação, que cometeu muitos erros e que nunca teve sob seu comando mais homens do que os necessários a formar uma unidade completa do Exército, e que obteve enorme reputação na Europa porque não se fez rei, como se em algum momento tivesse tido oportunidade de ser. Presidente respeitável e meticuloso, foi tratado pela oposição com uma dose de deferência que tornaria o governo fácil para um bebê, mas o preocupava até a morte. Seus documentos oficiais são bem feitos e contêm bom senso comum, como 100 mil homens nos Estados Unidos escreveriam agora. Penso que metade de seu apego a este lugar vinha da consciência que tinha de sua inferioridade e de seu pavor de responsabilidade. Este governo pode mostrar hoje uns dez homens com as mesmas habilidades, mas não os tratamos como deuses. O que mais me surpreende nele não é sua genialidade militar ou política, pois duvido que tivesse muita, mas uma esperteza ianque curiosa em questões de dinheiro. Ele se considerava um homem muito rico, mas nunca gastou 1 dólar tolamente. Ele é praticamente o único virginiano de que já ouvi falar, na vida pública, que não morreu insolvente.

Durante esse longo discurso, Carrington voltou-se a Madeleine e ambos trocaram olhares. A crítica de Ratcliffe não era do gosto dela. Carrington podia ver que ela julgava aquelas palavras indignas dele, e ele sabia que isso a irritava.

"Vou colocar uma pequena armadilha para o sr. Ratcliffe", ponderou ele consigo mesmo. "Vamos ver se ele escapa dela." Então Carrington começou, e todos o ouviram atentamente, pois, como virginiano, ele deveria saber muito sobre o assunto, e sua família gozara da mais profunda confiança do próprio Washington.

— Os moradores dessa região tinham, e talvez ainda tenham, algumas histórias curiosas sobre o rigor com que o general Washington tratava questões financeiras. Diziam que ele nunca comprava nada por peso sem que ele próprio pesasse novamente, nem por quantidade sem que ele próprio tivesse contado, e, se o peso ou o número não estivessem exatos, ele mandava de volta. Certa vez, durante sua ausência, a sala de seu administrador foi emboçada, e o homem pagou a conta do estucador. No retorno do general, ele mediu a sala e descobriu que o estucador havia cobrado 15 xelins a mais. No mesmo período o homem morrera, e o general fez uma reclamação de 15 xelins em sua propriedade, que foi paga. Em outra ocasião, um dos seus inquilinos trouxe-lhe o aluguel. O general fazia questão dos 4 *pence* do total. O homem ofereceu 1 dólar e pediu ao general que lhe devolvesse o saldo no aluguel do próximo ano. O general recusou-se e o fez andar 9 milhas até Alexandria e retornar com os 4 *pence*. Por outro lado, ele pediu que buscassem um sapateiro em Alexandria para ir à sua propriedade tirar-lhe as medidas para um par de sapatos. O homem respondeu que não ia à casa de ninguém para tomar medidas, e o general montou em seu cavalo e cavalgou as 9 milhas até ele. Uma de suas regras era pagar nas tabernas a mesma quantia para as refeições de seus empregados e as próprias. Um estalajadeiro lhe trouxe uma conta de 3 xelins e

9 *pence* pelo seu café da manhã e 3 xelins pelo do seu criado. Ele insistiu em acrescentar o extra de 9 *pence*, já que tinha certeza de que o criado havia comido tanto quanto ele. O que vocês acham dessas anedotas? Era sovinice ou não?

Ratcliffe divertia-se.

— Essas histórias são novas para mim – disse ele. — É exatamente como eu pensava. São sinais de um homem que pensa muito em ninharias; aquele que se irrita com assuntos de somenos. Nós não fazemos as coisas dessa maneira agora que não temos mais de colher grãos no granito, como costumavam fazer em New Hampshire quando eu era menino.

Carrington respondeu que era azar para os virginianos que não tivessem feito nada dessa maneira na época; se tivessem, não teriam conhecido a decadência.

Gore balançou a cabeça seriamente:

— Eu não lhes disse? Esse homem não era uma virtude abstrata? Eu lhe dou minha palavra, fico admirado diante dele e me sinto envergonhado por bisbilhotar esses detalhes de sua vida. O que significa para nós ele julgar adequado aplicar seus princípios a gorros de dormir e espanadores? Não somos seus criados e não nos importamos com suas enfermidades. É o suficiente para sabermos que ele levou a ferro e fogo suas regras de virtude e que devemos, cada um de nós, nos pôr de joelhos diante de seu túmulo.

Dunbeg, depois de profunda reflexão, perguntou a Carrington se tudo aquilo não transformava o fundador de seu país em um político desajeitado.

— O sr. Ratcliffe sabe mais sobre política do que eu. Pergunte a ele – disse Carrington.

— Washington não era um político, no que se refere ao sentido estrito do termo – respondeu Ratcliffe abruptamente. — Ele ficou fora da política. A coisa não podia ser feita hoje. As pessoas não gostam daqueles ares de monarca.

— Eu não entendo! – disse à sra. Lee. — Por que o senhor não poderia fazer isso agora?

— Porque eu teria de me fazer de tolo – respondeu Ratcliffe, satisfeito por pensar que a sra. Lee o colocava no nível de Washington. Ela só queria perguntar por que a coisa não poderia ser feita, e esse pequeno toque da vaidade de Ratcliffe era inimitável.

— O sr. Ratcliffe quer dizer que Washington era respeitável demais para o nosso tempo – interpôs Carrington.

Isso foi dito com o deliberado propósito de irritar Ratcliffe, o que conseguiu ainda mais efetivamente, pois a sra. Lee virou-se para Carrington e disse com alguma amargura:

— Ele foi, então, o único homem público honesto que já tivemos?

— Oh, não! – disse Carrington alegremente. — Tivemos ainda uns outros dois.

— Se nossos demais presidentes tivessem sido como ele – disse Gore –, teríamos conhecido menos máculas em nossa curta história.

Ratcliffe estava exasperado com o hábito de Carrington de conduzir as discussões para aquele ponto. Ele sentiu a observação como um insulto pessoal e sabia que era intencional.

— Homens públicos – explodiu Ratcliffe – não podem se apresentar hoje nas antigas roupas de Washington. Se Washington fosse presidente hoje, teria de aprender nossos caminhos ou perder a próxima eleição. Apenas os tolos e os teóricos imaginam que nossa sociedade pode ser conduzida com luvas ou varas longas. É preciso fazer parte dela. Se a virtude não corresponde aos nossos propósitos, devemos usar o vício, ou nossos opositores nos tirarão do governo, e isso era tão verdadeiro nos dias de Washington como é hoje, e sempre será.

— Por favor – interveio lorde Skye, que começava a temer um embate aberto –, a conversa beira a traição, e eu sou autorizado por esse governo. Por que não examinar o terreno?

Uma espécie de empatia natural levou lorde Dunbeg a caminhar ao lado da srta. Dare pelo pitoresco jardim antigo. Com seus pensamentos demasiado ocupados pelo esforço de guardar as impressões que acabara de receber, ele estava mais distraído do que o normal, e essa falta de atenção irritava a jovem. Ela fez alguns comentários sobre flores; inventou algumas espécies novas com nomes surpreendentes; perguntou se eram conhecidas na Irlanda; mas lorde Dunbeg estava por ora tão vago em suas respostas que ela viu seus projetos ameaçados.

— Aqui está um velho mostrador solar. A Irlanda tem relógios solares, lorde Dunbeg?

— Sim; ah, claro! Ora! Relógios solares? Sim! Garanto-lhe que há muitos relógios solares na Irlanda, srta. Dare.

— Fico muito feliz. Mas suponho que sejam apenas para ornamento. Aqui é justamente o contrário. Veja este aqui! Todos eles acabam assim. O desgaste do nosso sol é demais para eles; não duram. Meu tio, que tem uma propriedade em Long Branch, teve cinco relógios solares em dez anos.

— Muito me espanta! Mas, na verdade, srta. Dare, não vejo como um relógio solar possa sofrer desgaste.

— Não? Que estranho! O senhor não percebe? Eles absorvem tanta luz do sol que não conseguem produzir sombra. São como eu, sabe? Eu me divirto tanto o tempo todo que não consigo ficar infeliz. Você já leu o *Burlington Hawkeye*, lorde Dunbeg?

— Não me recordo, creio que não. É ficção serializada? Americana? – ofegou Dunbeg, esforçando-se para acompanhar a srta. Dare em suas disparadas despreocupadas pelo campo.

— Não, não é! – replicou Victoria. — Mas acho que o senhor consideraria muito difícil. Não deveria tentar.

— A senhora lê muito, srta. Dare?

— Oh, sempre! Não sou tão leve quanto pareço. Mas nesse caso eu tenho uma vantagem sobre o senhor, porque conheço a língua.

A essa altura Dunbeg estava novamente atento, e a srta. Dare, satisfeita com seu sucesso, permitiu-se tornar mais razoável, até que um ligeiro tom de sentimento começou a cintilar em seu caminho.

O grupo disperso, no entanto, logo precisou se unir novamente. O barco tocou o sino para o retorno, eles formaram uma fila pela trilha e se instalaram em seus antigos lugares. À medida que se afastavam, a sra. Lee observava a ensolarada encosta e a casa pacífica ao alto, até que as perdeu de vista, e, quanto mais olhava, mais insatisfeita ficava consigo mesma. Era verdade, como disse Victoria Dare, que ela não conseguiria viver num ar tão puro? Ela realmente precisava dos vapores mais densos da cidade? Estava ela, sem que o percebesse, ficando aos poucos contaminada da vida ao seu redor? Ou Ratcliffe estava certo em aceitar o bem e o mal juntos, e em pertencer ao seu tempo, uma vez que vivia nele? Por que, perguntava-se ela amargamente, todas as coisas tocadas por Washington, mesmo o que abstratamente se associasse à sua casa, tornavam-se puras? E por que tudo o que tocamos parece conspurcado? Por que me sinto imundo quando olho para Mount Vernon? Apesar do sr. Ratcliffe, não é melhor ser criança e chorar pela lua e pelas estrelas?

A garotinha Baker aproximou-se de onde ela estava e começou a brincar com sua sombrinha.

— Quem é sua amiguinha? – perguntou Ratcliffe.

A sra. Lee respondeu vagamente que era a filha daquela bela mulher vestida de preto; ela lembrava que seu nome era Baker.

— Baker, a senhora disse? – repetiu Ratcliffe.

— Baker... sra. Sam Baker; pelo menos foi o que o sr. Carrington me disse; era uma cliente dele.

De fato, Ratcliffe logo viu Carrington ir até ela e permanecer a seu lado durante o resto da viagem. Ratcliffe observou-os com bastante atenção e ficou cada vez mais absorvido nos próprios pensamentos à medida que o barco se aproximava da costa.

Carrington estava de bom humor. Acreditava ter jogado suas cartas com sucesso incomum. Até mesmo a srta. Dare se dignou reconhecer seus encantos naquele dia. Ela declarou ser a imagem moral de Martha Washington e pôs em discussão quem seria o mais adequado a acompanhá-la, se Carrington ou lorde Dunbeg, no papel do general.

— O sr. Carrington é ótimo – disse ela –, mas seria uma alegria ser Martha Washington e uma condessa ao mesmo tempo!

Quando retornou a seu apartamento naquela tarde, o senador Ratcliffe ali encontrou, como imaginara, um seleto grupo de amigos e admiradores que havia se entretido nas horas de espera desde o meio-dia amaldiçoando-o mediante o uso de toda a variedade de linguagem profana que a experiência pudesse sugerir e a impaciência estimular. De sua parte, caso consultasse tão somente os próprios sentimentos, ele os teria expulsado de imediato e trancado as portas atrás de si. No tocante ao mudo maldizer, nenhuma profanidade daquela gente teria condições de se sustentar contra a intensidade e deliberação com que, ao ver-se próximo da porta do gabinete, expressou entre dentes suas opiniões acerca dos eternos interesses que a havia levado até ali. Nada poderia ser menos adequado a seu humor de momento do que a sociedade que o esperava em sua sala. Ele gemeu, no íntimo, quando se sentou à mesa de trabalho e olhou em torno. Dezenas de caçadores de cargos sitiavam a casa; homens cujos serviços patrióticos na última eleição clamavam pelo reconhecimento de um país agradecido.

Eles portavam suas demandas ao senador com o humilde pedido de que ele as endossasse e assumisse a responsabilidade de sua satisfação. Vários correligionários e senadores que julgavam que a existência de Ratcliffe não tinha outra justificativa senão a de lutar por indicações demoravam-se em sua sala, lendo jornais ou matando o tempo com tabaco em suas mais variadas formas; fazendo de tempo em tempo comentários desprovidos de qualquer interesse, como se estivessem mais cansados do que seus eleitores da atmosfera que envolve o maior governo constituído sob o sol.

Vários correspondentes de jornais, ávidos por trocar suas notícias pelas sugestões ou informações de Ratcliffe, apareciam vez por outra no local e, sentados em cadeira próxima à mesa de Ratcliffe, sussurravam com ele em tons misteriosos.

Assim o senador trabalhou, horas a fio, realizando mecanicamente o que lhe foi exigido, assinando papéis sem lê-los, respondendo a comentários sem ouvi-los, mal levantando os olhos da mesa e parecendo imerso em trabalho. Era essa a proteção de que dispunha contra a curiosidade e a garrulice.

Fingir trabalhar era a cortina que cerrava entre si e o mundo.

Atrás da cortina, prosseguiam as operações mentais, imperturbadas pelo que houvesse em torno, enquanto ouvia tudo o que era dito e dizia pouco ou nada. Seus seguidores respeitavam essa privacidade e o deixavam em paz. Ele era o profeta daquela gente e tinha direito à reclusão. Era seu cacique e, enquanto permanecia em sua solidão monossilábica, sua matilha maltrapilha recostava-se à sua volta em posturas as mais variadas; ocasionalmente, um homem falava, outro xingava. Jornais e tabaco eram os recursos à mão em períodos de absoluto silêncio.

Um tom de depressão marcava os rostos e vozes da tribo Ratcliffe naquela noite, como só acomete os exércitos às vésperas da batalha. Suas observações se faziam intercaladas de silêncios mais prolongados e revelavam-se mais inúteis e aleatórias do que de costume. Havia uma falta de elasticidade no tom e postura de todos, em parte consonante com a evidente depressão do chefe, em parte decorrente dos maus augúrios do momento. O presidente chegaria em 48 horas, e até então não havia sinal de que ele lhes fosse reconhecer devidamente os serviços; havia indícios inconfundíveis de que ele se encontrava desagradavelmente enganado e iludido, de que seus olhos estavam totalmente voltados a outra direção, e todos os sacrifícios da tribo quedariam vãos. Havia razões para acreditar que ele vinha com o propósito deliberado de fazer guerra a Ratcliffe e derrubá-lo; recusando-se a conceder-lhes cargos ou nomeando-os onde quer que isso os prejudicasse mais profundamente. Diante do pensamento de que sua honesta e merecida safra de missões e consulados estrangeiros, secretarias, postos alfandegários e da receita, cargos diretores nos correios, agências de assuntos indígenas e contratos militares e navais poderia então lhes ser arrancada das mãos pela cobiça egoísta de um mero intruso acidental – um homem que ninguém quisera e todos ridicularizavam –, sua natureza se rebelou e eles sentiram que uma situação como aquela era insustentável; que, se tais coisas fossem possíveis, o governo democrático estava desenganado. Quanto a esse ponto, todos ficaram invariavelmente agitados, perderam a compostura e xingaram. Então, depositaram sua fé em Ratcliffe: se havia algum homem capaz de garantir-lhes a sobrevivência, era ele; afinal de contas, o presidente devia, antes de todos, tratar com ele, e ele era osso duro de roer.

No entanto, talvez até mesmo a fé desses homens em Ratcliffe pudesse ter sido abalada, caso tivessem naquele momento acesso a seus pensamentos e compreendido o que então se passava ali. Ratcliffe era um homem imensamente superior a eles e sabia disso. Vivia em um mundo próprio e tinha instintos de refinamento. Sempre que seus assuntos transcorriam de modo desfavorável, esses instintos afloravam e saturavam-lhe o espírito. Naquele momento, ele se encontrava cheio de desgosto e desprezo cínico por toda forma de política. Durante longos anos, havia feito tudo que estivera a seu alcance pelo partido; havia se vendido ao diabo, transformado o sangue de seu coração em moeda de troca, mourejado com a obstinada persistência que nenhum trabalhador braçal jamais concebeu; e tudo para quê? Para ser rejeitado como candidato; para sofrer na mão de um fazendeiro medíocre de Indiana que não fazia segredo da intenção de "encurralá-lo" e, como expressou com enorme elegância, "arrancar-lhe o couro". Não lhe causava grande temor perder o couro, mas lhe doía ser obrigado a defendê-lo, e ser esse o ponto alto de vinte anos de dedicação. Como a maioria dos homens nas mesmas circunstâncias, não refreou o impulso para fazer os noves fora de sua conta com o partido nem para se fazer a pergunta que estava no cerne de sua queixa: quanto ele havia servido a seu partido e quanto a si mesmo? Ele não estava com humor para autoanálise: esta requer uma mente mais descansada do que tinha no momento. Quanto ao presidente, de quem não ouvira um sussurro sequer desde a carta insolente a Grimes, a qual tratara de não mostrar, o senador sentiu apenas um forte impulso para lhe ensinar mais bom senso e boas maneiras. Mas, quanto à vida política, os acontecimentos dos últimos seis meses haviam sido calculados para fazer qualquer homem duvidar de seu valor. Ele estava em absoluto desacordo com tal vida. Detestava ver sua órbita repleta de leitores de jornal e mascadores de tabaco, com os chapéus inclinados em todos os ângulos possíveis, exceto o correto, e com os pés em todos os lugares, exceto no chão. A conversa deles o entediava, e a presença deles o incomodava. Ele não se submeteria a essa escravidão por mais tempo. Ele teria abandonado seu cargo de senador por uma casa civilizada como a da sra. Lee, com uma mulher como a sra. Lee, e uma renda vitalícia de 20 mil dólares por ano. Aquele foi o único sorriso da noite, quando pensou no quão rápido ela botaria para correr de suas salas de estar todos aqueles zés-ninguém de seu séquito político, e a submissão com que aceitariam o banimento a um escritório de fundos forrado de linóleo e com duas cadeiras de vime.

Sentiu que a sra. Lee lhe era mais necessária do que a própria presidência; não podia continuar sem ela; precisava de companhia humana; algum conforto cristão para sua velhice; alguma via de comunicação com aquele mundo social que tornava seu ambiente de então frio e asqueroso; algum toque daquele refinamento intelectual e moral ao lado do qual o seu parecia grosseiro. A solidão que sentia era indescritível. Desejou que a sra. Lee o convidasse para jantar em casa; mas a sra. Lee foi para a cama com dor de cabeça. Levaria uma semana até que a encontrasse novamente. Então seus pensamentos se voltaram à manhã em Mount Vernon e, refletindo sobre a sra. Sam Baker, tomou de uma folha de papel e escreveu um bilhete a Wilson Keen, cavalheiro de Georgetown, pedindo que o visitasse, se possível, no dia seguinte, por volta da uma da tarde, em seu gabinete no Senado, para tratar de negócios. Wilson Keen era chefe da Secretaria do Serviço Secreto do Departamento do Tesouro e, como depositário de todos os segredos, era frequentemente instado a dar assistência aos senadores, o que fazia de bom grado, em especial se fossem prováveis secretários do Tesouro.

O bilhete foi enviado, e o sr. Ratcliffe voltou a seu humor reflexivo, o qual aparentemente o levou a novas e mais lúgubres profundezas de descontentamento até que, num murmúrio, jurou "não suportar mais aquilo" e, de repente, levantando-se, informou os correligionários que lamentava deixá-los, mas sentia-se mal e estava indo para a cama; e para a cama ele foi, enquanto os visitantes partiam, cada qual segundo os negócios ou desejos permitissem, alguns para beber uísque, outros para descansar.

No domingo de manhã, o sr. Ratcliffe, como era costume, foi à igreja. Era assíduo frequentador do culto matinal – na Igreja Metodista Episcopal –, não totalmente por convicção religiosa, mas porque um grande número de seus eleitores eram pessoas frequentadoras de igrejas, e ele não estava disposto a ferir seus princípios enquanto necessitasse de seus votos. Na igreja, ele mantinha os olhos fitos no clérigo e, ao fim do sermão, podia dizer com toda a sinceridade que não ouvira uma palavra, embora o respeitável ministro se sentisse grato pela atenção que sua prédica recebia do senador de Illinois, atenção ainda mais louvável em face das preocupações com a coisa pública que o absorviam por completo e, naquele momento, certamente lhe ocupavam os pensamentos. Quanto ao último ponto, o ministro estava certo. A mente do sr. Ratcliffe estava enormemente distraída pelas preocupações com a coisa pública, e uma de suas mais fortes razões para ir à igreja era a possibilidade de desfrutar de uma ou duas horas de reflexão sem que fosse incomodado. Durante todo o serviço, dedicou-se a entabular uma série de conversas imaginárias com o novo presidente. Desenvolveu, em sucessão, toda forma de proposta que o presidente lhe poderia fazer; cada armadilha que lhe pudesse ser preparada; todo tipo de tratamento que dele poderia esperar, de modo que não fosse pego de surpresa, e sua natureza franca e simples não se visse despreparada. Uma questão, porém, por muito tempo lhe escapou. Supondo, o que era mais do que provável, que a oposição do presidente aos amigos declarados de Ratcliffe impossibilitasse a condução de qualquer um deles a um cargo, seria necessário, então, tentar um novo homem, irrepreensível aos olhos do presidente, como candidato ao Gabinete. Quem seria? Ratcliffe ponderou longa e profundamente, procurando um homem que combinasse os mais poderosos interesses com o menor número de inimizades. O assunto era ainda central quando o serviço terminou. Ratcliffe refletiu sobre ele enquanto voltava para casa. A conclusão só lhe ocorrera ao fim do trajeto: Carson servia; Carson da Pensilvânia; o presidente provavelmente nunca ouvira falar dele.

O retorno do senador era aguardado pelo sr. Wilson Keen, um homem pesado, de rosto quadrado, vivos olhos azuis e boa índole; um homem de poucas e bem pensadas palavras. A reunião foi breve. Depois de pedir desculpas por lhe perturbar o domingo para tratar de negócios, o sr. Ratcliffe justificou-se com o fato de que não restava muito tempo até o fim da atual administração. Um projeto de lei então sob os cuidados de um de seus comitês, sobre o qual logo se publicaria um relatório, envolvia questões para as quais se acreditava que o falecido Samuel Baker, antigo lobista bastante conhecido em Washington, tinha a única resposta. Estando ele morto, Ratcliffe queria saber se havia deixado algum documento para trás, e nas mãos de quem esses papéis se encontravam, ou se algum sócio ou associado estava a par de seus negócios.

O sr. Keen tomou nota do pedido, observando tão somente que tinha bastante contato com Baker e também um pouco com sua esposa, a qual provavelmente tinha conhecimento de seus negócios tanto quanto ele próprio e ainda vivia em Washington. Disse que poderia trazer a informação em um ou dois dias. Quando se levantou para ir embora, Ratcliffe acrescentou que era necessário absoluto sigilo, uma vez que os interesses envolvidos em obstruir a busca eram consideráveis, e não faria bem despertá-los. O sr. Keen concordou e seguiu seu caminho.

Tudo isso era bastante natural e adequado, tanto quanto concernia à superfície. Estivesse o sr. Keen tão curioso acerca dos assuntos de outras pessoas, a ponto de procurar a medida legislativa específica que jazia ao fundo das investigações do sr. Ratcliffe, ele a poderia ter procurado entre os jornais do Congresso por um bom tempo e, por fim, teria ficado muito intrigado. Na verdade, tal medida não existia. A história toda era uma ficção. O sr. Ratcliffe mal pensara em Baker desde a sua morte, até o dia anterior, quando vira sua viúva no vapor a caminho de Mount Vernon e a encontrara travando relações com Carrington. Algo na postura e nos modos habituais de Carrington em relação a si lhe parecia desde algum tempo curioso, e essa ligação com a sra. Baker sugerira ao senador que seria bom ficar de olho em ambos. A sra. Baker era uma mulher tola, como sabia, e havia antigas transações entre Ratcliffe e Baker das quais ela talvez estivesse a par, as quais Ratcliffe não desejava ver colocadas ao alcance da sra. Lee. Quanto à ficção inventada para colocar Keen em movimento, tratava-se de uma jogada inocente. Ninguém seria prejudicado. Ratcliffe escolheu tal método de pesquisa, pois era o mais fácil, seguro e eficaz. Se tivesse sempre de esperar até que pudesse se dar ao luxo de comunicar a verdade com exatidão, os negócios logo quedariam paralisados, e sua carreira chegaria ao fim.

Descartada essa pequena questão, o senador de Illinois passou a tarde em visita a alguns de seus irmãos senadores, e Krebs, da Pensilvânia, foi o primeiro a ser honrado com sua presença. Naquele momento, eram muitas as razões que tornavam imprescindível, para Radcliffe, a cooperação daquele estadista de elevados princípios. A mais forte delas era que a delegação da Pensilvânia no Congresso era bastante coesa e poderia ser usada com particular vantagem para fins de "pressão". O sucesso de Ratcliffe em sua disputa com o novo presidente dependia da quantidade de "pressão" que pudesse empregar. Manter-se à sombra e lançar sobre a cabeça do inexperiente primeiro magistrado uma teia de influências interligadas, inúteis se isoladas, mas que, unidas, não haveriam de ser quebradas; recobrar a arte perdida do gladiador romano, que a uma distância segura lança a rede sobre o adversário, antes de atacá-lo com o punhal; eis a intenção de Ratcliffe e, para tanto, empenhava todo o seu poder de manipulação havia semanas. Quanta barganha, quantas promessas julgara necessário fazer, apenas a ele era dado saber. Nessa época, a sra. Lee ficou um tanto surpresa ao encontrar o sr. Gore falando com toda a confiança em ter o apoio de Ratcliffe em sua nomeação para a missão espanhola, pois imaginara que Gore não era muito estimado por Ratcliffe. Notou também que Schneidekoupon retornara e falara misteriosamente sobre conversas com Ratcliffe, sobre tentativas de unir os interesses de Nova York e Pensilvânia; e o semblante dele assumiu uma expressão sombria e dramática ao declarar que nenhum sacrifício do princípio da proteção seria tolerado. Schneidekoupon desapareceu tão de repente quanto chegou, e pelas inocentes queixas de Sybil sobre seu ânimo e humor, a sra. Lee apressou-se à conclusão de que Ratcliffe, Clinton e o sr. Krebs haviam, naquele momento, combinado esforços para reprimir pesadamente o pobre Schneidekoupon e remover sua influência perturbadora da cena, pelo menos até que outros homens conseguissem o que queriam. Foram meramente esses os incidentes insignificantes que surgiram no campo de observação da sra. Lee. Ela sentia uma atmosfera de barganha e intriga, mas conseguia apenas imaginar sua extensão. Até mesmo Carrington, quando ela tratou com ele sobre o assunto, apenas riu e balançou a cabeça:

— Esses assuntos são particulares, minha querida sra. Lee; não nos cabe saber dessas coisas.

Naquela tarde de domingo, o objetivo do sr. Ratcliffe era organizar sua pequena manobra em torno de Carson, da Pensilvânia, assunto que o ocupara na igreja.

Seus esforços foram coroados com o sucesso. Krebs aceitou Carson e prometeu apresentá-lo, caso a emergência surgisse, sob um aviso de dez minutos de antecedência.

Ratcliffe era um grande estadista. Era maravilhosa a delicadeza de seus poderes de manipulação. Nenhum outro homem na política, na verdade nenhum outro homem que tenha estado na política neste país, seria capaz – assim diziam seus admiradores – de congregar tantos interesses hostis e produzir uma combinação tão fantástica. Alguns homens chegaram ao ponto de afirmar que ele "amarraria o presidente em pessoa antes que o velho tivesse tempo de trocar facas com ele". A beleza de seu trabalho consistia na habilidade com que escapava das questões de princípio. Como sabiamente disse, a questão naquele momento não era de princípio, mas de poder.

O destino daquele nobre partido ao qual todos pertenciam, e que tinha uma história que jamais poderia ser esquecida, dependia unicamente de deixar os princípios de lado. Seu princípio devia ser a própria falta de princípios. Havia, de fato, indivíduos que disseram, em resposta, que Ratcliffe fizera promessas que jamais poderiam ser cumpridas, e que havia elementos quase inverossímeis nos acordos tecidos, mas, como Ratcliffe astutamente retrucou, só lhe interessava que tais acordos durassem uma semana, tempo o bastante para que as promessas a eles ligadas se sustentassem.

Tal era a situação quando, na tarde da segunda-feira, o presidente eleito chegou a Washington, e a comédia começou. O novo presidente era, quase tanto quanto Abraham Lincoln ou Franklin Pierce, um número desconhecido da matemática política. Na convenção nacional do partido, nove meses antes, depois de algumas dúzias de votações infrutíferas, das quais Ratcliffe queria apenas três votos da maioria, seus oponentes haviam feito o que ele agora fazia: deixaram de lado seus princípios e nomearam como seu candidato um insosso fazendeiro de Indiana, cuja experiência política se limitava a discursos em palanques de seu estado natal e a um mandato como governador. Haviam apostado nele, não porque achassem que era competente, mas porque esperavam isolar o grupo de Ratcliffe no estado – no que foram tão bem-sucedidos que, em quinze minutos, os amigos de Ratcliffe haviam sido banidos, e a presidência caíra no colo desse novo Buda político.

Ele começara sua carreira como cortador de pedras em uma pedreira e, não sem motivo, se orgulhava do fato. Durante a campanha, tal circunstância, é claro, preencheu um enorme espaço na mente do público, ou, mais precisamente, nos olhos do público. "O Cortador de Pedras de Wabash", era às vezes chamado; em outras, "o Cavouqueiro de Indiana", mas sua denominação favorita era "Velho Cavouqueiro", embora esta última e cativante alcunha, graças a uma infeliz assonância, tenha sido apropriada por seus oponentes e convertida em "Velha Caduqueira". Fora pintado em muitos milhares de metros de lençóis de algodão tanto com uma marreta espetacular, esmigalhando os crânios de seus antagonistas políticos (que figuravam como pedras de pavimentação) como destruindo, com gigantescos golpes, uma imensa rocha que representava o partido adversário. Seus oponentes, por sua vez, desfilaram caricaturas que traziam o Cavouqueiro em trajes de condenado à prisão estadual arrebentando as cabeças de Ratcliffe e de outros líderes políticos bem conhecidos com um martelinho frágil, ou como uma vovó em andrajos, velhinha, pavimentando sem nenhum sucesso, com as mesmas cabeças, os caminhos impossíveis que tipificavam os rumos precários e enlameados de seu partido. Mas essas violações da decência e do bom senso foram universalmente reprovadas pelos dotados de virtude; e notou-se com satisfação que os editores de jornais mais puros e cultivados do seu lado, sem excluir os da própria cidade de Boston, concordaram em uníssono que o Cavouqueiro era um homem nobre, talvez o mais nobre a embelezar o país desde o incomparável Washington.

Que era honesto, todos aceitavam – ou melhor, todos que votaram nele.

Essa é uma característica geral de todos os novos presidentes. Ele mesmo se orgulhava de sua honestidade caseira, qualidade própria aos nobres da terra. Nada devendo, como o compreendia, aos políticos, mas unindo-se em cada fibra de sua natureza altruísta aos impulsos e aspirações do povo, afirmou ser seu primeiro dever proteger o povo de tais abutres, como os chamava – dos lobos em pele de cordeiro, das harpias, das hienas: dos políticos; epítetos que, como em geral se interpretava, representavam Ratcliffe e seus amigos.

Seu princípio fundamental na política era a hostilidade a Ratcliffe; contudo, não era um homem vingativo. Vinha a Washington determinado a ser o Pai de seu povo; a ganhar uma orgulhosa imortalidade – e uma reeleição.

Sobre esse cavalheiro, Ratcliffe lançou todas as formas de "pressão" passíveis de serem acionadas dentro ou fora de Washington. Desde o momento em que deixara sua humilde cabana no sul de Indiana, fora capturado pelos amigos de Ratcliffe e sufocado por demonstrações de afeto. Estes nunca lhe permitiram sugerir a possibilidade de um mal-estar. Haviam considerado como pressuposto existir a mais cordial ligação entre seu partido e ele. Em sua chegada a Washington, impediram-no sistematicamente de entrar em contato com quaisquer influências que não fossem as suas. Não era coisa muito difícil de fazer, pois, apesar de sua grandeza, gostava de ser informado dela, e esses homens faziam com que se sentisse um colosso. Mesmo os poucos amigos pessoais presentes em seu grupo foram manipulados com absoluto cuidado, e suas fraquezas, postas à prova antes que eles tivessem passado um dia inteiro em Washington.

Não que Ratcliffe tivesse algo a ver com toda essa baixa e humilhante intriga. Ratcliffe era um homem de dignidade e respeito, que deixava para seus subordinados os detalhes. Esperou calmamente que o presidente, recuperado do cansaço da viagem, começasse a sentir os efeitos do ambiente de Washington. Então, na manhã de quarta-feira, Ratcliffe deixou seus aposentos uma hora mais cedo do que o habitual a caminho do Senado e ligou para o hotel do presidente: foi conduzido a um grande apartamento no qual o novo primeiro magistrado se encontrava cercado de correligionários e admiradores, embora diante de Ratcliffe os outros visitantes tenham se afastado ou tomado seus chapéus e saído da sala. O presidente revelou-se um sexagenário de aparência dura, nariz adunco e cabelos finos, lisos e grisalhos. Tinha a voz mais áspera que as feições, e recebeu Ratcliffe sem jeito. Ele sofrera desde a sua partida de Indiana. Lá, não lhe teria doído mais do que uma picada de pulga, como o disse, desfazer-se de Ratcliffe; em Washington, porém, as coisas eram diferentes.

Mesmo seus amigos de Indiana balançavam a cabeça e pareciam circunspectos quando ele tocava no assunto. Aconselharam-no a ser cauteloso e ganhar tempo; a conduzir Ratcliffe e, se possível, lançar sobre ele a responsabilidade de uma altercação. Ele estava, portanto, como um urso-pardo passando pelo processo da doma; muito mal-humorado, muito duro e, ao mesmo tempo, muito desconcertado e um pouco assustado. Ratcliffe sentou-se dez minutos com ele e obteve informações a respeito das dores de que o presidente padecera na noite anterior, em consequência, como acreditava, de um comprazimento excessivo com lagostas frescas, luxo em que encontrara descanso das preocupações de Estado. Assim que o assunto foi explicado, e os compadecimentos expressos, Ratcliffe levantou-se e partiu.

Todos os expedientes conhecidos pelos políticos estavam, naquele momento, em pleno funcionamento contra o Cavouqueiro de Indiana. Delegações de estados com pedidos contraditórios foram despejadas sobre ele; entre elas, a de Massachusetts apresentou como única solicitação a nomeação de Gore para a missão espanhola. Dificuldades foram inventadas para constrangê-lo e preocupá-lo. Falsas sugestões lhe foram dadas, assim como informações inverídicas cuidadosamente misturadas à verdade. Do nascer do dia à meia-noite, uma dança selvagem foi encenada diante de seus olhos, até que seu cérebro cambaleou no esforço de segui-la. Também foram encontrados meios para a conversão de um de seus amigos pessoais e confidente, que o acompanhara de Indiana e tinha mais miolos ou menos princípios que os demais; por seu intermédio, cada palavra do presidente era transmitida ao ouvido de Ratcliffe.

No início da manhã de sexta-feira, o sr. Thomas Lord, rival do finado Samuel Baker e herdeiro de seus êxitos, apareceu no alojamento de Ratcliffe enquanto o senador consumia sua solitária costeleta de porco com ovo. O sr. Lord fora escolhido para assumir a direção-geral do partido presidencial e conduzir todos os assuntos ligados aos interesses de Ratcliffe. Algumas pessoas poderiam considerá-lo um espião; a seus olhos, tratava-se de um dever público. Segundo seu relato, a "Velha Caduqueira" finalmente apresentava sinais de fraqueza. No final da noite anterior, quando, segundo o hábito, ele fumava seu cachimbo em companhia de conselheiros, voltou ao tema Ratcliffe e com uma saraivada de imprecações jurou que ainda o botaria em seu devido lugar e pretendia oferecer-lhe um posto no Gabinete que o deixaria "mais doente do que um porco preso". A partir desse comentário e as sugestões explicativas que se seguiram, parecia que o Cavouqueiro havia abandonado o plano de impor a Ratcliffe uma morte política imediata, e agora se comprometia a convidá-lo a um Gabinete a ser especialmente construído com o propósito de frustrá-lo e humilhá-lo.

O presidente, ao que parecia, aplaudiu calorosamente a observação de um conselheiro, de que Ratcliffe estaria mais passível de controle no Gabinete do que no Senado e de que seria fácil expulsá-lo quando chegasse a hora.

Ratcliffe ostentava um sorriso duro enquanto o sr. Lord, com um gestual bastante engenhoso, descrevia as peculiaridades do linguajar e modos do presidente, porém nada disse e aguardou o acontecimento. Na mesma noite, chegou às suas mãos uma nota do secretário particular do presidente, solicitando-lhe a presença, se possível, no dia seguinte, sábado de manhã, às dez horas. A nota era seca e fria. Ratcliffe limitou-se a responder que iria e sentiu certo pesar pelo fato de o presidente não ser bom conhecedor de etiqueta para compreender que essa resposta verbal levava consigo uma sugestão para que melhorasse os modos. Assim, ele foi e julgou o presidente mais soturno do que antes. Daquela vez, não havia como evitar assuntos sensíveis. O presidente pretendia mostrar a Ratcliffe, pela postura decidida quanto ao rumo a tomar, que era o senhor da situação. Desatou de pronto no meio do assunto:

— Pedi que o chamassem – disse ele – para conversar sobre o meu Gabinete. Aqui está uma lista dos senhores que pretendo convidar. O senhor verá que o destaquei para o Tesouro. Veja a lista e me diga o que o senhor acha.

Ratcliffe pegou o papel, mas depositou-o imediatamente sobre a mesa, sem examiná-lo.

— Não estou em condições de fazer objeções a nenhum Gabinete que o senhor possa nomear, se eu não fizer parte dele. Meu desejo é permanecer onde estou. No Senado posso servir melhor à sua administração do que no Gabinete.

— Então você recusa? – resmungou o presidente.

— De jeito nenhum. Só me recuso a oferecer qualquer conselho ou mesmo ouvir os nomes dos meus colegas indicados até que seja decidido que meus serviços sejam necessários. Caso sejam, aceitarei sem me importar com quem sirvo.

O presidente olhou para ele com um olhar desconfortável. O que deveria ser feito a seguir?

Queria tempo para pensar, mas Ratcliffe estava ali e precisava ser dispensado. Ele involuntariamente se tornou mais cordial:

— Sr. Ratcliffe, sua recusa acabaria com tudo. Pensei que o assunto estava inteiramente resolvido. O que mais posso fazer?

Mas Ratcliffe não tinha nenhuma intenção de deixar o presidente tão facilmente distante de suas garras, e uma longa conversa se seguiu, durante a qual ele forçou seu antagonista na posição de pedir-lhe que aceitasse o Tesouro para evitar qualquer prejuízo indefinido, porém de grandes proporções, no Senado. O acordo a que puderam chegar era que Ratcliffe deveria lhe dar uma resposta positiva dentro de dois dias; e com esse acordo ele se despediu.

Ao passar pelo corredor, vários cavalheiros aguardavam para se reunir com o presidente; entre eles, estava toda a delegação da Pensilvânia, "pronta para os negócios", como o sr. Tom Lord comentou, com uma piscadela.

Ratcliffe puxou Krebs para si, e ambos trocaram algumas palavras enquanto ele saía.

Dez minutos depois, a delegação foi chamada, e alguns de seus membros ficaram um pouco surpresos ao ouvir seu porta-voz, o sr. Krebs, sugerir com extrema determinação, e em seus nomes, a nomeação de Josiah B. Carson para um lugar no Gabinete, quando lhes fora dado a entender que lá estavam para recomendar Jared Caldwell como diretor dos Correios da Filadélfia. Mas a Pensilvânia é um estado grande e virtuoso, cujos representantes têm total confiança em seu líder. Nenhum deles sequer piscou.

A dança da democracia em torno do presidente recomeçava, então, com energia mais brutal. Ratcliffe disparou seus últimos raios. Seu atraso de dois dias foi mero disfarce para trazer novas influências ao jogo. Ele não precisava do atraso. Ele não queria tempo para reflexão. O presidente empenhara-se em colocá-lo entre os chifres de um dilema: forçá-lo a um Gabinete hostil e traiçoeiro, ou lançar sobre ele a culpa de uma recusa e uma discussão. Ele pretendia abraçar um dos chifres e com ele empalar o presidente, e sentia absoluta confiança no sucesso. Ele pretendia aceitar o Tesouro e estava pronto para apostar pesadamente que teria o governo todo em suas mãos num prazo de seis semanas. Seu desprezo pelo Cavouqueiro de Indiana era infinito, e sua confiança em si mesmo, absoluta como nunca.

Ainda que atarefado, o senador apareceu na noite seguinte na casa da sra. Lee e, encontrando-a sozinha com Sybil, que estava ocupada com seus bordados, Ratcliffe contou a Madeleine a história da experiência de sua semana.

Ele não se demorou em suas façanhas. Pelo contrário, omitiu os elaborados arranjos que haviam tirado do presidente o poder de fazer a própria vontade. Seu retrato se apresentou, solitário e desprotegido, no papel do animal honesto que fora convidado para um jantar com o leão e percebeu que todas as pegadas de seus antecessores levavam à caverna do leão, mas nenhuma a deixava. Descreveu com pitadas de humor suas reuniões com o leão de

Indiana e os pormenores do consumo excessivo de lagosta tal como expostos no dialeto do presidente; ele até repetiu para ela a história contada pelo sr. Tom Lord, sem poupá-la de imprecações ou gestos; contou-lhe como estavam as coisas no momento e como o presidente lhe preparara uma armadilha da qual não poderia escapar; deveria ele aceitar ou não o posto em um Gabinete pensado com o propósito de frustrá-lo e com a certeza de uma demissão humilhante na primeira oportunidade, ou deveria recusar uma oferta de amizade que jogasse sobre ele a culpa de uma altercação e permitir que o presidente colocasse todas as dificuldades futuras na conta da "insaciável ambição" de Ratcliffe?

— E agora, sra. Lee – continuou ele com crescente seriedade de tom –, gostaria de ouvir seu conselho: o que devo fazer?

Mesmo essa revelação pela metade da mesquinhez que distorcia a política, essa perspectiva parcial da natureza humana em sua deformidade nua e crua, que transformava em um joguete os interesses de 40 milhões de pessoas, enojou e deprimiu Madeleine. Ratcliffe não a poupou de nada, exceto das próprias feridas morais. Com absoluto cuidado ele lhe chamou a atenção para cada mancha leprosa que cobria o corpo dos que o cercavam, para cada trapo que lhes compunha a imundície dos trajes, para cada poça viscosa e fétida que lhes ladeasse o caminho. Foi a maneira que encontrou de dar relevo às próprias qualidades. Seu desejo era que ela entendesse que deveria atravessar com ele de mãos dadas o lago de enxofre, e, quanto mais repugnante este lhe parecesse, mais esmagadora sua superioridade se tornaria. Seu objetivo era destruir as dúvidas que Carrington lançara quanto a seu caráter e que alimentava com tanto zelo, despertar-lhe a compaixão, estimular-lhe o senso feminino de autossacrifício.

Quando ele lhe fez a pergunta, ela fitou-o com uma expressão de orgulho indignado e falou:

— Repito o que lhe disse antes, sr. Ratcliffe: faça o que for melhor para o bem público.

— E o que é o melhor para o bem público?

Madeleine chegou a abrir a boca para responder, mas hesitou e mirou silenciosamente o fogo na lareira. O que de fato era o melhor para o bem público?

Onde entra o bem público nesse labirinto de intrigas pessoais, nessa mata densa de naturezas vis e mesquinhas onde não há caminhos retos, tão somente as trilhas tortuosas e sem destino de feras e seres que rastejam?

Onde ela encontraria um princípio de orientação, um ideal que se elevasse e ao qual apontasse?

Ratcliffe voltou ao pedido, e sua postura estava mais séria do que nunca.

— Sinto-me acossado, sra. Lee. Meus inimigos me cercam. Eles querem me destruir. Desejo honestamente fazer o meu dever. A senhora disse uma vez que as considerações pessoais não devem ter peso. Pois bem, jogue-as fora! E me diga o que devo fazer.

Pela primeira vez, a sra. Lee começou a sentir o poder dele. Ele foi simples, direto e sincero. Suas palavras a tocaram. Como poderia ela imaginar que ele estava jogando com sua natureza sensível do mesmo modo com que brincava com a natureza grosseira do presidente? Ou que esse político duro do Oeste guardava os instintos de um índio selvagem, em sua percepção nítida e aguda, e adivinhava-lhe o caráter e o perscrutava da mesma forma que o fazia com os rostos e tons de milhares, dia após dia? Ela se inquietava sob seu olhar. Iniciou uma frase, hesitou e a interrompeu. Perdeu o controle sobre o pensamento e ficou muda. Ele teve de tirá-la da confusão que ele mesmo havia produzido.

— Vejo o que a senhora quer dizer em seu rosto. A senhora acha que eu deveria aceitar a responsabilidade e desconsiderar as consequências.

— Não sei – disse Madeleine, hesitante. — Sim, acho que esse seria o meu sentimento.

— E quando eu for sacrificado à inveja e à intriga daquele homem, o que a senhora então irá pensar, sra. Lee? A senhora não vai se unir ao resto do mundo e dizer que eu me excedi, que eu caí nessa armadilha de olhos abertos e por meus próprios objetos? A senhora crê que pensarão melhor de mim por ter sido pego aqui? Não ostento grandes posturas morais, como nosso amigo French. Não vou choramingar a respeito da virtude. Mas afirmo que em minha vida pública procurei fazer o correto. A senhora será justa ao pensar isso de mim?

Madeleine ainda lutava para evitar ser atraída a promessas indefinidas de compaixão por esse homem. Era preciso mantê-lo a distância, quaisquer fossem suas fidelidades. Ela não se comprometeria a defender sua causa. Voltou-se a ele com esforço e disse que o que ela própria pensava, ali ou em qualquer momento, era tresloucado e sem sentido, e que a consciência de fazer o que fosse correto era a única recompensa que qualquer homem público podia esperar.

— E ainda assim a senhora é uma dura crítica. Se seus pensamentos são o que a senhora diz, suas palavras não o são. A senhora julga com o julgamento de princípios abstratos, e a senhora brande os raios da justiça divina. A senhora observa e condena, mas se recusa a absolver. Quando venho à senhora prestes a viver o que provavelmente será o mergulho fatal da minha vida, e peço apenas uma pista de um princípio moral que me guie, a senhora diz apenas que a virtude é sua recompensa. Sem ao menos dizer onde reside a virtude.

— Confesso os meus pecados – disse Madeleine, acanhada e desanimada. — A vida é mais complicada do que eu pensava.

— Eu serei guiado por seu conselho – disse Ratcliffe. — Caminharei em direção àquele covil de feras selvagens, se a senhora acha que é meu dever. Mas devo lembrá-la da responsabilidade que é sua. A senhora não pode se recusar a me ver correr perigos nos quais ajudou a me pôr.

— Não, não! - exclamou Madeleine com sinceridade. — Nenhuma responsabilidade. O senhor me pede mais do que eu posso dar.

Ratcliffe olhou para ela por um momento com uma expressão confusa e cansada. Seus olhos pareciam profundamente mergulhados nas olheiras, e sua voz era patética em sua intensidade.

— O dever é dever, tanto para a senhora como para mim. Tenho direito à ajuda de todas as mentes puras. A senhora não tem o direito de recusá-la. Como a senhora é capaz de rejeitar a própria responsabilidade e manter-me preso à minha?

Ainda enquanto falava, ele se levantou e partiu, não deixando a ela mais tempo para murmurar novamente seu vão protesto. Já sozinha, a sra. Lee permaneceu por um bom tempo sentada, olhos fitos no fogo, refletindo sobre o que ele havia dito. Estava desnorteada com as novas sugestões que Ratcliffe havia lançado. Que mulher de 30 anos, com aspirações pelo infinito, poderia resistir a um ataque como aquele? Que mulher que tivesse alma podia ver diante de si o homem público mais poderoso de seu tempo apelando – com o rosto vincado de preocupações e uma voz que vibrava com um afeto apenas parcialmente reprimido – a seu conselho e simpatia, sem oferecer nenhuma resposta? E que mulher poderia ter evitado calar-se diante da reprimenda ao próprio juízo excessivamente confiante, reprimenda vinda de alguém que, ao mesmo tempo, apelou a seu julgamento como algo definitivo? Ratcliffe também tinha um instinto curioso para as fraquezas humanas. Não havia agulha magnética que se comparasse ao dedo do senador, quando ele tocava o ponto vulnerável na mente de um oponente. A sra. Lee não seria atingida por um apelo ao sentimento religioso, à ambição ou ao afeto.

Qualquer apelo como esse teria quedado destruído em suas esperanças diante de ouvidos moucos. Mas ela era uma mulher até a última gota de seu sangue. Ela não podia ser induzida a amar Ratcliffe, mas poderia ser iludida a se sacrificar por ele. Ela compensava a falta de devoção a Deus por uma devoção ao homem.

Ela tinha a tendência natural de uma mulher ao ascetismo, à autoanulação, à abnegação. Por toda a vida ela fizera esforços dolorosos para entender e seguir seu dever. Ratcliffe conhecia sua fraqueza ao atacá-la nesse ponto. Como todos os grandes oradores e advogados, ele era um ator; ainda mais eficaz por certa altivez que proibia a proximidade.

Ele apelara à sua compaixão, ao seu senso de correção e dever, à sua coragem, à sua lealdade, a toda a sua natureza superior; e, enquanto ele fazia esse apelo, sentia-se mais do que convencido de que era tudo o que fingia ser e de que realmente tinha direito à devoção da sra. Lee. Que maravilha que ela, por sua vez, estava mais do que inclinada a aceitar tal direito. Agora ela o conhecia melhor do que Carrington ou Jacobi. Decerto, um homem que falava como ele era dotado de nobres instintos e elevados objetivos. Sua carreira não era mil vezes mais importante do que a dela? Se ele, em seu isolamento e preocupações, precisava de sua ajuda, que desculpa tinha ela para recusá-la? O que havia em sua vida tão inútil e sem objetivo que a tornava preciosa a ponto de não poder se permitir jogá-la na sarjeta, caso necessário, diante de uma mera oportunidade de enriquecer uma existência mais plena?

8

De todos os títulos já assumidos por príncipes ou potentados, o mais altivo é o dos pontífices romanos: *Servus servorum Dei* – "Servo dos servos de Deus".

Em priscas eras, não se admitia que os servos do diabo pudessem por direito participar do governo. Era imperativo que fossem excluídos, punidos, exilados, mutilados e queimados. O diabo não tem quem o sirva nos dias de hoje; apenas o povo tem servos. Talvez exista algum logro em uma doutrina que permite ao ímpio, quando em maioria, ser porta-voz de Deus contra os virtuosos, mas a humanidade deposita toda a sua esperança nisso; e se os de pouca fé por vezes se assustam quando veem a humanidade à deriva em um oceano sem fim sobre uma tábua cuja podridão a experiência e a religião há muito condenaram, engano ou não, os homens até hoje flutuaram melhor com seu auxílio do que os papas jamais o fizeram com o seu mais belo princípio; de modo que ainda demorará muito para que a sociedade se arrependa.

Se o novo presidente e seu principal rival, Silas P. Ratcliffe, eram ou não servos dos servos de Deus não é assunto para o momento. Servos eles eram de alguém. Sem dúvida, muitos daqueles que se dizem servos do povo não são melhores que lobos em pele de cordeiro ou jumentos em pele de leão. Eles podem ser vistos em grande número no Capitólio a qualquer hora do dia, quando o Congresso está em sessão, em meio a ruidosas manifestações ou, de forma mais útil, ociosos. Uma geração mais sábia os empregará no trabalho manual; tal como são as coisas, servem apenas a si mesmos. Há, porém, pelo menos dois servidores cujo serviço é real – o presidente e seu secretário do Tesouro. O Cavouqueiro de Indiana não passara uma semana em Washington e já sentia o coração cheio de saudades do estado natal. Nenhuma criada solitária de pensão barata conhecera tanto assédio. Todos conspiravam contra ele. Seus inimigos não lhe davam paz. Toda a Washington ria de sua falta de jeito, e um tabloide vulgar, publicado em um domingo, imprimiu com enorme prazer os ditos e feitos do novo magistrado, narrados com humor ofensivo e colocados por mãos maliciosas onde o presidente não pôde ignorá-los. Ele era sensível ao ridículo, e o humilhava profundamente descobrir que gestos e observações que lhe pareciam suficientemente sensatos estivessem sujeitos a tamanha distorção. Sentia-se sobrecarregado com os negócios públicos. Estes abatiam-se sobre si como um dilúvio – e, em seu desespero, ele desistira de controlá-los, permitindo que rolassem sobre si como uma onda. Turvavam-lhe o pensamento os inúmeros visitantes a quem tinha de ouvir. Sua maior preocupação, contudo, era o discurso de posse, que, ocupado como estava, não conseguira terminar, embora devesse ser proferido em uma semana. O assunto do Gabinete o incomodava; parecia-lhe que nada poderia fazer até que se livrasse de Ratcliffe.

Graças a amigos do presidente, Ratcliffe já se tornara indispensável; ainda um inimigo, claro, mas aquele cujas mãos devem estar amarradas; uma espécie de Sampson, para ser conservado em cativeiro até que chegasse a hora de tirá-lo do caminho, sendo enquanto isso utilizado. Com esse ponto resolvido, o presidente tinha passado a contar imaginariamente com o senador; e nos últimos dias, havia adiado tudo até a semana seguinte, "quando tiver organizado meu Gabinete", isto é, quando tivesse o auxílio de Ratcliffe; e ele entrava em pânico sempre que pensava na possibilidade de recusa do senador.

Ele caminhava impaciente por sua sala na manhã de segunda-feira, uma hora antes do momento reservado para uma visita de Ratcliffe. Seus sentimentos ainda oscilavam violentamente, e, se por um lado reconhecia a necessidade de usar Ratcliffe, não estava menos determinado a amarrar-lhe as mãos. Tudo deveria ser conduzido de tal modo que ele entrasse em um Gabinete onde todas as demais vozes estivessem contra ele. Ele deveria ser impedido de distribuir quaisquer cargos e deveria ser levado a aceitar essas condições de pronto. Como apresentar isso para ele de maneira tal que não o afastasse de uma vez? O presidente não sabia, porém, que tudo isso era desnecessário, mas ele se julgava um profundo estadista e pensava que sua mão conduzia os destinos da América para a própria reeleição. Quando finalmente, ao bater das dez horas, Ratcliffe entrou na sala, o presidente virou-se para ele com nervosa intensidade e, quase antes de oferecer-lhe a mão, disse que esperava que Ratcliffe estivesse preparado para começar a trabalhar de imediato. O senador respondeu que, se tal fosse o desejo do presidente, ele não faria objeção. Em seguida, o presidente investiu-se da postura de um Catão americano e fez um discurso preparado, no qual disse que escolhera os membros de seu Gabinete com cuidadosa consideração aos interesses públicos; que Ratcliffe era essencial ao arranjo; que não esperava nenhum desacordo sobre princípios, pois havia apenas um princípio que ele deveria considerar fundamental, a saber, que não haveria afastamentos do cargo a não ser por justa causa; e que, nessas circunstâncias, contava com a ajuda do sr. Ratcliffe como uma questão de dever patriótico.

Com tudo isso Ratcliffe concordou, sem nenhuma palavra de objeção, e o presidente, mais convencido do que nunca de sua habilidade política superior, respirou aliviado como não o fizera ao longo de toda a semana. Em dez minutos, eles estavam trabalhando ativamente juntos, limpando a massa de negócios acumulados.

O alívio do Cavouqueiro surpreendeu a si mesmo. Ratcliffe praticamente não precisou de esforço para erguer-lhe dos ombros o peso dos assuntos. Ele conhecia tudo e todos. Tomou para si a maioria das entrevistas do presidente e dispensou os visitantes com grande rapidez. Ele sabia o que eles queriam; sabia quais indicações eram fortes e quais eram fracas; quem deveria ser tratado com deferência e quem deveria ser despachado abruptamente; onde uma recusa contundente era segura, e onde uma promessa se mostrava viável. O presidente até lhe confiou o manuscrito inacabado do discurso de posse, que Ratcliffe devolveu no dia seguinte com anotações e sugestões tais que nada lhe restava fazer senão passá-las a limpo. Por fim, ele provou ser um companheiro muito agradável. Tinha boa conversa e animava o trabalho; não se mostrava um duro feitor, e, quando viu que o presidente estava cansado, corajosamente afirmou que não havia outros assuntos que não pudessem esperar o dia seguinte, e então levou o cansado Cavouqueiro para um passeio de algumas horas, e permitiu que ele dormisse na carruagem. Jantaram juntos, e Ratcliffe teve o cuidado de convidar Tom Lord para diverti-los, pois Tom era provido de humor e inteligência, e este arrancou risos do presidente. O sr. Lord pediu o jantar e escolheu os vinhos. Ele poderia ser grosseiro o suficiente para se adequar ao paladar do presidente, e Ratcliffe não ficava atrás. Quando o novo secretário se despediu às dez horas daquela noite, seu chefe, cujo humor o jantar, o champanhe e a conversa elevaram, dispôs desnecessariamente de seu linguajar de pedreira, declarou que Ratcliffe era "de todo modo um sujeito muito inteligente" e ficou feliz "que o trabalho estivesse resolvido".

A verdade era que Ratcliffe tinha precisamente dez dias antes que o novo Gabinete pudesse ser posto em ação e, nesses dez dias, ele deveria consolidar sua autoridade sobre o presidente com firmeza tal que nada pudesse abalá-la. Ele foi diligente em boas obras. Não tardou para que a corte começasse a sentir suas ações. Se uma carta comercial ou um memorial escrito chegasse, o presidente imediatamente a despachava: "Encaminhado ao secretário do Tesouro". Se algum visitante desejasse algo para si ou outrem, a resposta invariável tornou-se: "Mencione o caso ao sr. Ratcliffe"; ou "creio que Ratcliffe cuidará disso".

Em pouco tempo ele até passou a fazer piadas à moda catoniana; piadas que não eram particularmente espirituosas, talvez um tanto ríspidas e grosseiras, mas representativas de uma mente resignada e satisfeita. Certa manhã, ordenou a Ratcliffe que tomasse um couraçado e atacasse os sioux em Montana, observando que ele estava a um só tempo no comando do Exército, da Marinha e dos índios e se mostrava um pau para toda obra; noutra ocasião, disse a um oficial da Marinha que lhe solicitava uma corte marcial que seria melhor que Ratcliffe tivesse assento nela, pois o próprio era uma corte marcial inteira. Que Ratcliffe continuasse a ver o chefe com desprezo, era provável, mas não certo, pois guardava silêncio sobre o assunto perante o mundo e conservava o semblante solene sempre que o presidente era mencionado.

Três dias haviam se passado, e o presidente, com brusquidão um pouco mais acentuada do que a habitual, subitamente lhe perguntou o que sabia sobre esse tal de Carson, por quem a bancada da Pensilvânia o pressionava por um cargo em seu Gabinete. Ratcliffe estava precavido: mal conhecia o homem; Carson não estava na política, acreditava ele, mas era bastante respeitável – para alguém da Pensilvânia. O presidente retornou ao assunto várias vezes; sacou a lista de cargos do Gabinete e a examinava diligentemente com expressão confusa no rosto; chamava Ratcliffe para ajudá-lo; por fim, a chapa completou-se, e os olhos de Ratcliffe brilharam quando o presidente fez com que sua lista de indicações fosse enviada ao Senado em 5 de março, e Josiah B. Carson, da Pensilvânia, aparecia devidamente confirmado como secretário do Interior.

Mas seus olhos brilharam com humor ainda mais acentuado quando, alguns dias depois, o presidente entregou-lhe uma longa lista com cerca de quarenta nomes e pediu que ele encontrasse cargos para eles. Ele assentiu bem-humorado, com uma observação de que talvez fosse necessário fazer algumas remoções para atender àqueles casos.

— Hum... – fez o presidente –, acho que o número de pessoas que de qualquer forma precisava sair é mais ou menos o mesmo. Esses aí são amigos meus; precisam de cuidados. Basta você enfiá-los em algum lugar.

Até ele se sentiu um pouco constrangido e, verdade seja dita, essa foi a última manifestação do que era a regra fundamental de sua administração.

As dispensas foram feitas com celeridade e fúria, e então todo o estado de Indiana se viu confortavelmente acomodado. E não se podia negar que, de uma forma ou de outra, os amigos de Ratcliffe também recebiam uma boa fatia do dinheiro público.

Talvez o presidente tenha pensado que fosse melhor, no momento, fazer vistas grossas a tal uso do patrocínio do Tesouro, ou talvez já se sentisse um pouco intimidado por seu secretário.

O trabalho de Ratcliffe foi realizado. O público tinha, com a ajuda de alguma intriga inteligente, posto seus servos nos trilhos. Até mesmo um cortador de pedras de Indiana era capaz de compreender que seus preconceitos pessoais deviam ceder ao serviço público. Que tipo de mal o egoísmo, a ambição ou a ignorância daqueles homens eram capazes de realizar, essa era outra questão. Tal como o assunto ficou, o presidente foi vítima das próprias estratégias. Restava saber se, em algum momento futuro, Ratcliffe pensaria ter valido a pena esmagar seu chefe com alguma discreta intriga do Oeste, mas o tempo já teria passado quando o presidente fosse capaz de fazer uso de seu arco e flecha ou machado sobre ele.

Tudo isso se passou enquanto a sra. Lee dedicava-se silenciosamente à tentativa de deslindar em seu pobre cérebro suas dúvidas quanto a seu dever e responsabilidade com Ratcliffe, que, nesse meio-tempo, raramente faltava a seu compromisso de postar-se a seu lado nas noites de domingo em sua sala de estar, onde seus direitos já estavam tão consolidados que ninguém se arrogava a pretensão de contestar-lhe o lugar, a menos que fosse o velho Jacobi, que vez por outra o fazia lembrar de que era falível e mortal. Ocasionalmente, embora não com frequência, Ratcliffe aparecia em outros momentos, como quando convenceu a sra. Lee a estar presente à posse e a fazer uma visita à esposa do presidente. Madeleine e Sybil foram ao Capitólio e ocuparam os melhores lugares para ver e ouvir a posse, o que fizeram tão bem quanto o vento frio de março lhes permitiu. A sra. Lee encontrou falhas na cerimônia: era chã, pedestre, disse ela. Um velho fazendeiro do Oeste, usando óculos prateados e vestindo um traje noturno, novo e reluzente, de feições ósseas e cabelo engomado, fino e grisalho, tentando se dirigir a uma grande multidão sob o incômodo de um vento penetrante e do frio em sua cabeça, não era um herói. Os pensamentos de Sybil se perdiam em elucubrações sobre se o presidente não morreria em breve de pneumonia. Mesmo essa experiência, no entanto, revelou-se feliz quando comparada à visita à esposa do presidente, após a qual Madeleine decidiu não se aproximar novamente da recém-chegada dinastia. A senhora, um tanto corpulenta e de feições grosseiras, sobre a qual a sra. Lee declarou que não contrataria sequer como cozinheira, demonstrou qualidades que, vistas à luz feroz que toca um trono, lhe pareceram deselegantes. Sua antipatia por Ratcliffe era ainda mais violenta do que a do marido, e foi ainda mais abertamente expressa, a ponto de causar constrangimento no presidente. Ela estendia sua hostilidade a todos que pudessem ser amigos de Ratcliffe, e os jornais, assim como as conversas particulares ao pé do ouvido, haviam assinalado a sra. Lee como alguém que, por aliança com Ratcliffe, tinha pretensões de suplantar o próprio domínio sobre a Casa Branca.

Assim, quando a sra. Lightfoot Lee foi anunciada, e as duas irmãs foram levadas à sala presidencial, ela demonstrou fria altivez e, em resposta à esperança de Madeleine de que ela considerasse o ambiente de Washington agradável, insinuou que muitas coisas em Washington lhe pareciam frias e vis, especialmente as mulheres; e, voltando-se para Sybil, comentou a moda na cidade e disse que pretendia fazer o que estivesse a seu alcance para dar-lhe um basta. Ouvira dizer que as pessoas encomendavam seus vestidos em Paris, como se a América não fosse boa o suficiente para lhes costurar as roupas! Jacob (todas as esposas dos presidentes referiam-se aos maridos pelo primeiro nome) prometera-lhe aprovar uma lei contra tal hábito. Em sua cidade em Indiana, ninguém dirigiria a palavra a uma jovem que fosse vista na rua com roupas daquele tipo. A cada um desses comentários, feitos com postura e tom muito claros em seu propósito, Madeleine sentiu-se mais do que exasperada e respondeu-lhe que "Washington ficaria feliz em ver o presidente fazer algo em relação à reforma do vestuário – ou em relação a qualquer outra reforma"; e, com essa alusão aos discursos reformistas do presidente em campanha, a sra. Lee deu-lhe as costas e deixou a sala, acompanhada por Sybil em meio às convulsões do riso que reprimia e que não teria sido estancado caso tivesse visto o rosto de sua anfitriã quando a porta se fechou atrás de si, e a energia com que balançou a cabeça e disse:

— Esperem para ver se eu não as reformarei ainda, suas... raparigas!

A sra. Lee ofereceu a Ratcliffe um relato animado da entrevista, e ele riu quase tão convulsivamente quanto Sybil, embora tentasse acalmá-la dizendo que os amigos mais íntimos do presidente declararam abertamente que sua esposa era insana e que ele próprio era a pessoa que mais a temia. Mas a sra. Lee declarou que o presidente era tão ruim quanto sua esposa; que um presidente e uma primeira-dama como eles poderiam ser encontrados em qualquer mercadinho de esquina entre os Grandes Lagos e Ohio; e que não havia o que a convencesse a aproximar-se novamente daquela lavadeira grossa.

Ratcliffe não tentou mudar a opinião da sra. Lee. Na verdade, ele sabia melhor do que qualquer homem como se faziam os presidentes, e ele tinha as próprias opiniões em relação ao processo, bem como ao resultado. Nada que a sra. Lee pudesse dizer o afetaria naquele momento. Ele se desfez de sua responsabilidade, e ela a encontrou repentinamente sobre os próprios ombros. Quando ela comentou com indignação a rodada de demissões com que a nova administração marcara sua subida ao poder, ele contou-lhe a história do princípio fundamental do presidente e perguntou-lhe o que poderia fazer.

— Ele pretendia amarrar minhas mãos – disse Ratcliffe – para ficar com as suas livres, e eu aceitei a condição. Posso me demitir agora sob tais condições?

E Madeleine foi obrigada a concordar que ele não podia. Ela não tinha como saber quantas demissões Ratcliffe realizara em interesse próprio, ou até que ponto ele havia enganado o presidente no próprio jogo. Ele se mostrava diante dela como uma vítima e um patriota. Cada passo que havia dado conhecera a aprovação dela. Agora ele estava no cargo para evitar todo mal que pudesse ser feito, não para ser responsável pelo mal realizado; e ele honestamente lhe assegurou que homens muito piores poderiam ocupar seu lugar, quando ele saísse, já que o presidente certamente cuidaria para que ele saísse quando o momento chegasse.

A sra. Lee tinha, então, a oportunidade de executar o plano que a levara a Washington, pois estava devidamente mergulhada na lama da política e tinha uma perspectiva privilegiada de como a grande máquina se debatia, espargindo lama até mesmo em seus vestidos imaculados. O próprio Ratcliffe, desde que entrara no Tesouro, começara a tratar com escárnio o modo como as leis eram feitas e dizia abertamente não ter ideia de como o governo sobrevivia. No entanto, declarou ainda que aquele governo em particular era a mais alta expressão do pensamento político. A sra. Lee fitou-o e se perguntou se ele sabia que pensamento era aquele. Para ela, o governo parecia menos pensado do que qualquer um dos vestidos de Sybil, pois, se eles, como o governo, eram monstruosamente caros, ao menos se adaptavam ao seu propósito, as partes encaixavam-se e não eram desajeitadas, tampouco difíceis de manejar.

Nada havia de muito animador em tudo aquilo, mas era melhor do que Nova York. Ao menos lhe dava algo para observar e sobre o que pensar. Lorde Dunbeg chegou a pregar-lhe sucessivas vezes os benefícios da prática filantrópica. Ratcliffe também se viu forçado a retirar-se da modorra da máquina política e a justificar o direito de ser admitido em sua casa. Ali o sr. French discursou longamente, até que o dia 4 de março o fez retornar a Connecticut; ele chegou a levar consigo ao salão da sra. Lee alguns congressistas de interesse intelectual. Debaixo da escuma que flutuava na superfície da política, Madeleine sentia que havia uma espécie de corrente oceânica saudável de propósito honesto, que varria o rebotalho que encontrava em seu caminho e mantinha a massa pura.

Isso foi o bastante para atraí-la. Ela finalmente encontrou paz na aceitação da moral ratcliffiana, pois não lhe via alternativa. Ela própria aprovara todos os passos que o vira dar. Ela não podia negar que provavelmente havia algo de errado em um duplo padrão de moralidade, mas onde estava isso? O sr. Ratcliffe parecia estar fazendo um bom trabalho com a pureza possível dos meios que tinha em mãos. Era preciso incentivá-lo, não o insultar. Como podia lhe caber qualquer juízo de valor?

Outros assistiram a seus progressos com menos satisfação. O sr. Nathan Gore estava entre eles. Aparecera certa noite para uma visita mostrando-se bastante irritado e, sentando-se ao lado dela, disse que viera despedir-se e agradecer a gentileza que ela lhe havia reservado – ele deixaria a cidade na manhã seguinte. Ela também expressou uma reconfortante tristeza, porém acrescentou que esperava que ele estivesse partindo unicamente para retirar sua passagem com destino a Madri.

Ele balançou sua cabeça.

— Vou retirar minha passagem – disse ele –, mas não para Madri. As Parcas cortaram esse fio. O presidente não deseja meus serviços, e não posso culpá-lo, porque, caso trocássemos os papéis, eu certamente não o desejaria. Ele tem um amigo de Indiana que, segundo me disseram, queria ser chefe dos Correios em Indianápolis, mas, como isso não agradou aos políticos, ele foi comprado pelo preço exorbitante da missão espanhola. Mas certamente eu não teria chance, ainda que ele estivesse fora do caminho. O presidente não me aprova. Ele se opõe ao corte do meu sobretudo, que, infelizmente, é inglês. Ele também tem ressalvas ao meu corte de cabelo. Receio que sua esposa faça objeções à minha pessoa, pois muito me felicita ser visto como um amigo da senhora.

Madeleine só podia reconhecer que o caso do sr. Gore era ruim.

— Mas, afinal de contas – respondeu ela –, como acreditar que os políticos cairiam de amores por vocês, senhores literatos, que escrevem a história? Não se espera que outras classes criminosas amem seus juízes.

— Não, mas elas têm bom senso para temê-los – devolveu Gore, vingativo –; nenhum político vivo tem cérebro ou é dotado de arte para defender a própria causa. O oceano da história fede com as carcaças de homens de Estado desse tipo, mortos e esquecidos, exceto quando algum historiador pesca um deles para submetê-lo ao ridículo.

O sr. Gore estava tão irritado que, após essa manifestação de extravagância, viu-se forçado a parar por um momento para se recuperar. Em seguida, continuou:

— A senhora está perfeitamente certa, assim como o presidente. Eu não tenho razão para me intrometer na política. Não é meu lugar. Da próxima vez que a senhora ouvir falar de mim, prometo que não será como candidato a um cargo.

Então ele rapidamente mudou de assunto, dizendo que esperava que a sra. Lee logo viajasse para o Norte, para se encontrarem em Newport.

— Não sei – respondeu Madeleine. — A primavera é agradável aqui, e vamos ficar aqui até que esquente, eu acho.

O sr. Gore parecia sério.

— E a política que a interessava? – perguntou ele. — Satisfeita com o que viu?

— Cheguei ao ponto em que perdi a distinção entre o certo e o errado. Não é esse o primeiro passo na política?

O sr. Gore não tinha humor nem para as brincadeiras sérias. Ele irrompeu em uma longa catilinária, que soava como o capítulo de alguma história futura:

— Mas, sra. Lee, é possível que a senhora não veja o equívoco desse caminho? Se a senhora deseja saber o que o mundo realmente está fazendo com um bom propósito, passe um inverno em Samarcanda ou em Tombuctu, não em Washington. Seja funcionária de um banco, trabalhe em uma gráfica, não no Congresso. Aqui a senhora não encontrará nada além de esforço inútil e intrigas desajeitadas.

— O senhor acha uma pena que eu aprenda essas coisas? – perguntou Madeleine quando o arrazoado terminou.

— Não! – respondeu Gore, hesitando. — Não se a senhora aprender. Mas muitas pessoas nunca chegam tão longe, ou apenas quando é tarde demais. Ficarei feliz em saber que a senhora domina o tema e desistiu de reformar a política. Os espanhóis têm um provérbio que cheira a estábulo, mas se aplica a pessoas como eu e a senhora: quem lava cabeça de burro perde tempo e sabão.

Gore se despediu antes que Madeleine tivesse tempo de compreender toda a imprudência dessas últimas palavras. Só quando já se encontrava na cama, naquela noite, atravessou-lhe de súbito o pensamento de que o sr. Gore tivera a ousadia de caricaturá-la desperdiçando tempo e sabão com o sr. Ratcliffe. No começo, ficou violentamente irritada e depois riu a despeito de si – afinal, havia verdade no retrato. Secretamente, também, ficou menos ofendida porque em parte achava que dependia unicamente de si mesma para fazer do sr. Gore algo mais do que um amigo. Caso tivesse ouvido as palavras de despedida do sr. Gore a Carrington, teria ainda mais motivos para pensar que um pouco de ciúme do sucesso de Ratcliffe aguçava a farpa da inimizade de Gore.

— Atenção a Ratcliffe! – foi sua despedida. — O canalha é inteligente, e a sra. Lee já está sob sua influência. Cuidado para que ele não a leve!

Um pouco surpreso com a repentina confidência, só coube a Carrington perguntar o que ele poderia fazer para evitar isso.

— Gatos que caçam ratos não usam luvas – respondeu Gore, que sempre carregava um provérbio espanhol no bolso.

Após dolorosa reflexão, Carrington só foi capaz de imaginar que ele queria que os inimigos de Ratcliffe mostrassem suas garras. Mas como?

Pouco tempo depois, a sra. Lee conversou com Ratcliffe sobre seu pesar pela decepção de Gore e insinuou sua frustração. Ratcliffe respondeu que fizera o possível por Gore e o apresentara ao presidente, que, depois de vê-lo, fez uso de seu costumeiro linguajar de cavouqueiro e disse que preferia mandar para a Espanha um preto de roça a enviar aquele vendedor de perfumaria.

— Você sabe a situação em que me encontro – acrescentou Ratcliffe. — O que mais eu poderia fazer?

E a reprovação implícita da sra. Lee foi silenciada.

Se Gore estava pouco satisfeito com a conduta de Ratcliffe, o pobre Schneidekoupon estava ainda menos. Voltou a Washington pouco depois da posse e teve um encontro em privado com o secretário do Tesouro.

O que se passou ficou apenas entre eles, mas, tenha sido o que for, o humor de Schneidekoupon não melhorou. De suas conversas com Sybil, parecia que houve alguma questão sobre compromissos nos quais seus amigos protecionistas estavam interessados, e ele falou abertamente sobre a falta de boa-fé de Ratcliffe, e sobre como ele prometera tudo a todos e fracassara no cumprimento de sua palavra; se o conselho de Schneidekoupon tivesse sido ouvido, isso não teria acontecido. A sra. Lee disse a Ratcliffe que Schneidekoupon parecia incomodado e perguntou o motivo. Ele apenas riu e evitou a pergunta, observando que gado de seu tipo sempre se queixava, a menos que lhe fosse permitido estar à frente de todo o governo; Schneidekoupon não tinha do que reclamar; ninguém jamais lhe fizera promessas. No entanto, Schneidekoupon confidenciou a Sybil sua antipatia por Ratcliffe e pediu enfaticamente que não permitisse que a sra. Lee caísse em suas mãos, ao que Sybil respondeu amargamente que tudo o que ela desejava era que o sr. Schneidekoupon lhe dissesse como evitar que aquilo acontecesse.

O reformista French também havia sido um dos apoiadores de Ratcliffe na luta pelo Tesouro. Ele permaneceu em Washington alguns dias depois da posse e depois desapareceu, deixando um cartão de despedida na porta da sra. Lee. Rumores diziam que ele também estava desapontado, porém fez de si o próprio conselheiro – e, se ele realmente queria a missão na Bélgica, contentou-se em aguardar por ela. Um respeitável proprietário de carruagens de aluguel do Oregon foi nomeado para o cargo.

Quanto a Jacobi, que não estava decepcionado, tampouco tinha algo a pedir, este era o mais amargurado de todos. Ele ofereceu formalmente seus cumprimentos a Ratcliffe pela nomeação. Essa pequena cena ocorreu no salão da sra. Lee. O velho barão, à sua maneira mais delicada e com seu soslaio mais voltairiano, comentou que, consultada toda a sua experiência – e ele fora testemunha de muitas intrigas de corte –, nunca vira algo tão bem conduzido quanto a intriga que levara o senador à nomeação ao Tesouro.

Ratcliffe ficou furioso e respondeu prontamente ao barão que os ministros estrangeiros que insultavam os governos aos quais eram conduzidos corriam o risco de ser mandados para casa.

— *Ce serait toujours un pis-aller* – disse Jacobi, sentando-se calmamente na cadeira favorita de Ratcliffe ao lado da sra. Lee.

Madeleine, assustada, sentiu necessidade de intervir e perguntou apressadamente se a observação era traduzível.

— Ah! – disse o barão. — Não consigo me expressar em sua língua. Apenas disse que ficar ou partir era apenas uma escolha entre males.

— Podemos traduzi-la dizendo: "Pode-se ir mais longe e acabar pior" – emendou Madeleine; e assim a tempestade arrefeceu por um instante, enquanto Ratcliffe, aborrecido, não voltou ao assunto.

Apesar disso, os dois homens nunca mais se encontraram na sala da sra. Lee sem que ela temesse uma discussão. Aos poucos, entre o sarcasmo de Jacobi e a aspereza de Ratcliffe, os dois praticamente pararam de falar e passaram a se encarar como dois cães briguentos. Madeleine fez uso de todo tipo de expediente para manter a paz, mas ao mesmo tempo não conseguia deixar de se divertir muito com o comportamento deles, e, como o ódio que um sentia pelo outro apenas excitava a devoção que lhe dedicavam, ela se satisfez em apenas manter o equilíbrio entre eles.

Essas não foram todas as consequências inoportunas das atenções de Ratcliffe. Agora que ele era distintamente reconhecido como amigo íntimo da sra. Lee, e possivelmente seu futuro marido, ninguém mais se aventurou a atacá-lo em sua presença; além do mais, eram mil as maneiras pelas quais ela se fazia cônscia da atmosfera cada vez mais densa sob a sombra do secretário do Tesouro. A despeito de si, sentiu por vezes desconforto, como se houvesse uma conspiração no ar. Numa tarde de março, ela estava sentada diante da lareira, acompanhada de um número da *English Review*, tentando ler o último debate sobre a compaixão e o Castigo Eterno, quando seu criado trouxe um cartão, e a sra. Lee mal teve tempo de ler o nome da sra. Samuel Baker quando esta seguiu o criado para o interior da sala, forçando-a a recebê-la em um estilo tão eficaz que, de pronto, Madeleine ficou bastante desconcertada. Quando era assim invadida, seus modos geralmente mostravam-se frios, mas neste caso, por causa de Carrington, ela tentou sorrir educadamente e pediu à sua visitante que se sentasse, o que a sra. Baker já fazia sem ser convidada, deixando desse modo a anfitriã rapidamente desobrigada. Quando vista sem o véu, ela se revelava uma bela mulher, beirando os 40 anos, decididamente corpulenta, alta, vestida com exagero, mesmo em luto, e com uma tez mais fresca do que a natureza lhe dera.

Havia gentileza em suas palavras, uma sugestão dos modos tranquilos de Washington, um sorriso doce e um agradável sotaque sulista, que explicavam de pronto seu sucesso nos saguões da política. Ela mirou a sra. Lee com delicada confiança e aprovou a ambiência da anfitriã com uma cordialidade tão distinta da mesquinhez do elogio nortista que Madeleine não se sentiu ofendida, mas contente. No entanto, quando seus olhos pousaram no Corot, o grande orgulho de Madeleine, ela ficou claramente confusa e recorreu aos óculos, para, ao que parecia, ganhar tempo para refletir. Mas ela não se desconcertou nem mesmo pela obra-prima de Corot:

— Que lindo! Japonês, não é? Algas marinhas vistas através de uma névoa. Eu fui a um leilão ontem. Sabe que eu comprei um bule de chá com uma imagem igualzinha?

Madeleine perguntou com absoluto interesse sobre o leilão, mas depois de ser informada de tudo que a sra. Baker tinha para contar, esteve a ponto de ser reduzida ao silêncio quando lhe ocorreu mencionar Carrington. Sra. Baker iluminou-se imediatamente, se é que se podia dizer que se iluminava, pois não havia nela sinal de melancolia:

— Meu caro sr. Carrington! Ele não é doce? Uma companhia deliciosa. Não sei o que fazer sem ele. Desde que o pobre sr. Baker me deixou, temos estado quase sempre juntos. Você sabe que meu finado marido instruiu-nos para que queimássemos todos os seus documentos, e – confidencio-lhe, pois sei que a senhora é amiga do sr. Carrington – acho que para algumas pessoas foi, no fim, bom que ele tenha tomado essa decisão. Não seria capaz de lhe dizer quanto papel o sr. Carrington e eu queimamos; e lemos todos também.

Madeleine perguntou se não havia sido um trabalho tedioso:

— Oh, querida, não! Veja você que sei tudo sobre aqueles documentos, contei ao sr. Carrington a história de cada um deles enquanto o fazíamos. Foi muito divertido, asseguro-lhe.

A sra. Lee então disse, não sem ousadia, que o sr. Carrington tinha lhe passado a impressão de que a sra. Baker era uma exímia diplomata.

— Diplomata! – ecoou a viúva com sua risada afetuosa. — Bem! Tão diplomata quanto qualquer outra coisa, mas não há muitas esposas de diplomatas nesta cidade que tenham trabalhado tanto quanto eu costumava trabalhar. Ora, conheci metade dos membros do Congresso intimamente e todos de vista. Sabia de onde eles vinham e do que mais gostavam. Eu consegui ter acesso à maioria, cedo ou tarde.

A sra. Lee perguntou o que ela fez com todo esse conhecimento. A sra. Baker balançou o semblante rosado e branco, e quase paralisou a vizinha com uma espécie de piscadela de grã-duquesa:

— Oh, minha querida! Você é nova aqui. Se tivesse visto Washington no tempo da guerra e alguns anos depois, não perguntaria isso. Realizamos mais no Congresso do que todos os outros lobistas juntos. Todos vinham até nós para conseguir a aprovação de seus projetos ou que um pedido de verba fosse acompanhado. Trabalhávamos muito, sem descanso. Veja: não se pode administrar a vida de trezentos homens sem algum trabalho. Meu marido costumava usar cadernos para arrolar seus nomes em listas, cada qual com sua história e tudo o que sabia sobre eles, mas eu guardava tudo de cabeça.

— Quer dizer que vocês eram capazes de fazer com que todos votassem como vocês quisessem? – perguntou Madeleine.

— Sim! Fazíamos com que seus projetos fossem aprovados – respondeu a sra. Baker.

— Mas como vocês faziam isso? Eles aceitavam subornos?

— Alguns deles, sim. Outros gostavam de jantares e jogos de cartas e teatro, todo tipo de coisa. Uns se deixavam conduzir, mas outros precisavam ser tocados como o porquinho irlandês que achava que estava indo para o outro lado. Alguns tinham esposas que podiam conversar com eles, outros, não – confidenciou a sra. Baker, com uma entonação estranha em seu final abrupto.

— Mas com certeza – disse a sra. Lee – muitos deles deviam estar acima... quero dizer, eles não tinham nada que pudesse comprometê-los e que vocês conseguissem administrar.

A sra. Baker riu alegremente e comentou que eles eram todos a mesma coisa.

— Mas não consigo entender como vocês faziam isso – insistiu Madeleine.
— Como vocês teriam trabalhado para obter o voto de um senador respeitável... um homem como Ratcliffe, por exemplo?

— Ratcliffe! – repetiu a sra. Baker com uma ligeira elevação de voz que deu lugar a uma risada benevolente. — Oh, minha querida, não mencione nomes! Eu poderia entrar em apuros. O senador Ratcliffe era um bom amigo do meu marido. Acho que o sr. Carrington poderia ter dito isso. Mas veja, o que geralmente queríamos era bastante correto. Precisávamos saber onde estavam nossos projetos e cutucar as pessoas para que eles recebessem relatórios a tempo. Às vezes, precisávamos convencê-los de que nosso projeto era adequado e de que deveriam votar a favor. Só às vezes, quando havia muito dinheiro e a votação estava próxima, precisávamos descobrir o preço de cada voto. Era principalmente uma questão de almoçar e conversar, chamá-los para o saguão ou convidá-los para jantar. Eu gostaria de poder lhe contar as coisas que vi, mas não posso. Não seria seguro. Já lhe disse mais do que contei a qualquer outra pessoa; mas você é tão íntima do sr. Carrington que eu sempre penso em você como uma velha amiga.

Assim a sra. Baker prosseguiu em seu tom melífluo, enquanto a sra. Lee a ouvia com mais e mais dúvidas e nojo. A mulher era vistosa, bela – porém sem refinamento – e perfeitamente apresentável. A sra. Lee tinha visto as duquesas como mulheres vulgares. Ela sabia mais sobre o funcionamento prático do governo do que a sra. Lee podia esperar ou ter a esperança de saber. Por que, então, recuar dessa interessante lobista com repulsa infantil?

Quando, depois de uma longa e, como ela declarou, encantadora visita, a sra. Baker seguiu seu caminho, e Madeleine deu ordens estritas para que ela nunca mais fosse admitida, Carrington entrou, e Madeleine mostrou-lhe o cartão da sra. Baker e ofereceu um vivo relato da entrevista.

— O que devo fazer com essa mulher? – perguntou ela. — Devo devolver-lhe a visita?

130

Carrington, porém, recusou-se a oferecer conselhos sobre esse ponto interessante.

— E ela diz que o sr. Ratcliffe era amigo de seu marido e que você poderia falar a respeito.

— Ela disse isso? – observou Carrington em tom vago.

— Sim! E que ela conhecia os pontos fracos de cada um e poderia obter todos os seus votos.

Carrington não expressou surpresa e foi tão claro em seu propósito de mudar de assunto que a sra. Lee desistiu e nada mais disse.

No entanto, ela decidiu tentar o mesmo experimento com o sr. Ratcliffe, e escolheu a próxima oportunidade que se lhe oferecesse. Em seu tom mais indiferente, ela observou que a sra. Sam Baker a visitara e a iniciara nos mistérios do lobby a ponto de fazê-la sentir-se bastante ambiciosa para começar uma carreira no ramo.

— Ela disse que você era amigo do marido dela – acrescentou Madeleine suavemente.

O rosto de Ratcliffe não traiu nenhum sinal.

— Se acreditar no que essas pessoas lhe dizem – respondeu secamente –, a senhora acabará mais bem informada que a rainha de Sabá.

072217. THE CUSTIS-LEE MANSION, ARLINGTON, VA.

Sempre que um homem atinge o topo da hierarquia política, seus inimigos se unem para derrubá-lo. Seus amigos se tornam críticos e exigentes. Entre os muitos perigos desse tipo que agora ameaçavam Ratcliffe, havia um que, se ele soubesse, poderia deixá-lo mais inquieto do que qualquer outro que fosse obra de senadores e congressistas. Carrington pactuara uma aliança de ataque e defesa com Sybil. Aconteceu assim. Sybil gostava de cavalgar e, ocasionalmente, Carrington, quando dispunha de tempo, fazia as vezes de guia e protetor em excursões ao campo; pois todo aquele que nasceu na Virginia, mesmo o mais pobre, tem um cavalo, assim como tem um par de sapatos ou uma camisa.

Em um momento de irreflexão, Carrington fora atraído a uma promessa de levar Sybil a Arlington. Ele não tinha nenhuma pressa em cumprir a promessa, pois, de sua parte, havia razões que faziam de uma visita a Arlington tudo, menos um prazer; mas Sybil fez ouvidos moucos a qualquer desculpa, e aconteceu que, em uma linda manhã de março, quando os arbustos e as árvores na praça em frente à casa começavam a verdejar sob um sol que se fazia mais quente, dando sinais de seu esplendor vindouro, Sybil postou-se na janela aberta esperando por ele, enquanto seu novo cavalo, trazido do Kentucky, mostrava o que achava da demora, curvando o pescoço, lançando a cabeça para trás e pateando o calçamento diante da casa.

Carrington atrasou-se e manteve-a esperando por tanto tempo que o resedá e os gerânios que adornavam a janela sofreram com sua lentidão, e as borlas das cortinas mostraram sinais de danos intencionais. De qualquer modo, ele por fim chegou, e eles partiram juntos, escolhendo as ruas menos agitadas por carruagens e carroças de carga, até que atravessaram a grande metrópole de Georgetown, chegando à ponte que cruza o nobre rio no ponto onde suas altivas margens se abrem para cingir a cidade de Washington em um abraço tranquilo. Chegando ao lado da Virginia, galoparam alegremente pela estrada margeada por louros, com o vislumbrar de desfiladeiros cercados de árvores, cada qual trazendo seu regato reluzente e rico em promessas de flores de verão, enquanto de ponta a ponta captavam breves e gloriosas perspectivas da cidade e do rio ao longe. Passaram pelo pequeno posto militar nas colinas, ao qual o nome de forte conferia brio, embora Sybil silenciosamente se perguntasse como era possível um forte sem fortificações, e reclamou que não havia nada mais bélico do que um "viveiro de postes telegráficos". O dia era azul e dourado; tudo sorria e brilhava no frescor revigorante da manhã. Sybil estava animadíssima e não ficou nem um pouco satisfeita ao descobrir que seu companheiro se mostrava melancólico e distraído à medida que seguiam. "Pobre sr. Carrington!", pensou ela consigo mesma. "Ele é ótimo, mas, quando assume esse ar sério, é melhor ir dormir. Tenho certeza de que nenhuma boa mulher jamais se casará com ele caso se apresente dessa forma" – e sua mente prática arrolou todas as moças que conhecia, em busca de uma capaz de aturar o rosto melancólico de Carrington. Ela conhecia a devoção dele à sua irmã, mas havia muito a descartara – era uma esperança impossível. A simplicidade no modo de Sybil lidar com a vida tinha seu encanto. Ela nunca se preocupava com o impossível ou o impensável. Tinha sentimentos e era tão rápida em sua empatia e tristeza quanto em superá-las, e esperava o mesmo das outras pessoas. Madeleine dissecava os próprios sentimentos e sempre se perguntava se eram reais ou não; ela tinha o hábito e despir-se mentalmente, como quem tirasse um vestido e olhasse para ele como se pertencesse a outra pessoa, como se as sensações fossem confeccionadas como roupas. Essa parece ser uma das maneiras mais fáceis de amortecer a tristeza, como se a mente pudesse ensinar a si mesma a cortar seus sensores. Sybil não gostava em particular dessa autoinspeção. Em primeiro lugar, ela não a entendia e, depois, sua mente era toda sensores, e cortá-los significava a morte. Ela não era capaz de analisar um sentimento tanto quanto de duvidar de sua existência, ambos hábitos de sua irmã.

Como Sybil sabia o que passava na mente de Carrington? Ele não estava pensando em nada em que ela se supusesse interessada. Agitavam-no as memórias da Guerra Civil e associações ainda anteriores, pertencentes a uma era que desaparecia ou havia de todo desaparecido; mas o que ela poderia saber sobre a Guerra Civil, ela que não era muito mais do que uma criança de colo na época? Naquele momento, ela estava interessada na batalha de Waterloo, pois estava entretida com a leitura de *Feira das vaidades* e havia chorado todas as lágrimas de que dispunha pela pobre pequena Emmy, quando o marido desta, George Osborne, fora morto no campo de batalha com uma bala no coração. Mas como ela podia saber que ali, tão perto dela, havia dezenas e centenas de Georges Osbornes, ou seus comandantes, e em seus túmulos o amor e a esperança de muitas Emmys, não criaturas da imaginação, mas de carne e osso como ela mesma? Para ela, as associações que faziam a dor calar fundo no silêncio dos pensamentos de Carrington não significavam mais do que se ele fosse o velho Kaspar, e ela a pequena Guilhermina. Tinha ela ideia do que era um crânio? Que lhe interessava a famosa vitória?

No entanto, até mesmo Sybil se assustou ao atravessar o portão e ver-se subitamente diante de longas fileiras de lápides, espalhadas acima e abaixo nas encostas às milhares, em ordem de batalha; como se Cadmo tivesse invertido seu mito e semeado homens vivos para que brotassem dentes de dragão. Ela freou o cavalo com um arrepio e uma repentina vontade de chorar. Ali havia algo novo para ela. Aquilo fora a guerra – feridas, doença, morte. Ela baixou o tom de voz e, com um olhar quase tão sério quanto o de Carrington, perguntou o que significavam todas aquelas sepulturas. Quando Carrington lhe disse, ela começou pela primeira vez a ter uma vaga noção de por que o rosto dele não demonstrava tanta alegria quanto o dela. Mesmo naquele momento, aquela ideia não era muito precisa, pois ele falava pouco sobre si mesmo, mas ao menos ela confrontava-se com o fato de que ele havia realmente, ano após ano, carregado armas contra aqueles homens que jaziam a seus pés e que haviam dado a vida pela causa que ela defendia. De repente, ocorreu-lhe um novo pensamento, o de que talvez ele próprio pudesse ter matado um deles com as próprias mãos. Aquela ideia lhe causara um estranho impacto. Ela sentia que Carrington estava mais distante dela. Ele ganhou dignidade em seu isolamento rebelde. Ela queria perguntar-lhe como ele pudera ter sido um traidor, mas não ousou. Carrington, um traidor!

Carrington matando os amigos dela! A ideia era grande demais para que fosse compreendida. Ela recuou na tarefa mais simples de imaginar como ele ficaria vestindo o uniforme rebelde.

Eles cavalgaram lentamente até a porta da casa e apearam, depois de ele ter encontrado com dificuldade um homem para guardar-lhes os cavalos. Do pesado pórtico de tijolos, avistaram para além do soberbo rio a fealdade crua e incoerente da cidade, idealizada sob a forma de uma beleza sonhadora pela atmosfera e o fundo suave das colinas púrpuras. À sua frente, com seu cru "Assim diz a Lei" estampado na cúpula branca e nas paredes de fortaleza, erguia-se o Capitólio.

Carrington permaneceu com ela pouco tempo enquanto examinavam a vista; depois disse que preferia não entrar na casa e sentou-se nos degraus enquanto ela passeava sozinha pelos aposentos. Estes eram nus e ascéticos, de modo que ela, com seu senso feminino de adequação, naturalmente considerava o que faria para torná-los habitáveis. Ela tinha uma imaginação elegante para mobília e distribuía seus tons e meios-tons e cores livremente pelas paredes e pelos tetos, com uma cadeira de espaldar alto aqui, um sofá com pés palito e uma mesa de centro com pés de garra, até que seus olhos foram pegos por uma escrivaninha muito suja, na qual se encontrava um livro aberto, com um tinteiro e algumas canetas. Na folha, ela leu a última anotação: "Eli M. Grow e senhora, Thermopyle Center". Nem mesmo as sepulturas do lado de fora a haviam colocado tão perto dos horrores da guerra.

Que flagelo! Essa respeitável família abandonara uma casa linda, e todos os belos móveis antigos desapareceram diante de uma horda de invasores grosseiros "e senhoras". As hostes de Átila escreveram seus nomes em livros de visitas no templo de Vesta e na casa de Salústio? Que novo terror eles teriam acrescentado ao nome do flagelo de Deus! Sybil retornou ao pórtico e sentou-se ao lado de Carrington nos degraus.

— Como é triste! – disse ela. — Suponho que a casa fosse lindamente mobiliada quando os Lee moraram aqui. O senhor chegou a vê-la na época?

Sybil não era muito profunda, mas tinha compaixão, e naquele momento Carrington precisava desesperadamente de conforto. Ele queria alguém para compartilhar seus sentimentos, e voltou-se a ela faminto por sua companhia.

— Os Lee eram velhos amigos da minha família – disse ele. — Eu costumava ficar aqui quando menino, até a primavera de 1861. A última vez que me sentei aqui foi com eles. A Secessão nos enlouquecia, e não falávamos de outra coisa. Estou tentando me lembrar do que conversamos então. Nunca pensamos que haveria guerra e, quanto à coerção, era um disparate. Coerção, de fato! A ideia era ridícula. Eu também pensava assim, embora fosse um homem da União e não quisesse que o estado a abandonasse. Mas, embora tivesse certeza de que Virginia deveria sofrer, nunca pensei que poderíamos ser derrotados. No entanto, agora estou sentado aqui, um rebelde perdoado, os pobres Lee foram expulsos, e sua casa é um cemitério.

Sybil ficou imediatamente muito interessada pela história dos Lee e fez muitas perguntas, às quais Carrington respondeu com satisfação. Ele contou o quanto admirava o general Lee e o seguiu durante a guerra. "Pensávamos que ele seria o nosso Washington; e talvez ele próprio alimentasse ideia similar"; e, quando Sybil quis saber das batalhas e das lutas, ele desenhou um mapa aproximado, no cascalho da trilha que levava à casa, para mostrar a ela como as duas linhas tinham corrido a apenas alguns quilômetros de distância dali; depois contou-lhe como havia carregado o mosquete dia após dia por todo o país e onde havia vivido suas batalhas. Sybil tinha tudo para aprender; a história chegava a ela com toda a comoção da vida real, pois ali, a seus olhos, estavam os túmulos de seus heróis, e a seu lado havia um rebelde que estivera sob o fogo da nossa União em Malvern Hill e em South Mountain, contando-lhe como eram os homens e o que pensaram em face da morte. Escutou com interesse sem fôlego e, finalmente, reuniu coragem para perguntar em tom de assombro se Carrington havia matado alguém. Ela ficou aliviada, embora um pouco desapontada, quando ele disse que acreditava que não; que esperava não ter matado; embora nenhum soldado que tenha disparado um mosquete em batalha seja capaz de dizer onde as balas pararam. "Nunca tentei matar ninguém", disse ele, "embora tentassem me matar o tempo todo". Então Sybil quis saber como eles tinham tentado matá-lo, e ele lhe contou sobre uma ou duas dessas experiências, comuns a muitos soldados, quando estivera sob fogo inimigo e as balas lhes rasgaram as roupas ou o acertaram de raspão. A pobre Sybil estava dominada pela emoção e encontrou fascinação mortal no horror. Enquanto eles permaneceram juntos nos degraus com a gloriosa vista que se estendia diante deles, sua atenção esteve tão presa à sua história que ela não viu nem a paisagem nem as carruagens dos turistas que se aproximavam, olhavam e partiam invejando Carrington, ocupado que estava da linda moça.

Em sua imaginação, ela corria com ele pelo vale da Virginia nos calcanhares de nosso Exército voador, ou arrastando-se melancolicamente de volta ao Potomac depois dos dias sangrentos em Gettysburg, ou assistindo à grande *débâcle* final na estrada de Richmond a Appomattox. Eles teriam ficado lá até o pôr do sol se Carrington não tivesse sido enfático, por fim, sobre a necessidade de partirem, e então ela levantou-se lentamente com um suspiro profundo e indisfarçada contrariedade.

Enquanto se afastavam, Carrington, cujos pensamentos não estavam tão inteiramente dedicados à sua companheira como deveriam estar, ousou dizer que desejava que a irmã tivesse vindo com eles, mas percebeu que a sugestão não fora bem recebida.

Sybil rejeitou enfaticamente a ideia:

— Estou muito feliz por ela não ter vindo. Se tivesse, o senhor teria conversado com ela o tempo todo, e eu teria sido deixada de lado para me entreter por mim mesma. Vocês estariam discutindo coisas, e eu detesto discussões. Ela estaria procurando os princípios fundamentais, e o senhor estaria correndo por aí, tentando buscar alguns para ela. Além disso, ela virá durante algum domingo, cedo ou tarde, com o sr. Ratcliffe. Que homem enfadonho! Não sei o que ela vê naquele homem que a diverte. Seu gosto está se deteriorando em Washington. Sabe, sr. Carrington, não sou inteligente ou séria como Madeleine, não sou capaz de ler leis e detesto política, mas tenho mais bom senso do que ela, e ela me deixa irritada. Agora entendo por que as jovens viúvas são perigosas e por que na Índia elas são queimadas nos funerais do marido. Não que eu queira que Madeleine seja queimada, pois ela é uma ótima pessoa, e eu a amo mais do que qualquer coisa no mundo; mas um dia desses ela certamente cometerá algum terrível erro; ela tem as noções de dever e abnegação mais estapafúrdias; se ela não tivesse pensado em tomar conta de mim, teria feito algo horrível há muito tempo, e, se eu fosse apenas um pouco má, ela se contentaria em passar o resto de sua vida tentando me consertar; mas agora ela agarrou aquele sr. Ratcliffe, e ele está tentando fazê-la pensar que ela pode consertá-lo, e, se ele fizer isso, está tudo acabado para nós. Madeleine irá embora e acabará de coração partido por causa daquele animal odioso, imenso e vulgar que só quer o dinheiro dela.

Sybil fez esse pequeno discurso com um grau de energia que tocou o coração de Carrington. Ela não era dada a esforços tão contínuos, e era evidente que, quanto àquele assunto, exaurira todos os seus pensamentos. Carrington ficou encantado e a incentivou:

— Não gosto do sr. Ratcliffe tanto quanto a senhora... mais talvez. Isso vale para todos que sabem muito sobre ele. Mas só vamos piorar a situação se interferirmos. O que podemos fazer?

— É exatamente o que digo a todos – prosseguiu Sybil. — Victoria Dare sempre me diz que eu deveria fazer alguma coisa; e o sr. Schneidekoupon também; como se eu pudesse fazer qualquer coisa. Madeleine não tem feito aqui mais do que se envolver com problemas. Metade das pessoas a julga mundana e ambiciosa. Na noite passada, aquela velha venenosa, a sra. Clinton, me disse: "Washington mima muito a sua irmã. Nunca vi tanta loucura pelo poder em alguém quanto nela". Fiquei furiosa e disse que ela estava muito enganada – Madeleine não havia sido nada mimada. Mas não podia dizer que ela não gostasse de poder, pois ela gosta; mas não do jeito que a sra. Clinton quis dizer. O senhor deveria tê-la visto na outra noite, quando o sr. Ratcliffe falava sobre alguma questão de negócios públicos e disse que faria o que ela achasse certo; ela respondeu de uma forma até ríspida para os padrões dela, com uma risadinha desdenhosa, e disse que era melhor que ele fizesse o que *ele* achasse certo. Por um instante, ele pareceu quase irritado e murmurou algo sobre as mulheres serem incompreensíveis. A todo momento ele a provoca com o poder. Ela poderia ter tido há muito tempo todo o poder que ele poderia lhe dar, mas eu percebo, e ele também percebe, que ela sempre o mantém a um braço de distância. Ele não gosta disso, mas espera que cedo ou tarde encontre um objeto de troca que funcione. Preferia que nunca tivéssemos vindo a Washington. Nova York é muito mais agradável, e as pessoas lá são muito mais divertidas; elas dançam muito melhor e mandam flores o tempo todo, e então nunca falam sobre "princípios fundamentais". Maude tinha seus hospitais e indigentes e a escola de treinamento e ia muito bem. Era seguro dessa forma. Mas, quando digo isso a ela, ela apenas sorri com um ar de superioridade e me diz que terei tudo de Newport que eu quiser; como se eu fosse uma criança, e não uma mulher de 25 anos. Pobre Maude! Não conseguirei ficar com ela se ela se casar com o sr. Ratcliffe, e partiria meu coração deixá-la com esse homem. O senhor acha que ele seria capaz de vencê-la? Ele bebe? Eu chegaria ao ponto de preferir apanhar um pouco, se gostasse de um homem, do que ser levada para Peonia. Ah, sr. Carrington! O senhor é nossa única esperança. Ela vai ouvi-lo. Não a deixe se casar com aquele político medonho.

A esse apelo patético, do qual algumas partes eram tão pouco calculadas para agradar a Carrington quanto ao próprio Ratcliffe, Carrington respondeu que estava pronto para fazer tudo o que estivesse ao seu alcance, mas que Sybil deveria dizer-lhe quando e como agir.

— Então é uma troca – disse ela. — Sempre que eu precisar do senhor, vou pedir a sua ajuda, e o senhor deve impedir o casamento.

— Aliança de ataque e defesa – respondeu ele, rindo. — Luta de morte contra Ratcliffe. Teremos seu escalpo, se necessário, mas acho que ele logo cometerá o haraquiri se o deixarmos em paz.

— Madeleine vai gostar ainda mais dele se ele fizer qualquer coisa japonesa – comentou Sybil com grande seriedade. — Queria que houvesse mais *bric-à-brac* japonês por aqui, ou panelas e frigideiras velhas dos quais se falar. Um pouco de arte faria bem a ela. Que lugar estranho é esse, as pessoas estão sempre de cabeça para baixo aqui! Ninguém pensa como ninguém. Victoria Dare diz que está tentando por princípio não ser boa, porque quer conservar alguma animação para a próxima vida. Tenho certeza de que ela segue à risca o que diz. O senhor a viu na casa dos Clinton ontem à noite? Ela estava escandalosa como nunca. Ficou sentada na escada durante todo o jantar, parecendo um gato amarelo recatado com dois buquês nas patas – e sei que lorde Dunbeg mandou um deles – e ela chegou a deixar o sr. French dar-lhe sorvete na boca com uma colher. Ela diz que estava mostrando a lorde Dunbeg um aspecto da vida americana, e que ele vai usar em seu artigo sobre costumes e modos americanos na *Quarterly*, mas eu não acho que seja adequado, não é, sr. Carrington? Eu queria que Madeleine tivesse tomado conta dela. Ela teria muito a fazer, tenho certeza.

E então, gentilmente tagarelando, a srta. Sybil retornou à cidade, com sua aliança com Carrington forjada; e é fato digno de menção que ela nunca mais o declarou tedioso. Dali por diante, seu rosto passou a apresentar uma expressão de prazer e cordialidade sempre que ele aparecia e onde quer que estivessem; e, quando ele novamente sugeriu um passeio a cavalo, ela aceitou de imediato, embora cônscia de que prometera a um cavalheiro mais novo do corpo diplomático estar em casa naquela mesma tarde, e o bom rapaz tenha disparado xingamentos poliglotas ao ser proibido de entrar.

O sr. Ratcliffe nada sabia sobre essa conspiração contra sua paz e suas perspectivas. Mesmo que soubesse, teria apenas rido e continuado em seu propósito sem pensar duas vezes. No entanto, era certo que ele não considerava assunto menor a inimizade de Carrington, e, desde o momento em que obteve uma pista sobre sua causa, começou a se precaver contra ela. Mesmo em meio à disputa pelo Tesouro, ele encontrou tempo para ouvir o relatório do sr. Wilson Keen sobre os assuntos do falecido Samuel Baker.

O sr. Keen foi até ele com uma cópia do testamento de Baker e notas de memória feitas pela desavisada sra. Baker:

— Parece-me – concluiu ele – que Baker, não tendo tempo para organizar seus assuntos, deixou instruções especiais para que seus executores destruíssem cuidadosamente todos os papéis que pudessem comprometer os indivíduos.

— Qual é o nome do executor? – interrompeu-o Ratcliffe.

— O nome do executor é... John Carrington – respondeu Keen, referindo-se metodicamente à sua cópia do testamento.

O rosto de Ratcliffe estava impassível, mas o inevitável "eu sabia" quase lhe saltou aos lábios. Ele ficou bastante satisfeito com o instinto que o levou tão diretamente à trilha certa.

Keen prosseguiu dizendo que, pelo que dizia a sra. Baker, era certo que as instruções do testamenteiro haviam sido executadas e que esses documentos todos, em seu grande volume, haviam sido queimados.

— Então será inútil seguir adiante com o inquérito – disse Ratcliffe. — Fico muito grato por sua ajuda – e ele dirigiu a conversa à condição da secretaria do sr. Keen no Departamento do Tesouro.

Quando Ratcliffe voltou a encontrar a sra. Lee, depois de confirmada sua nomeação para o Tesouro, ele perguntou se ela não achava Carrington adequado para o serviço público, e, quando ela concordou calorosamente, ele disse que lhe ocorrera oferecer o cargo de procurador do Tesouro para o sr. Carrington, pois, embora o salário real não fosse muito maior do que os rendimentos dele em sua prática particular, as vantagens incidentais para um advogado de Washington eram consideráveis; e para o secretário era especialmente necessário ter um advogado em quem pudesse depositar inteira confiança. A sra. Lee ficou satisfeita com o movimento de Ratcliffe, ainda mais porque supunha que Ratcliffe não gostasse de Carrington. Ela não tinha certeza se Carrington aceitaria ou não o posto, mas nutria a esperança de que isso modificasse sua antipatia por Ratcliffe e concordou em sondá-lo sobre o assunto. Havia algo um tanto comprometedor em se permitir aparecer daquele modo, na condição de intermediária dos favores de Ratcliffe, mas ela rejeitou tal objeção com base no fato de que os interesses de Carrington estavam envolvidos, e que competia a ele julgar se deveria aceitar ou não a posição. Talvez o mundo não fosse tão caridoso se a provisão do cargo fosse feita. E o que aconteceria? A sra. Lee fez a si mesma a pergunta e não se sentiu muito à vontade.

No tocante a Carrington, não havia razão para alimentar dúvidas.

Não havia possibilidade de ele aceitar o cargo, como logo se revelou. Quando ela falou com ele sobre o assunto e repetiu o que Ratcliffe dissera, seu rosto enrubesceu, e ele permaneceu alguns momentos em silêncio. Ele não costumava pensar rápido, mas naquele instante as ideias lhe pareciam vir com tal velocidade que os pensamentos tropeçavam uns nos outros.

A situação se iluminava diante de seus olhos como faíscas elétricas. Sua primeira impressão foi que Ratcliffe desejava comprá-lo; amarrar-lhe a língua; fazê-lo correr, como se ele fosse um cão preso, sob a carroça do secretário do Tesouro. Sua segunda impressão foi que Ratcliffe queria criar uma dívida para a sra. Lee, a fim de ganhar-lhe o respeito; e, por fim, que ele queria elevar-se em sua estima, fingindo ser partidário de uma administração honesta e de uma virtude desinteressada. Então, de repente, ocorreu-lhe que o plano era fazê-lo parecer ciumento e vingativo; colocá-lo em uma situação em que qualquer justificativa que apresentasse para uma recusa teria uma aparência de vileza e tenderia a separá-lo da sra. Lee. Carrington ficou tão absorvido nesses pensamentos, e sua mente trabalhou tão devagar, que ele não conseguiu ouvir os comentários que lhe foram dirigidos pela sra. Lee, que ficou um pouco assustada, com a impressão de que ele estava inesperadamente paralisado.

Quando finalmente a ouviu e tentou responder, seu embaraço aumentou. Ele só conseguia balbuciar que lamentava ser obrigado a recusar, mas que aquele cargo ele não podia aceitar.

Se Madeleine sentiu-se um pouco aliviada com a decisão, não demonstrou.

A partir de sua postura, seria possível supor que ela tinha grande apreço pela ideia de Carrington ser o procurador do Tesouro. Ela interrogou-o com obstinação. A oferta não era boa? Ele foi obrigado a confessar que era. As atribuições eram tais que ele não seria capaz de executá-las? De modo nenhum! Não havia o que o assustasse nas atribuições. Ele se opôs à nomeação por causa de seus preconceitos sulistas contra a administração? Oh, não! Ele não tinha nenhum sentimento político que se impusesse como obstáculo. Qual, então, poderia ser sua razão para a recusa?

Carrington escorou-se novamente no silêncio, até que a sra. Lee, um pouco impaciente, perguntou se era possível que sua antipatia pessoal por Ratcliffe pudesse cegá-lo tanto a ponto de fazê-lo rejeitar uma proposta tão boa. Carrington, encontrando-se cada vez mais desconfortável, levantou-se inquieto da cadeira e andou de um lado para outro na sala. Ele achava que Ratcliffe o havia derrotado em geral, e estava no limite de suas forças para saber que carta poderia jogar que não o conduzisse diretamente ao trunfo que Ratcliffe tinha na mão. Na melhor das hipóteses, recusar uma oferta como aquela era bastante difícil para um homem que queria dinheiro e progresso profissional como ele, mas ferir a si mesmo e auxiliar Ratcliffe com a recusa era terrivelmente difícil. Não obstante, ele foi obrigado a admitir que preferia não assumir um cargo tão diretamente sob o controle de Ratcliffe. Madeleine nada mais disse, mas ele julgou que ela parecia irritada, e ele se sentiu em uma situação intoleravelmente dolorosa. Ele não estava certo se ela própria tinha ou não alguma participação na proposta do plano, e se sua recusa não poderia ter para ela alguma consequência humilhante. O que estaria ela pensando a seu respeito, então?

Naquele exato momento, ele teria dado um braço por uma palavra de real afeto da sra. Lee. Ele a adorava. Iria de bom grado ao inferno por ela. Não havia sacrifício que ele não tivesse feito para tê-la perto de si. À sua maneira altiva, tranquila e simples, ele se imolou diante dela. Havia meses que seu coração se ressentia da dor de uma paixão sem esperança. Ele reconhecia que não havia esperança. Sabia que ela nunca o amaria e, justiça seja feita à sra. Lee, ela nunca lhe dera motivos para supor que estivesse em seu poder amar, fosse ele ou qualquer homem. E ali estava ele, obrigado a parecer aos olhos dela ingrato e preconceituoso, mesquinho e vingativo. Ele se sentou de novo, parecendo tão indescritivelmente abatido, seu rosto paciente tão tragicamente triste, que Madeleine, depois de um tempo, começou a ver o lado absurdo do assunto e pôs-se a rir:

— Por favor, não pareça tão terrivelmente triste! – disse ela. — Eu não queria deixá-lo infeliz. Afinal, o que importa? O senhor tem o absoluto direito de recusar e, de minha parte, não tenho o menor desejo de vê-lo aceitar.

Com isso, Carrington animou-se e declarou que, se ela julgava certo que ele declinasse, não se importava com mais nada. Ressentia-se apenas da ideia de ferir-lhe os sentimentos. Ao dizê-lo, porém, ele o fez em um tom que implicava um sentimento mais profundo, e com isso a sra. Lee voltou a ostentar um olhar sério.

— Ah, sr. Carrington – suspirou ela –, este mundo não vai funcionar como queremos. O senhor acha que chegará a hora em que todos serão bons e felizes e farão exatamente o que deveriam? Eu pensei que essa oferta poderia possivelmente tirar uma preocupação de seus ombros. Sinto muito agora que me deixei induzir a fazê-lo.

Carrington não pôde responder. Ele não ousou confiar na própria voz. Levantou-se para partir e, quando ela lhe estendeu a mão, ele de repente levou-a aos lábios e assim a deixou. Ela ficou sentada por um momento com lágrimas nos olhos depois que ele se foi. Ela pensou saber tudo que se passava na mente de Carrington, e, com a prontidão de uma mulher para explicar os atos dos homens a partir de paixões avassaladoras por seu sexo, ela concluiu que toda a causa da hostilidade de Carrington a Ratcliffe se concentrava no ciúme e o perdoou com encantadora velocidade. "Há dez anos eu o poderia ter amado", pensou ela consigo mesma, e então, enquanto a ideia a fazia sorrir levemente, foi de súbito acometida por outro pensamento, e ela levou a mão ao rosto como se alguém a tivesse golpeado. Carrington reabrira a velha ferida.

Quando Ratcliffe voltou a visitá-la, o que fez um pouco depois, satisfeito com uma desculpa tão boa, ela lhe contou sobre a recusa de Carrington, acrescentando apenas que ele não estava disposto a aceitar nenhuma posição que tivesse um caráter político. Ratcliffe não demonstrou nenhum sinal de desagrado; apenas disse, num tom benfazejo, que lamentava não poder fazer algo por alguém que ela estimava tanto; reforçando assim, de qualquer forma, o que julgava ser seu direito à gratidão dela. Quanto a Carrington, a oferta que Ratcliffe fizera não se destinava a ser aceita, e Carrington teria causado constrangimentos ao secretário caso o tivesse feito. O objetivo de Ratcliffe havia sido resolver para a própria satisfação a questão da hostilidade de Carrington, pois conhecia o homem o suficiente para ter certeza de que, de qualquer modo, ele agiria de maneira perfeitamente honesta. Se aceitasse, ao menos seria fiel a seu chefe. Se recusasse, como Ratcliffe esperava, seria uma prova de que era preciso encontrar meios de tirá-lo do caminho. De qualquer forma, a oferta era um novo fio na teia que o sr. Ratcliffe se gabava de tecer rapidamente em torno das afeições e ambições da sra. Lee. No entanto, ele tinha suas razões para pensar que Carrington, mais facilmente do que qualquer outro homem, poderia cortar as malhas dessa teia se o decidisse fazer e, portanto, seria mais sensato adiar qualquer ação até que Carrington fosse eliminado.

Sem nenhuma demora, Ratcliffe fez um levantamento de todos os cargos vagos ou adequados à disposição do governo fora de seu departamento. Pouquíssimos respondiam ao seu propósito. Ele queria algum negócio temporário na área do direito, que, por algum tempo, levasse seu portador para longe, digamos, para a Austrália ou a Ásia Central, quanto mais longe melhor; deveria ser muito bem remunerado, e deveria ser oferecido de maneira que não levantasse suspeitas do envolvimento de Ratcliffe no assunto. Tal cargo não era facilmente encontrado. Há poucos negócios jurídicos na Ásia Central e, naquele momento, não havia o suficiente para exigir um agente especial na Austrália. Era difícil que Carrington fosse induzido a liderar uma expedição às fontes do Nilo em busca de negócios meramente para agradar ao sr. Ratcliffe, nem poderia o Departamento de Estado oferecer incentivo à esperança de que o governo pagasse as despesas de tal expedição. O melhor que Ratcliffe podia fazer era escolher o lugar de advogado ante a comissão mexicana de reclamações que logo se reuniria na cidade do México e exigiria uma ausência de seis meses. Com algumas breves conversas, poderia conseguir que o advogado fosse enviado antes da comissão, a fim de preparar parte da defesa no local. Ratcliffe reconhecia que o México estava muito próximo, mas comentou secamente consigo mesmo que, se Carrington conseguisse voltar a tempo de desalojá-lo depois de ele ter estabelecido firme controle sobre a sra. Lee, nunca mais tentaria concorrer em outra primária.

Uma vez definida a questão em sua mente, Ratcliffe botou seus planos em funcionamento com sua costumeira rapidez de ação. Nisso houve pouca dificuldade. Ele chegou ao escritório do secretário de Estado 48 horas depois de sua última conversa com a sra. Lee. Durante os primeiros dias de cada nova administração, o governo encontra-se particularmente empenhado em nomeações. O secretário do Tesouro estava sempre disposto a fazer favores a seus colegas de Gabinete cuidando dos amigos destes dentro do razoável. O secretário de Estado não era menos cortês. No momento em que entendeu que o sr. Ratcliffe tinha um forte desejo de garantir a nomeação de certa pessoa como advogado ante a comissão mexicana de reivindicações, o secretário de Estado declarou-se disposto a agraciá-lo e, quando ouviu quem era a pessoa proposta, a sugestão foi saudada com prazer, pois Carrington era bem conhecido e muito apreciado no departamento, e era de fato um excelente homem para o posto. Ratcliffe nem sequer precisou prometer um equivalente. O negócio foi fechado em dez minutos.

— Apenas devo dizer – comentou Ratcliffe – que, se minha agência neste assunto for exposta, o senhor Carrington certamente recusará a vaga, pois ele faz o tipo à moda antiga dos fazendeiros da sua Virginia, orgulhoso como Lúcifer, e jamais disposto a aceitar favores. Falarei com o seu secretário-adjunto, e a sugestão deve vir dele.

No dia seguinte, Carrington recebeu um bilhete particular de um velho amigo seu, o secretário de Estado adjunto, que estava muito feliz em fazer-lhe uma gentileza.

O bilhete pedia que visitasse o departamento o mais rápido possível. Ele o fez, e o secretário-adjunto anunciou que havia recomendado o nome de Carrington para o posto de advogado ante a comissão mexicana de reivindicações e que a secretaria havia aprovado a nomeação.

— Queremos um sulista, um homem com algum conhecimento do direito internacional, alguém que possa ir imediatamente e, acima de tudo, um homem honesto. O senhor se adequa à descrição dos pés à cabeça; então faça suas malas assim que quiser.

Carrington ficou surpreso. Tendo chegado da forma que chegara, a oferta não era apenas inquestionável, mas tentadora. Era difícil para ele até imaginar um motivo de hesitação. De pronto sentiu que precisava aceitar e partir, porém essa era a última coisa que gostaria de fazer. As suspeitas quanto à ação de Ratcliffe por trás desse plano de exílio eram óbvias, e ele instantaneamente perguntou se qualquer influência teria sido usada a seu favor; mas o secretário-adjunto foi categórico ao dizer que a indicação fora feita com base em sua opinião, de modo a evitar quaisquer outras perguntas. Tecnicamente, essa afirmação era exata, e ela fez Carrington sentir que seria vil ingratidão de sua parte não aceitar um sinal de estima tão generosamente oferecido.

Ainda assim, ele não conseguia se decidir pela aceitação. Pediu 24 horas de prazo, para, como ele disse, ver se conseguiria organizar seus negócios para uma ausência de seis meses, embora soubesse que não haveria nenhuma dificuldade em fazê-lo. Ele foi embora e permaneceu sozinho em seu gabinete, pensando soturnamente no que poderia fazer, embora desde o início tivesse percebido que a situação estava muito clara, e que não poderia haver o menor ponto de dúvida quanto ao que decidir. Seis meses atrás ele teria dado pulos de alegria com essa oferta.

Que aconteceu naqueles seis meses para que ela parecesse um desastre?

Sra. Lee! Seu nome resumia toda a história. Ir embora naquele momento significava abandonar a sra. Lee e provavelmente entregá-la a Ratcliffe. Carrington rangeu os dentes ao pensar na habilidade com que Ratcliffe jogava suas cartas. Quanto mais refletia, mais certeza tinha de que Ratcliffe estava por trás daquele plano para se livrar dele; e, no entanto, ao estudar a situação, ocorreu-lhe que, afinal, Ratcliffe podia cometer um erro. Aquele político de Illinois era esperto e entendia os homens; mas o conhecimento dos homens é algo muito diferente do conhecimento das mulheres. O próprio Carrington não tinha grande experiência no tocante às mulheres, mas julgava saber mais do que Ratcliffe, que evidentemente confiava principalmente em sua costumeira teoria de corrupção política aplicada às fraquezas femininas, e que só ficara intrigado ao descobrir o quão alto era o preço estipulado pela sra. Lee a si mesma. Se Ratcliffe estivesse realmente por trás de tudo e quisesse desse modo separar Carrington dela, só podia ser porque pensava que seis meses, ou mesmo seis semanas, seriam o bastante a seus propósitos. E, ao chegar a esse ponto em suas reflexões, Carrington levantou-se de repente, acendeu um charuto e andou de um lado para outro por toda a hora seguinte, com o ar de um general que organizasse um plano de campanha ou de um advogado que quisesse antecipar a linha de argumentação de seu oponente.

Ao menos decidira-se quanto a um ponto. Ele aceitaria. Se Ratcliffe de fato tinha um dedo naquele movimento, ele merecia a recompensa; se o secretário lhe havia preparado uma armadilha, Carrington precisava ser capturado por ela. E, quando a noite chegou, Carrington pegou seu chapéu e saiu para visitar a sra. Lee.

Encontrou as irmãs sozinhas e em silêncio, dedicadas a suas ocupações.

Madeleine estava consertando dramaticamente uma meia de seda rendada, tarefa delicada e difícil que exigia toda a sua concentração. Sybil estava ao piano como de costume, e, pela primeira vez desde que a conhecera, ela se levantou quando ele entrou e, com sua cesta de costura, sentou-se para compartilhar da conversa. Ela pretendia tomar seu lugar como mulher, daqui em diante. Estava cansada de brincar de garota. O sr. Carrington devia ver que ela não era tola.

Carrington mergulhou imediatamente no assunto e anunciou a oferta que lhe fora feita, diante da qual Madeleine expressou alegria e lhe fez muitas perguntas. Qual era a remuneração? O quão rápido ele deveria partir? Quanto tempo ficaria longe? Havia algum perigo em relação ao clima? E finalmente acrescentou com um sorriso: "O que devo dizer ao sr. Ratcliffe, caso o senhor aceite a oferta depois de recusar a dele?". Quanto a Sybil, a moça exclamou sua contrariedade: "Ah, senhor Carrington!", e mergulhou em silêncio e consternação. Seu primeiro experimento em assumir um lugar próprio no mundo não fora auspicioso. Sentiu-se traída.

Tampouco Carrington mostrava-se feliz. Por mais modesto que um homem possa ser, apenas um idiota pode se esquecer inteiramente de si mesmo ao perseguir a lua e as estrelas. No fundo de sua alma, ele tinha uma insistente esperança de que, quando contasse sua história, Madeleine pudesse fitá-lo com uma mudança de expressão, um olhar de afeto espontâneo, os olhos ligeiramente perdidos, um pequeno tremor na voz. Ver-se relegado ao México com tal alegre rapidez pela mulher que amava não era a experiência que teria escolhido. Ele não pôde deixar de sentir que suas esperanças haviam sido eliminadas e observou-a com dolorosa melancolia no coração, o que não proporcionou leveza à conversa. Madeleine sentiu que suas expressões precisavam ser qualificadas e tentou corrigir seu erro. O que ela faria sem um tutor?, perguntava. Ele deveria deixar com ela uma lista de livros para ler enquanto estivesse fora: elas mesmas partiriam para o Norte em meados de maio, e a volta de Carrington coincidia com seu retorno, em dezembro. Enfim, eles se veriam igualmente pouco durante o verão, estivesse ele na Virginia ou no México.

Carrington confessou sombriamente que não desejava ir; que preferia que a ideia nunca tivesse sido sugerida; que ficaria absolutamente feliz se, por algum motivo, o convite se desfizesse; mas não deu nenhuma explicação de seu sentimento, e Madeleine teve muito tato para não questioná-lo nesse sentido. Ela se satisfez em argumentar contra isso e foi enérgica em sua fala. Chegou a sentir pontadas no coração ao ver o rosto de Carrington ficar cada vez mais patético em sua silenciosa expressão de tristeza. Mas o que poderia ela dizer ou fazer? Ele permaneceu até depois das dez horas – não conseguia partir. Sentia ser aquele o fim de seu prazer na vida; temia a solidão de seus pensamentos. Os recursos da sra. Lee começaram a mostrar sinais de exaustão. Longas pausas intervieram entre suas observações; e finalmente Carrington, com um esforço sobre-humano, pediu desculpas por impor tão impiedosamente sua companhia a ela. Se ela soubesse, ele disse, como ele temia ficar sozinho, ela o perdoaria. Então ele se levantou para partir e, ao despedir-se, perguntou a Sybil se ela estava interessada em cavalgar no dia seguinte; caso estivesse, ele estaria à sua disposição. O rosto de Sybil se iluminou ao aceitar o convite.

Um ou dois dias depois, a sra. Lee mencionou a nomeação de Carrington ao sr. Ratcliffe, e ela disse a Carrington que o secretário certamente parecia ferido e ofendido, mas só o demonstrou quando, quase instantaneamente, mudou de assunto.

10

Na manhã seguinte, Carrington foi ao departamento e anunciou que aceitava o cargo. Foi informado de que suas instruções estariam prontas em cerca de quinze dias, e ele deveria dar início aos trabalhos assim que as recebesse; enquanto isso, era preciso que se dedicasse ao estudo de uma grande quantidade de documentos no departamento. Não se permitiam assuntos menores ali.

Carrington teve de se pôr vigorosamente ao trabalho. Isso, porém, não o impediu de honrar seu compromisso com Sybil, e às quatro horas eles partiram juntos, adentrando as sombras silenciosas de Rock Creek e procurando trilhas tranquilas pela mata onde seus cavalos trotassem lado a lado, e eles próprios pudessem conversar sem o risco da crítica de olhares curiosos. Era a tarde de um daqueles dias de primavera abafados e de céu carregado, quando a vida germina rapidamente e, no entanto, ainda não dá sinais de que o fará, exceto, talvez, por alguma nova folha ou flor erguendo seu botão macio contra as folhas mortas que a abrigaram. Cavaleiro e amazona sentiam o mesmo, como se os bosques sem folhas e os arbustos de louro, o ar quente e úmido e as nuvens baixas fossem uma proteção e um abrigo suave. Para surpresa de Carrington, talvez ele gostasse de ter a companhia de Sybil. Devotava-lhe sentimentos como a uma irmã – uma irmã favorita.

De pronto ela o atacou por tê-la abandonado e quebrado o tratado recentemente celebrado, e ele tentou ganhar-lhe a simpatia argumentando que, soubesse ela o quanto ele estava perturbado, ela o perdoaria. Então, quando Sybil perguntou se ele realmente deveria ir e deixá-la sem nenhum amigo com quem ela pudesse falar, os sentimentos dele vieram à tona, e ele não resistiu à tentação de confiar-lhe todas as suas angústias, já que não havia mais ninguém em quem pudesse confiar. Ele lhe disse, com toda a franqueza, que estava apaixonado pela irmã dela.

— A senhora diz que o amor não faz sentido, srta. Ross. Digo-lhe que não é assim. Durante semanas e meses é uma dor física constante, um aperto no coração que nunca nos deixa, noite ou dia; uma longa pressão sobre os nervos, como uma dor de dente ou reumatismo, não intolerável a qualquer instante, mas que nos exaure, pois nos consome as forças sem cessar. É uma doença a ser suportada com paciência, como qualquer outra queixa nervosa, e a ser tratada com revulsivos. Minha viagem ao México me fará bem nesse sentido, mas essa não é a razão pela qual devo ir.

Então ele lhe contou todas as circunstâncias particulares; a ruína que a guerra produzira em sua família e nele; como, de seus dois irmãos, um sobreviveu à guerra apenas para morrer em casa, destruído pela doença, a privação e as feridas; e o outro fora alvejado a seu lado e sangrou em seus braços lentamente até morrer, durante a horrível carnificina de Wilderness; como sua mãe e duas irmãs lutavam pela mera subsistência em uma fazenda miserável da Virginia, e como todos os seus esforços mal as deixavam acima da mendicância.

— A senhora não tem noção da pobreza à qual nossas mulheres do Sul estão reduzidas desde a guerra – disse ele. — São muitas que estão literalmente sem roupas ou pão.

Os dividendos de sua viagem ao México dobrariam sua renda naquele ano. Ele poderia recusar? Ele tinha o direito de recusar? E, no entanto, o pobre Carrington acrescentou, com um gemido, que, se apenas o seu destino estivesse em questão, preferiria ser morto a ir embora.

Sybil ouviu-o com lágrimas nos olhos. Ela nunca havia visto um homem demonstrar sofrimento. A infelicidade que conhecera na vida fora mais ou menos velada para ela e suavizada ao cair sobre ombros mais velhos e amigos. Ela agora conseguiu pela primeira vez uma visão clara de Carrington, para além do exterior tranquilo em que o homem se escondia. Ela teve a certeza, por um súbito lampejo de inspiração feminina, de que o olhar curioso de paciente sofrimento no rosto dele foi o trabalho de uma única noite, quando segurou o irmão nos braços e percebeu que o sangue lhe escorria gota a gota do flanco na mata fechada do bosque, para além do alcance de qualquer ajuda, hora após hora, até que a voz se foi e os membros ficaram rijos e frios. Quando ele terminou sua história, ela teve medo de falar. Não sabia como demonstrar compaixão e não suportava parecer indiferente. Em seu embaraço, ela desmoronou e só pôde secar os olhos em silêncio.

Tendo se desfeito de todo o peso de confiança de sua mente, Carrington se sentiu relativamente alegre e estava pronto para tirar o melhor proveito da situação. Ele fez troça de si mesmo para secar as lágrimas de sua bela companheira e obrigou-a a assumir uma promessa solene de nunca traí-lo.

— É claro que sua irmã sabe tudo, mas ela nunca deve saber que eu lhe disse, e eu nunca contaria a ninguém além da senhora.

Sybil prometeu fielmente guardar seu segredo consigo e passou a defender sua irmã.

— O senhor não deve culpar Madeleine – disse ela. — Se o senhor soubesse tão bem quanto eu o que ela passou, não a acharia fria. O senhor sabe como a morte de seu marido foi repentina, depois de apenas um dia de doença, e que bom homem ele era. Ela gostava muito dele, e sua morte pareceu atordoá-la. Nós mal sabíamos o que fazer com isso, ela era tão quieta e natural. Então, apenas uma semana depois, seu filhinho morreu de difteria, sofrendo terrivelmente, e ela ficou louca de desespero porque não conseguiu aliviá-lo. Depois disso, ela quase enlouqueceu; na verdade, penso que ficou completamente louca por um tempo. Sei que ficou excessivamente violenta e quis se matar, e eu nunca ouvi ninguém imprecar como ela contra a religião e a resignação e Deus. Depois de algumas semanas, ela ficou quieta e ausente, como uma máquina; e finalmente se reergueu, mas sem jamais voltar ao que fora antes. O senhor sabe que ela era uma moça nova-iorquina bem agitada antes de se casar, e não se importava mais com política e filantropia do que eu. Foi uma coisa muito tardia, tudo isso. Mas ela não é realmente difícil, embora possa parecer assim. Está tudo na superfície. Sempre sei quando ela está pensando em seu marido ou filho, porque seu rosto endurece; parece, então, que ela está como costumava ficar depois de seu filho ter morrido, como se não se importasse com o que viesse dela, e ela podia tanto se matar como não. Não acho que ela vai se deixar amar outra vez. Ela tem horror a isso. É muito mais propensa a se empenhar por ambições, deveres ou sacrifícios.

Prosseguiram em frente por um tempo sem trocar palavras – Carrington, perplexo com o problema de como duas pessoas inofensivas, como Madeleine e ele, quedaram transformadas por uma Providência benevolente em joguete de torturas tão cruéis; e Sybil igualmente interessada em pensar que tipo de cunhado Carrington seria; no todo, ela achou que gostava mais dele como era. O silêncio foi quebrado por Carrington apenas quando fez a conversa voltar a seu ponto de partida:

— Algo deve ser feito para manter sua irmã longe do poder de Ratcliffe. Eu pensei nisso até cansar. A senhora não tem nenhuma sugestão?

Não! Sybil estava desamparada e terrivelmente assustada. Ratcliffe vinha à casa com a maior frequência possível e parecia contar a Madeleine tudo o que estava acontecendo na política, pedindo seu conselho, e Madeleine não o desencorajava.

— Creio que ela gosta e acha que pode fazer algo bom com isso. Eu não ouso falar com ela a respeito. Ela ainda acha que sou uma criança e me trata como se eu tivesse 15 anos. O que eu posso fazer?

Carrington disse que pensara em falar com a própria sra. Lee, mas não sabia o que dizer e, se a ofendesse, poderia levá-la diretamente aos braços de Ratcliffe. Mas Sybil achou que não ficaria ofendida se ele a abordasse da maneira certa.

— Ela vai suportar mais do senhor do que de qualquer outra pessoa. Diga a ela abertamente que... que o senhor a ama – sugeriu Sybil com uma explosão de coragem desesperada. — Ela não pode se ofender com isso; e então o senhor pode dizer quase qualquer coisa.

Carrington olhou para Sybil com mais admiração do que ele esperava sentir por ela e começou a pensar que ele poderia fazer coisas piores do que aceitar seus conselhos. Afinal de contas, ela tinha algum senso prático e, o que era mais importante, estava mais bonita do que nunca, sentada ereta em seu cavalo, a cor viva subindo sob a pele quente ante a inconfidência de suas palavras.

— A senhora está certa – disse ele. — Afinal, não tenho nada a perder. Case-se ela com Ratcliffe ou não, fato é que ela nunca vai se casar comigo, suponho.

Essas palavras foram uma tentativa covarde de implorar por incentivo da parte de Sybil, e encontraram o merecido destino, pois Sybil – altamente lisonjeada com o louvor implícito de Carrington e ousada como uma leoa, agora que eram os dedos de Carrington, não os dela, que iriam para o fogo – ofereceu-lhe de pronto uma visão feminina da situação que não encorajava suas esperanças. Disse claramente que os homens pareciam perder a razão sempre que se tratava de mulheres; de sua parte, não conseguia entender o que havia em qualquer mulher para causar tanto alarde; achava que a maioria das mulheres era horrível; e os homens, muito mais gentis.

— E quanto a Madeleine, por quem todos vocês estão prontos para cortar a garganta uns dos outros, ela é uma irmã querida e boa, de ouro, e eu a amo de todo o coração, mas vocês não gostariam dela, nenhum de vocês, caso se casassem com ela; ela sempre teve o próprio caminho e é incapaz de se desviar dele; ela nunca seria capaz de aprender a caminhar no de vocês; em uma semana, vocês dois seriam pura infelicidade; e, quanto àquele velho sr. Ratcliffe, ela faria de sua vida um fardo... e espero que faça – concluiu Sybil com uma pequena explosão rancorosa de ódio.

Carrington não pôde deixar de se divertir com a maneira de Sybil de lidar com os assuntos do coração. Encorajada pelo incentivo dele, ela continuou a atacá-lo impiedosamente por ajoelhar-se diante de sua irmã, "como se o senhor não fosse tão bom quanto ela", e declarou abertamente que, se fosse um homem, ela ao menos teria algum orgulho. Homens gostam desse tipo de punição.

Carrington não tentou se defender; ele até mesmo cortejou o ataque de Sybil. Ambos desfrutaram de seu passeio pela floresta desfolhada, pelos riachos murmurantes da primavera, sob o hálito lânguido e úmido do vento sul. Era um pequeno idílio, ainda mais agradável porque havia penumbra à frente e atrás dele. A irreprimível alegria de Sybil fez Carrington duvidar se, afinal, a vida precisava ser um assunto tão sério. Ela tinha espírito animal em abundância e precisava esforçar-se para contê-lo, enquanto o ânimo de Carrington estava quase exaurido depois de vinte anos de tensão, e ele precisava de um esforço maior para se manter em pé. Havia todas as razões pelas quais deveria ser grato a Sybil por emprestar-lhe algo de sua superfluidade. Ele gostava de ser ridicularizado por ela. E se Madeleine Lee se recusasse a se casar com ele? Qual era o problema?

— Ora! – exclamou Sybil. — Vocês, homens, são todos iguais. Como o senhor pode ser tão bobo? Madeleine e o senhor seriam intoleráveis juntos. Encontre alguém que não seja tão séria!

Eles planejaram sua pequena conspiração contra Madeleine e a elaboraram cuidadosamente, tanto no tocante ao que Carrington deveria dizer quanto à maneira de dizer, pois Sybil afirmou que os homens eram burros demais para serem confiáveis até mesmo para fazer uma declaração de amor, e necessitavam de orientação, como se fazia com criancinhas que precisam aprender a orar. Carrington gostou de ser ensinado a fazer uma declaração de amor.

Não perguntou onde Sybil havia aprendido tanto sobre a estupidez dos homens. Pensou que talvez Schneidekoupon pudesse ter lançado luzes sobre o tema. Em todo caso, ocuparam-se tão intensamente de seus planos e lições que tardaram a voltar. O atraso causou preocupação em Madeleine, que temeu que eles tivessem sofrido algum acidente. O longo crepúsculo se havia tornado escuridão antes que os cascos no asfalto se fizessem ouvir, e ela foi à porta repreendê-los por sua demora. Sybil apenas riu e disse que a culpa toda era do sr. Carrington: ele havia se perdido, e ela fora forçada a encontrar o caminho por ele.

Dez dias mais se passaram antes que o plano fosse levado a cabo. Já era abril. O trabalho de Carrington fora concluído, e ele estava pronto para iniciar sua jornada. Então, finalmente, ele apareceu uma noite na casa da sra. Lee no exato momento em que Sybil, por acaso, ia passar uma hora ou duas com sua amiga Victoria Dare a algumas portas de distância.

Carrington sentiu-se um pouco envergonhado quando ela partiu. Esse tipo de conspiração pelas costas da sra. Lee não era do seu feitio.

Resoluto, sentou-se e mergulhou imediatamente no assunto. Disse que estava quase pronto para partir; que quase completara seu trabalho no departamento e estava certo de que suas instruções e documentos estariam prontos em mais dois dias; talvez ele não tivesse outra oportunidade de ver a sra. Lee tão tranquilamente de novo e desejava se despedir naquele momento, pois era isso que mais pesava em sua mente; ele teria partido em paz e de bom grado, não fosse por um desconforto em relação a ela; e, no entanto, até aquele momento ele tivera receio de falar abertamente sobre o assunto. Ali ele interrompeu a fala por um instante, como se a convidasse a uma resposta.

Madeleine deixou a costura com ar lamentoso, embora não aborrecido, e disse franca e instantaneamente que ele havia sido um amigo muito bom para que ela se ofendesse com qualquer coisa que ele pudesse dizer; e que não fingiria entendê-lo mal.

— Meus assuntos – acrescentou ela com um tom de amargura – parecem ter se tornado domínio público, e eu preferiria ter alguma voz ao discuti-los eu mesma a saber que eles são discutidos pelas minhas costas.

Esse foi um golpe inicial forte, mas Carrington deixou-o de lado e disse baixinho:

— A senhora é franca e leal, como sempre. Eu também serei. Não consigo evitar. Por meses não tive outro prazer senão o de estar perto da senhora. Pela primeira vez em minha vida, soube o que é se esquecer de si mesmo amando uma mulher que parece imaculada na esperança de conquistar-lhe uma única palavra, pela qual daria tudo o que tenho na vida, talvez ela própria.

Madeleine corou e se inclinou em sua direção com uma seriedade de modos que se duplicava em seu tom.

— Sr. Carrington, sou a melhor amiga que o senhor tem na terra. Um dia o senhor me agradecerá com toda a sua alma por me recusar a ouvi-lo agora. O senhor não sabe de quanta tristeza o estou poupando. Não tenho coração a oferecer. O senhor quer uma vida jovem e cheia de frescor para lhe dar auxílio; um temperamento alegre e feliz para erguê-lo de sua tristeza; alguém ainda jovem o suficiente para absorver-se no senhor e lhe oferecer toda a sua existência. Eu não seria capaz de fazê--lo. Não posso lhe dar nada. Fiz o melhor que pude para convencer-me de que algum dia poderia recomeçar a vida com as velhas esperanças e sentimentos, mas não adianta. O fogo se exauriu. O senhor se destruiria, caso se casasse comigo. Acordaria um dia e encontraria um universo de pó e cinzas.

Carrington escutou em silêncio. Não fez nenhuma tentativa de interrompê-la ou contradizê-la. Somente no final, disse com um pouco de amargura:

— Minha vida vale tanto para o mundo e para mim que suponho que seria errado arriscar-me em tal aventura; mas eu me arriscaria, no entanto, se a senhora me desse a oportunidade. A senhora me acha perverso por enfrentar a Providência? Não quero incomodá-la com súplicas. Tenho um pouco de orgulho e muito respeito pela senhora. No entanto, acho que, apesar de tudo o que disse ou possa dizer, uma vida de tristezas pode ser tão capaz de encontrar felicidade e repouso em outra quanto de encontrá-los sugando o sangue vital de uma alma nova.

Para essas palavras, excepcionalmente figurativas para Carrington, a sra. Lee não encontrou resposta pronta. Ela só pôde responder que a vida de Carrington valia tanto quanto a de seu próximo, e que valia tanto para ela, ainda que não para si mesmo, que ela não permitiria que ele a arruinasse.

Carrington prosseguiu:

— Perdoe-me por falar desse modo. Não quero me queixar. Sempre a amarei, importe-se comigo ou não, porque a senhora é a única mulher que eu já conheci, ou que provavelmente terei conhecido, que me parece perfeita.

Se essas palavras eram resultado das aulas de Sybil, o tempo de ambos fora muito bem empregado.

O tom e as palavras de Carrington perfuraram a armadura da sra. Lee como se tivessem sido apontados com a mais engenhosa crueldade e a finalidade de torturá-la. Ela se sentia dura e amesquinhada diante dele. Vida por vida, a dele fora e era agora muito menos brilhante do que a dela; no entanto, ele lhe era superior. Ele permaneceu ali, um verdadeiro homem, carregando seu fardo com calma, em silêncio, sem se queixar, pronto para enfrentar o próximo choque da vida com a mesma resistência que demonstrara contra os demais. E ele a considerava perfeita! Ela se sentiu humilhada ao pensar que um homem corajoso lhe dissesse, frente a frente, que a achava perfeita! Ela! Perfeita! Em sua contrição, estava quase pronta a descer a seus pés e confessar seus pecados; seu pavor histérico da tristeza e do sofrimento, a superficialidade de sua compaixão, a fraqueza de sua fé, seu miserável egoísmo, sua abjeta covardia. Cada nervo em seu corpo formigava de vergonha quando pensava que era uma fraude infeliz; que massa de pretensões infundadas, quanto engano arraigado. Ela estava prestes a esconder o rosto entre as mãos. Estava enojada, indignada com a própria imagem como a via, em contraste com a única palavra de Carrington: perfeita!

Nem era o pior. Carrington não foi o primeiro homem a considerá-la perfeita. Ouvir aquela palavra novamente, palavra que nunca mais lhe fora dirigida desde a morte e o desaparecimento de certos lábios, fez seu cérebro girar. Parecia ter ouvido o marido mais uma vez lhe dizer que era perfeita. Contra tal tortura, no entanto, encontrou defesas sólidas. Havia muito tempo que ela cultivara a dureza para suportar as lembranças, e elas lhe restauraram o equilíbrio e a fortaleceram.

Ela fora chamada de perfeita antes e o que tinha lhe acontecido? Dois túmulos e uma vida arruinada! Naquele momento, ela se ergueu com um rosto pálido e pétreo. Em resposta a Carrington, não disse uma palavra, apenas balançou a cabeça ligeiramente sem fitá-lo.

Ele prosseguiu:

— Afinal de contas, não estou pensando na minha própria felicidade, mas na sua. Nunca fui vaidoso a ponto de pensar que eu valeria o seu amor ou que poderia conquistá-lo. Sua felicidade é outra coisa. Eu me preocupo tanto com ela que receio partir, temendo que a senhora ainda possa se ver enredada nessa vida política miserável, quando, se eu ficasse, poderia ser de alguma utilidade.

— Então o senhor realmente acha que eu vou me tornar vítima do sr. Ratcliffe? – perguntou Madeleine com um sorriso frio.

— Por que não? – respondeu Carrington em um tom similar. — Ele pode exigir sua compaixão e auxílio, senão o seu amor. Ele pode oferecer-lhe um grande campo de utilidade, que é o que você deseja. Ele tem sido muito fiel à senhora. Tem certeza de que, mesmo agora, pode recusá-lo sem que ele se queixe de sua leviandade?

— E o senhor tem certeza – acrescentou a sra. Lee, evasiva – de que não o julgou com demasiada severidade? Acho que o conheço melhor do que o senhor. Ele tem muitas boas qualidades, e algumas delas superiores. Que mal pode me fazer? Supondo mesmo que ele consiga convencer-me de que minha vida poderia ser mais bem utilizada para ajudar a dele, por que eu deveria ter medo disso?

— Nós diferimos enormemente em nossa estima do sr. Ratcliffe – disse Carrington. — Para a senhora, claro, ele mostra seu melhor lado. Está se comportando bem e sabe que qualquer passo em falso pode ser o fim. Vejo nele apenas um político grosseiro, egoísta e sem princípios, que ou arrastaria a senhora a seu nível, ou, o que é mais provável, não tardaria a enojá-la e transformar sua vida em uma desprezível autoimolação ante sua ambição vulgar, ou a obrigaria a deixá-lo. Em qualquer caso, a senhora seria a vítima. A senhora não pode se dar ao luxo de realizar outro começo frustrado na vida. Rejeite-me! Não tenho uma palavra a dizer contra isso. Mas esteja em guarda contra entregar sua existência a ele.

— Por que o senhor pensa tão mal do sr. Ratcliffe? – perguntou Madeleine. — Ele o tem em muito alta estima. Sabe alguma coisa contra ele que o mundo não sabe?

— Seus atos públicos são o bastante para mim – respondeu Carrington, evitando uma parte da pergunta. — A senhora sabe que sempre tive apenas uma opinião sobre ele.

Houve uma pausa na conversa. Ambos sentiram que até aquele momento nada de bom resultara disso. Por fim, Madeleine perguntou:

— O que quer que eu faça? Quer que eu prometa nunca me casar com o sr. Ratcliffe?

— Certamente não – foi a resposta. — A senhora me conhece bem o bastante para saber que eu jamais pediria isso. Quero apenas que não tenha pressa e mantenha-se fora de sua influência até que tenha tomado uma decisão ponderada. Daqui a um ano, tenho certeza de que a senhora vai pensar a respeito dele como eu.

— Então o senhor vai permitir que eu me case com ele se eu achar que o senhor está enganado – perguntou a sra. Lee com um tom marcado de sarcasmo.

Carrington parecia irritado, mas respondeu baixinho:

— O que eu temo é a influência dele aqui e agora. O que eu gostaria de vê-la fazer é: vá para o Norte um mês antes do que pretendia e sem dar tempo para ele agir. Se eu tivesse certeza de que a senhora estaria em segurança em Newport, não ficaria preocupado.

— O senhor parece ter uma opinião tão ruim sobre Washington quanto o sr. Gore – disse Madeleine com um sorriso de desprezo. — Ele me deu o mesmo conselho, embora tivesse medo de me dizer por quê. Eu não sou criança. Tenho 30 anos e vi algo do mundo. Não tenho medo, como o sr. Gore, da malária de Washington ou, como o senhor, da influência do sr. Ratcliffe. Se eu cair vítima, merecerei meu destino e certamente não terei motivos para me queixar de meus amigos. Eles me deram conselhos suficientes para uma vida inteira.

O rosto de Carrington se obscureceu com um tom mais profundo de tristeza. O rumo que a conversa tinha tomado era precisamente o que ele esperava, e tanto Sybil como ele haviam concordado que Madeleine provavelmente responderia exatamente assim.

No entanto, ele não podia deixar de sentir agudamente o mal que estava fazendo aos próprios interesses, e foi apenas por um esforço da vontade que ele se empenhou em um último e mais sério ataque.

— Sei que é uma impertinência – disse ele –; eu gostaria que estivesse em meu poder mostrar o quanto me custa ofendê-la. Esta é a primeira vez que a senhora teve a oportunidade de ser ofendida. Se eu cedesse ao medo da sua raiva e segurasse a minha língua agora, e por acaso a senhora arruinasse a sua vida nesta rocha, eu nunca me perdoaria por minha covardia. Eu sempre pensaria que poderia ter feito algo para evitar isso. Esta é provavelmente a última vez que terei a oportunidade de falar abertamente com a senhora, e imploro que me escute. Não quero nada por mim. Se soubesse que nunca mais a veria, ainda diria a mesma coisa. Deixe Washington! Deixe-a agora, imediatamente!, sem ao menos anunciar sua partida com um dia de antecedência! Deixe a cidade sem permitir que o sr. Ratcliffe a veja novamente em particular! Retorne no próximo inverno se quiser e então aceite-o, se julgar apropriado. Apenas peço que pondere sobre isso e decida quando a senhora não estiver aqui.

Os olhos de Madeleine brilharam, e ela pôs de lado o bordado com um gesto impaciente:

— Não, sr. Carrington! Não serei obrigada a nada! Quero realizar meus próprios planos! Não pretendo me casar com o sr. Ratcliffe. Se o quisesse, deveria ter feito isso antes. Mas eu não vou fugir dele ou de mim mesma. Não seria digno de uma dama, seria baixo, covarde.

Carrington não era capaz de dizer mais nada. Suas palavras chegaram ao fim. Um longo silêncio se seguiu, e então ele se levantou para ir embora.

— O senhor está com raiva de mim? – perguntou ela em um tom mais suave.

— Eu é quem deveria fazer essa pergunta – disse ele. — A senhora pode me perdoar? Temo que não. Nenhum homem pode dizer a uma mulher o que eu disse à senhora e ser completamente perdoado. A senhora nunca mais vai pensar em mim como pensaria se não tivesse dito as coisas que disse. Eu sabia disso antes de dizê-las todas. Quanto a mim, só posso continuar com a minha antiga vida. Não é feliz, nem será mais feliz por nossa conversa esta noite.

Madeleine cedeu um pouco:

— Amizades como a nossa não são tão facilmente destruídas. Não me faça outra injustiça. O senhor virá me ver de novo antes de partir?

Ele concordou e desejou-lhe boa-noite. A sra. Lee, cansada e perturbada, correu para seu quarto.

— Quando a srta. Sybil chegar, diga que não estou muito bem e fui para a cama – foram suas instruções para a criada, e Sybil julgou saber a causa dessa dor de cabeça.

Antes de partir, porém, Carrington fez mais um passeio com Sybil e relatou a ela o resultado da conversa, diante da qual ambos se confessaram muito tristes. Carrington expressou alguma esperança de que Madeleine quisesse, afinal, oferecer uma espécie de promessa ao dizer que não tinha intenção de se casar com Ratcliffe, mas Sybil balançou a cabeça enfaticamente:

— Como uma mulher pode dizer se aceita um homem até que seja consultada por ele? – disse ela com toda a confiança, como se estivesse afirmando o fato mais simples do mundo.

Carrington pareceu intrigado e se aventurou a perguntar se as mulheres geralmente não se decidiam de antemão sobre um ponto tão interessante. Sybil, porém, dominou-o com desprezo:

— Que bem fariam se decidindo? Eu gostaria de saber. É claro que elas fariam o oposto. Mulheres sensatas não fingem que se decidem, sr. Carrington. Mas vocês, homens, são estúpidos demais, não são capazes de entender o mínimo.

Carrington desistiu e voltou à sua pergunta insossa: Sybil conseguiria sugerir algum outro recurso? Sybil confessou tristemente não ser mais capaz. Até onde podia ver, eles deviam confiar na sorte, e ela pensou na crueldade de o sr. Carrington ir embora e deixá-la sozinha sem ajuda. Ele prometera impedir o casamento.

— Quero ainda fazer mais uma coisa – disse Carrington –; e aqui tudo vai depender da sua coragem e autocontrole. Tenha certeza de que o sr. Ratcliffe vai propor o casamento antes de vocês irem para o Norte. Ele não suspeita que você possa ser um obstáculo, e não pensará em você de maneira nenhuma, se você o deixar em paz e ficar quieta. Quando ele pedir a mão de sua irmã, você saberá; ao menos ela dirá se o aceitou. Se ela o recusar, você não terá nada a fazer senão mantê-la firme. Caso a veja hesitar, intervenha a qualquer custo e use de toda a sua influência para impedi-la. Seja ousada, então, e faça o seu melhor. Caso tudo venha a falhar, e ela ainda se mostrar inclinada a aceitar, realizarei minha última jogada, ou melhor, você a realizará por mim. Deixarei com você uma carta selada que você deve entregar a ela se nada mais der certo. Entregue-a antes que ela veja Ratcliffe pela segunda vez. Certifique-se de que ela leu e, se necessário, faça-a ler, não importa quando ou onde. Ninguém mais deve saber que a carta existe; você precisa cuidar dela como se fosse um diamante. Você não pode saber o que está nela; deve ser um segredo completo. Entendeu?

Sybil pensou ter entendido, mas sentiu o coração faltar-lhe.

— Quando você vai me entregar essa carta? – perguntou ela.

— Na noite antes de partir, quando vier me despedir; provavelmente, no próximo domingo. A carta é a nossa última esperança. Se, depois de ler isso, ela não desistir dele, você terá de arrumar o seu baú, minha querida Sybil, e encontrar um novo lar, pois nunca poderá morar com eles.

Ele nunca a havia chamado pelo primeiro nome, e ela gostou de ouvir isso agora, embora geralmente fizesse forte objeção a tais intimidades.

— Oh, queria que você não partisse! – exclamou ela, chorosa. — Que farei com você longe daqui?

Com esse apelo pungente, Carrington sentiu uma pontada repentina. Ele descobriu que não era tão velho quanto pensara. Era certo que o gosto pela honestidade sincera e o bom senso profundo dela cresceram, e ele tinha por fim descoberto que ela era bonita, uma mulher muito elegante. O que os dois haviam vivido ao longo de todo o último mês não se assemelhava a um flerte? Um vislumbre de suspeita cruzou-lhe a mente, embora tenha se livrado dele o mais rápido possível. Para um homem de sua idade e sobriedade, apaixonar-se por duas irmãs de uma só vez estava fora de questão; sem falar no quão improvável era Sybil nutrir sentimentos por ele.

Quanto a ela, no entanto, não havia dúvidas sobre o assunto. Crescera nela a confiança que tinha nele, e ela a experimentava com a certeza cega da juventude. Perdê-lo era de fato um desastre. Ela nunca sentira aquela sensação antes e a achava muito desagradável. Seus jovens diplomatas e admiradores não conseguiriam de forma alguma preencher o lugar de Carrington. Dançavam e assoviavam alegremente na crosta oca da sociedade, mas eram completamente inúteis quando, de repente, alguém caía e se via lutando na escuridão e em meio aos perigos que seu subterrâneo abrigava. As moças também tendem a ser lisonjeadas pela confidência de homens mais velhos; elas têm um paladar aguçado para qualquer sabor de experiência e aventura. Pela primeira vez em sua vida, Sybil encontrou um homem que trazia algum estímulo à sua imaginação; um antigo rebelde que se acostumara aos golpes do destino, de modo a caminhar com calma de encontro à morte e comandar ou obedecer com igual indiferença. Ela sentia que ele lhe diria o que fazer quando o terremoto chegasse, e estaria próximo para aconselhá-la – o que é, aos olhos de uma mulher, o grande objetivo da existência dos homens – quando surgissem os problemas. De repente, ela concebeu que Washington seria intolerável sem ele, e que ela nunca teria coragem de lutar contra o sr. Ratcliffe sozinha, ou, se o fizesse, cometeria algum erro fatal.

Eles terminaram o passeio muito sérios. Ela começou a demonstrar um novo interesse em tudo o que o preocupava e fez muitas perguntas sobre suas irmãs e sua fazenda. Ela queria perguntar-lhe se não podia fazer algo para ajudá-los, mas isso lhe parecia muito embaraçoso. Já ele fez com que ela prometesse escrever-lhe tratando dos pormenores de tudo que acontecesse, e esse pedido a deixou contente, embora soubesse que o interesse dele estava todo em sua irmã.

Na noite do domingo seguinte, quando ele se despediu, foi ainda pior. Não havia oportunidade de uma conversa em particular. Ratcliffe estava lá, e vários diplomatas, incluindo o velho Jacobi, que tinha os olhos de lince e identificava todas as expressões de um rosto. Victoria Dare estava no sofá conversando com lorde Dunbeg; Sybil preferia ser acometida de qualquer doença comum, mesmo um leve caso de escarlatina ou varíola, a permitir que a amiga soubesse o que tanto a incomodava. Carrington encontrou meios de levar Sybil a outro quarto por um momento e entregar-lhe a carta que prometera. Em seguida, despediu-se dela e, ao fazê-lo, lembrou-lhe da promessa de escrever, apertando a mão dela e fitando-a com uma intensidade que fez o coração da moça bater mais rápido, embora ela repetisse para si mesma que o interesse dele concentrava-se todo na irmã; como era – em grande parte – o caso. O pensamento não a animou, mas ela interpretou seu papel como uma heroína. Talvez tenha se sentido um pouco feliz ao ver que ele se despedira de Madeleine com um sentimento muito menos aparente. Qualquer um poderia dizer que eram dois bons amigos que não tinham nenhuma dificuldade a preocupá-los. Porém, todos os olhos da sala assistiram a essa despedida e especularam a respeito. Ratcliffe observou-a com particular interesse e ficou um pouco confuso ao analisar aquela cordialidade excessivamente fraterna. Teria ele cometido um erro de cálculo? Ou havia alguma coisa por trás da cena? Ele próprio insistiu em despedir-se de Carrington com um caloroso aperto de mão e desejou-lhe uma viagem agradável e bem-sucedida.

Naquela noite, pela primeira vez desde criança, Sybil chorou um pouco depois de ir para a cama, embora fosse verdade que seu sentimento não a manteve acordada. Ela se sentiu sozinha e sobrecarregada por uma grande responsabilidade.

Por um dia ou dois depois, mostrou-se nervosa e inquieta. Não cavalgou nem fez visitas ou recebeu convidados. Procurou cantar um pouco, mas achou cansativo. Por fim, saiu e ficou sentada por horas na praça, onde o sol da primavera reluzia com seu calor sobre o cavalo empinado do grande Andrew Jackson. Ela também estava um pouco mal-humorada e ausente, e falava com tanta frequência sobre Carrington que, por fim, Madeleine foi acometida de uma súbita suspeita e pôs-se a observá-la com aflita preocupação.

Na noite de terça-feira, depois de essa situação persistir por dois dias, Sybil estava no quarto de Madeleine, onde costumavam ficar conversando enquanto a irmã fazia a toalete.

Naquela noite, ela se jogou desanimada no sofá e cinco minutos depois mencionou mais uma vez Carrington. Madeleine se virou do espelho diante do qual estava sentada e a fitou.

— Sybil, esta é a 24ª vez que você menciona o sr. Carrington desde que nos sentamos para jantar. Estava esperando um número redondo para decidir se dava ou não atenção ao caso. O que isso significa, minha menina? Você está gostando do sr. Carrington?

— Oh, Maude! – exclamou Sybil em tom de reprovação, corando com tanta violência que, mesmo sob a luz mortiça, a irmã não pôde deixar de notá-lo.

A sra. Lee se levantou e, atravessando a sala, sentou-se ao lado de Sybil, que estava deitada no sofá e virou o rosto para o outro lado. Madeleine a abraçou, beijando-a.

— Minha pobre... minha pobre menina! – disse ela, piedosa. — Nunca imaginei isso! Como fui tola! Como pude ser tão descuidada! Diga-me! – e acrescentou com um pouco de hesitação: — Ele... ele gosta de você?

— Não! Não! – gritou Sybil, praticamente explodindo em lágrimas. — Não! Ele ama você! Ninguém além de você! Ele nunca pensou em mim. Não gosto dele tanto assim – prosseguiu ela, enxugando as lágrimas. — Só que tudo parece muito solitário desde que ele partiu.

A sra. Lee permaneceu no sofá, com o braço em volta do pescoço da irmã, em silêncio, olhando para o vazio, o retrato da perplexidade e da consternação.

Ela estava perdendo o controle da situação.

11

Em meados de abril, uma agitação social repentina fez com que a indolente cidade de Washington se pusesse de pé. O grão-duque e a duquesa de Saxe-Baden-Hombourg chegaram aos Estados Unidos em uma excursão de entretenimento e, a seu tempo, fizeram as honras ao primeiro magistrado da União. Os jornais apressaram-se a informar os leitores de que a grã-duquesa era uma princesa da Inglaterra e, à falta de qualquer outro evento social, todos que tinham algum senso do que era devido à própria dignidade apressaram-se a demonstrar ao augusto casal a enorme estima que republicanos dotados de grande renda derivada dos negócios têm pela realeza britânica. Nova York ofereceu-lhes um jantar no qual a pessoa mais insignificante presente valia ao menos 1 milhão de dólares, e onde os cavalheiros próximos à princesa a entretiveram por uma ou duas horas com cálculos do capital agregado ali reunido. Nova York lhes ofereceu também um baile no qual a princesa apareceu com um mal ajustado vestido de seda preto com rendas falsas e joias do mesmo matiz em meio a centenas de toaletes que proclamavam a refinada simplicidade republicana de suas donas a um custo de várias centenas de milhares de dólares. Depois dessas duas demonstrações de hospitalidade, o casal grão-ducal chegou a Washington, onde se fizeram hóspedes de lorde Skye, ou, mais propriamente o contrário, pois lorde Skye parecia julgar ter entregue a legação a eles, confidenciando à sra. Lee, com a mais autêntica franqueza britânica, que eles eram um enorme tédio e que desejava que tivessem ficado em Saxe-Baden-Hombourg, ou onde quer que vivessem, mas que, como ali estavam, era preciso lhes fazer as vezes de criado. A sra. Lee ficou curiosa e um pouco surpresa com a franqueza com que ele falava sobre ambos, e teve seus conhecimentos aumentados e melhorados por seu relato seco acerca da princesa, que, ao que parecia, se fazia desagradável por seus ares de nobre; que sofrera terrivelmente com a viagem; que detestava a América e tudo quanto fosse americano; mas que sentia, não sem alguma razão, ciúmes do marido e preferia suportar sofrimentos sem fim, ainda que à custa da elegância, a perdê-lo de vista.

Lorde Skye foi obrigado não apenas a transformar a legação num hotel, mas também, no pleno entusiasmo de sua lealdade, a dar um baile. Era, disse ele, a maneira mais fácil de pagar todas as suas dívidas de uma só vez, e a princesa, ainda que não servisse para outra coisa, poderia ao menos ser utilizada como espetáculo por meio da "promoção da harmonia das duas grandes nações". Em outras palavras, lorde Skye pretendia exibir a princesa em benefício diplomático próprio, e assim o fez. Alguém poderia pensar que, naquela estação, quando o Congresso se encontra em recesso, Washington mal teria sociedade em volume o bastante para encher um salão de baile, mas isso, em vez de ser uma desvantagem, era uma vantagem. Permitiu que o ministro britânico emitisse convites sem limite. Ele convidou não apenas o presidente e seu Gabinete, os juízes, o Exército, a Marinha e todos os moradores de Washington minimamente dignos de consideração, mas também todos os senadores, todos os representantes no Congresso, todos os governadores dos estados com suas equipes, caso as tivessem, todos os cidadãos eminentes e suas respectivas famílias em todos os estados da União e o Canadá e, finalmente, cada indivíduo privado, do Polo Norte ao istmo do Panamá, que já tivesse dado a ele mostras de civilidade ou capacidade de controlar interesses o bastante para solicitar uma visita. O resultado foi que Baltimore prometeu comparecer em um só corpo, e Filadélfia estava igualmente disposta a tanto; Nova York forneceu vários convidados, e Boston enviou o governador e uma delegação; até mesmo o conhecido milionário que representava a Califórnia no Senado dos Estados Unidos ficou irritado porque, com seu convite tendo chegado com um dia de atraso, foi impedido de fazer sua família atravessar o continente com um seleto grupo em um vagão de luxo para apreciar os sorrisos da realeza nos salões do leão britânico. É surpreendente do que são capazes os esforços dos homens livres por uma causa justa.

O próprio lorde Skye tratou todo o assunto com tranquilo desprezo. Certa tarde, ele adentrou elegantemente o salão da sra. Lee e pediu-lhe uma xícara de chá.

Ele disse que havia se livrado de seu zoológico por algumas horas, encaminhando-o à Legação Alemã, e carecia de um pouco de contato humano. Sybil, a quem era bastante afeiçoado, quis que ele lhe contasse tudo sobre o baile, mas ele afirmou não saber mais do que ela. Um homem de Nova York havia se apoderado da legação, mas o que faria com ela nem mesmo o mais sábio dos homens era capaz de adivinhar. Segundo ouvira dos mais jovens membros de sua legação, lorde Skye concluiu que a cidade inteira seria acomodada e 40 milhões de pessoas eram esperadas, mas sua preocupação no caso se limitava às flores que tinha a esperança de receber.

— Todas as mulheres jovens e belas – disse ele a Sybil – vão me mandar flores. As rosas, prefiro as Jacqueminot, mas as aceito em qualquer variedade bonita, desde que não estejam em arranjos com arame. É uma etiqueta diplomática que cada dama que me envie flores reserve ao menos uma dança para mim. Por favor, escreva isso imediatamente no seu cartão, srta. Ross.

Para Madeleine, o baile era uma dádiva de Deus, pois chegava a tempo de desviar os pensamentos de Sybil de seus problemas. Já se passara uma semana desde a revelação do amor de Sybil, que abalara como um terremoto a sra. Lee. Desde então, Sybil mostrou-se nervosa e irritada, tanto mais porque tinha consciência de ser vigiada. Ela estava secretamente envergonhada da própria conduta e inclinada a se zangar com Carrington, como se ele fosse responsável por sua tolice; mas não podia falar com Madeleine sobre o assunto sem tratar do sr. Ratcliffe, e Carrington a proibira expressamente de atacar Ratcliffe até que não restasse dúvida de que Ratcliffe estivesse vulnerável a um ataque. Essa reticência enganou a pobre sra. Lee, que via nos humores da irmã apenas aquele afeto não correspondido pelo qual ela se sentia a única culpada. Pesava-lhe o que entendia ser sua negligência grosseira em permitir que Sybil fosse exposta de maneira imprópria a tal risco. Com um talento digno de uma santa para o tormento, Madeleine aplicou o cilício às costas até o sangue brotar. Ela viu a cor desaparecer rapidamente do rosto de Sybil e, com a ajuda de uma imaginação ativa, descobriu uma aparência febril e os sintomas de uma tosse. O assunto lhe despertou pensamentos mórbidos, e a preocupação lhe rendeu uma febre, o que levou Sybil a chamar, por conta própria, um médico, e Madeleine foi obrigada a tomar doses de quinino. Na verdade, havia muito mais motivos de preocupação por ela do que por Sybil, que, exceto por um pouco de nervosismo juvenil em face da responsabilidade, era uma moça tão saudável e à vontade quanto era possível observar na América, e cujo sentimento nunca lhe custou ao menos cinco minutos de sono, embora as exigências de seu apetite pudessem ter subido um tom em relação a antes. Madeleine rapidamente o notou e surpreendeu a cozinheira fazendo exigências diárias e quase contínuas de pratos novos e impossíveis, para a descoberta dos quais ela esgotara uma biblioteca inteira de livros de culinária.

O baile de lorde Skye e o interesse de Sybil eram um grande alívio para a mente de Madeleine, e ela agora voltava toda a sua alma à frivolidade. Nunca, desde os 17 anos, pensara ou falara tanto sobre um baile como sobre aquele que homenagearia a grã-duquesa. Ela esgotou o próprio cérebro no esforço de distrair Sybil. Levou-a para visitar a princesa, e a teria levado para visitar o Grande Lama se ele tivesse vindo a Washington. Estimulou Sybil a encomendar e enviar a lorde Skye um buquê das mais belas rosas que Nova York podia oferecer. Ela a fez trabalhar em seu vestido vários dias antes que houvesse qualquer ocasião para tanto, e esse afamado traje teve de ser retirado do armário, examinado, criticado e discutido com interminável interesse. Conversou sobre o vestido, a princesa e o baile, até quase perder a língua, e o cérebro parar de funcionar. De manhã até a noite, durante uma semana inteira, ela comeu, bebeu, respirou e sonhou com o baile. Tudo o que o amor poderia sugerir e o esforço realizar, ela fez para distrair e ocupar sua irmã.

Madeleine sabia que tudo isso era apenas temporário e paliativo, e que medidas mais radicais deviam ser tomadas para garantir a felicidade de Sybil. Sobre esse assunto, ela refletiu em segredo até que coração e pensamentos lhe doeram igualmente. Uma coisa, uma apenas, era clara: se Sybil amava Carrington, era preciso uni-la a ele. Como Madeleine esperava provocar essa mudança de rumos nos sentimentos de Carrington, somente ela o sabia. Ela considerava os homens criaturas feitas para estarem sempre à disposição das mulheres, e passíveis de serem transferidas como cheques ou etiquetas de bagagem de uma mulher para outra, conforme seu desejo. A única condição era que ele deveria ser, antes de tudo, completamente destituído da ilusão do livre-arbítrio. A sra. Lee não tinha dúvida de que era capaz de fazer Carrington se apaixonar por Sybil, desde que soubesse se colocar fora de seu alcance. De qualquer forma, ainda que fosse necessário aceitar a alternativa desesperada oferecida pelo sr. Ratcliffe, nada deveria interferir na felicidade de Sybil. E assim foi que, pela primeira vez, a sra. Lee começou a se perguntar se não era melhor encontrar a solução de sua hesitação quanto ao casamento.

Ela chegaria a esse ponto sem a violenta pressão dos supostos interesses da irmã? Essa é uma daquelas perguntas que os sábios não perguntarão, pois nem os mais sábios homens ou mulheres seriam capazes de responder. Sobre o tema, um exército de autores engenhosos esgotou o próprio engenho no entretenimento do público, e suas obras podem ser encontradas em todas as livrarias. Eles decidiram que qualquer mulher, sob as condições certas, se casará com qualquer homem a qualquer momento, desde que seja feito um apelo apropriado à "natureza superior" dela. Apenas com pesar pode um escritor abster-se de tecer considerações morais sobre o assunto. *A bela e a fera*, *Barba Azul* e *O velho Robin Gray*, por exemplo, têm para autores a dupla vantagem de serem muito agradáveis de ler e ainda mais fáceis de diluir em sentimento. No entanto, pelo menos 10 mil escritores modernos, com lorde Macaulay à frente, devastaram e dilapidaram os campos dos contos de fadas e fábulas de tal forma que uma alusão a *As mil e uma noites* tornou-se absolutamente inaceitável. A capacidade das mulheres de fazer casamentos inadequados deve ser considerada a pedra angular da sociedade.

Enquanto isso, o baile havia, na verdade, despachado dos pensamentos de Sybil praticamente qualquer lembrança de Carrington. A cidade encheu-se novamente. As ruas estavam repletas de homens e mulheres jovens e elegantes das províncias de Nova York, Filadélfia e Boston, o que significava para Sybil ocupação em abundância. Ela recebia boletins sobre o progresso dos assuntos. O presidente e sua esposa haviam aceitado se fazerem presentes, por seu elevadíssimo respeito a Sua Majestade, a rainha, e seu desejo de verem e serem vistos. Todo o Gabinete acompanharia o primeiro magistrado. O corpo diplomático apareceria de uniforme, assim como os oficiais do Exército e da Marinha; o governador-geral do Canadá estava a caminho com sua comitiva. Lorde Skye comentou que o governador-geral era tedioso.

O dia do baile foi um dia de muita agitação para Sybil, embora não por causa de Ratcliffe ou Carrington, ambos insignificantes se comparados com o grave problema que tinha diante de si. A responsabilidade de vestir a irmã e a si mesma recaía sobre Sybil, que se julgava o verdadeiro cérebro por trás de todos os recentes êxitos da sra. Lee no tocante a chapéus – o que seria verdade, não fosse o fato de Madeleine ser capaz de imprimir personalidade em qualquer coisa que usasse, o que Sybil evidentemente não admitia. Nesse dia, Sybil teve motivos para uma excitação particular. Durante todo o inverno dois vestidos novos, um deles um especial êxito da arte do sr. Worth, haviam permanecido guardados no andar de cima, e Sybil esperara em vão por uma ocasião que justificasse o esplendor dos trajes.

Uma tarde, no início de junho do verão anterior, o sr. Worth recebera uma carta da mais nova protegida do rei do Daomé com instruções para que criasse um vestido de baile capaz de dilacerar e aniquilar, de ciúme e desespero, os corações de suas 75 rivais; ela era jovem e bonita; e o custo não estava em questão. Assim o expressara seu criado. Durante toda aquela noite, o grande gênio do século XIX rolou insone na cama revolvendo a questão em seus pensamentos. Visões em cor de carne pontilhadas de vermelho-sangue perturbavam-lhe os pensamentos; ele, por sua vez, as combateu e descartou – tratava-se provavelmente de um lugar-comum no Daomé. Quando os primeiros raios de sol lhe revelaram o reflexo de seu rosto atormentado no teto espelhado, ele se levantou e, num impulso desesperado, abriu as janelas. Lá, diante de seus olhos injetados, estendia-se a pura, tranquila, recém-nascida e radiante manhã de junho. Com um grito de inspiração, o grande homem inclinou-se para fora da janela e rapidamente captou os detalhes de sua nova concepção. Antes das dez horas ele estava em seu escritório em Paris. Uma ordem imperiosa levou à sua sala particular toda seda, cetim e gaze que estivessem nos espectros pastel do rosa, açafrão, verde, prata e azul. Depois vieram as escalas cromáticas de cor; as combinações destinadas a tornar o arco-íris vulgar; as sinfonias e fugas; o chilrear dos pássaros e a grande paz da natureza orvalhada; a donzela em seu despertar inocente; a *Aurora em junho*. O mestre descansou satisfeito.

Uma semana depois, chegou uma encomenda de Sybil, incluindo "um vestido de baile inteiramente original – diferente de qualquer outro enviado para a América". Worth ponderou, hesitou; recordou a figura de Sybil; a silhueta original de sua cabeça; examinou com atenção o mapa e especulou se o *New York Herald* tinha um correspondente especial no Daomé; e finalmente, com uma generosidade peculiar às grandes almas, duplicou para a "Srta. S. Ross, de Nova York, EUA", o pedido de um *L'Aube, Mois de Juin*.

Os Schneidekoupon e o sr. French, que tinham reaparecido em Washington, tomaram chá com a sra. Lee na noite do baile, e Julia Schneidekoupon procurou em vão descobrir o que Sybil vestiria.

— Alegre-se com a ignorância, minha querida! – disse Sybil. — As dores da inveja vão incomodá-la em breve.

Uma hora depois, seu quarto, exceto pela lareira, onde crepitava um fogo suave, tornou-se um altar de sacrifício à divindade da *Aurora em junho*. A cama, o canapé, as mesinhas e as poltronas de chita estavam cobertos de partes da divindade, incluindo chinelos e lenços, luvas e maços de rosas frescas. Quando, por fim, depois de longo esforço, o trabalho estava concluído, a sra. Lee fez um último exame crítico do resultado e desfrutou de um brilho de satisfação. Jovem, feliz, radiante com a consciência da juventude e da beleza, Sybil levantou-se, uma Hebe Anadiômena erguendo-se da espuma do leve *crêpe lissé* que se prolongava sob a longa cauda de seda rosa pálida e macia, desfazendo-se na extensão de prímulas delicadas, suavizadas aqui e ali por acabamentos do verde de junho – ou seria o azul do raiar da manhã? – ou ambos? – sugerindo frescor indescritível. Uma singela sugestão da criada de que "as meninas", como as serviçais chamam-se entre si nos lares americanos, gostariam de acender seu quinhão de incenso no santuário foi amavelmente recebida, e a elas foi permitido vislumbrar a divindade antes que fosse envolta em lençóis. Um grupo de admiradoras espremido à porta murmurou sua aprovação – da "menina" principal, a cozinheira, uma negra já viúva que contava seus 70 invernos e cuja admiração era pública e incontida, a uma solteirona de Nova Inglaterra cuja consciência anabatista lutava com seus instintos e que, embora desaprovasse "aqueles franceses", fazia em seu coração a homenagem secreta que seus lábios severos recusavam aos vestidos e toucas daquele povo. O aplauso dessa audiência tem, de geração em geração, animado os corações de miríades de moças no despontar de suas pequenas aventuras, enquanto os louros domésticos florescem verdes e frescos por meia hora, até murcharem no limiar das portas do salão de baile.

A sra. Lee trabalhou longa e seriamente na maquiagem da irmã – afinal, ela mesma não havia sido, em seu tempo, a garota mais bem-vestida de Nova York? Ela ao menos conservava aquela opinião, e seus velhos instintos recobravam a vida sempre que Sybil precisava ser preparada para qualquer grande ocasião. Madeleine beijou a irmã carinhosamente e ofereceu-lhe elogios incomuns quando o *Aurora em junho* se revelou completo. Sybil era, naquele momento, o ideal de juventude florescente, e a sra. Lee quase ousou alimentar a esperança de que seu coração não estivesse permanentemente partido e que ela sobreviveria até que Carrington fosse trazido de volta. Sua toalete era muito mais econômica, mas Sybil impacientou-se muito antes de vê-la terminada; a carruagem as esperava, e ela foi forçada a desapontar a criadagem ao descer envolta em sua longa capa de ópera e partir rapidamente.

Quando finalmente as irmãs entraram na sala de recepção da Legação Britânica, lorde Skye as repreendeu por não terem vindo cedo para receber os convidados ao seu lado. O nobre, com uma enorme faixa ao peito e uma estrela no casaco, transigiu e expressou-se em termos vigorosos sobre o tema *Aurora em junho*. Schneidekoupon, que se orgulhava de seu uso tranquilo do mais recente jargão artístico, mirou com respeito o cetim prateado da sra. Lee e sua renda veneziana, arranjo conscienciosamente tomado de empréstimo a um quadro do Louvre, e murmurou aos ouvidos de todos: "Noturno em cinza prateado!" – e em seguida, voltando-se para Sybil: "E você? Ah, está claro! Uma canção sem palavras!". O sr. French apareceu e, com seu tom de maior fascinação, exclamou: "Ora, sra. Lee, a senhora está absolutamente bela esta noite!". Jacobi, após um exame minucioso, disse tomar a liberdade de um homem de idade para expressar que ambas estavam impecáveis. Até mesmo o grão-duque foi tocado pela beleza de Sybil, exigindo que lorde Skye o apresentasse. A tal cerimônia, seguiu-se o terrível convite do grão-duque para uma valsa. Ela desapareceu da vista de Madeleine, para não ser trazida de volta até que as auroras se encontrassem.

O baile foi, como os jornais declararam, um sucesso radiante. Todo aquele que conhece a cidade de Washington tem a memória de que, entre algumas dezenas de magníficas residências que nossos governos e os governos estrangeiros construíram para o conforto de oficiais de gabinete, juízes, diplomatas, vice-presidentes, palestrantes e senadores, a da Legação Britânica é de longe a mais impressionante.

Combinando em um todo harmonioso as proporções do Palácio Pitti com a decoração da Casa d'Oro e a cúpula de uma mesquita oriental, esse êxito arquitetônico oferece recursos extraordinários à sociedade. Uma descrição mais detalhada é desnecessária, pois qualquer um pode facilmente consultar os jornais nova-iorquinos da manhã seguinte, onde se encontram as plantas exatas da casa no andar térreo; enquanto os jornais ilustrados da mesma semana contêm excelentes esboços dos efeitos cênicos mais agradáveis, assim como do salão de baile e da princesa sorrindo graciosamente de seu trono. A dama logo atrás da princesa, à sua esquerda, é a sra. Lee, pouco condizente com a realidade, porém reconhecível, ainda que o artista, movido por objetivos próprios, a tenha feito mais baixa, e a princesa mais alta do que o estritamente correto, assim como conferiu à princesa um gracioso sorriso, bem diverso de sua expressão real. Em suma, o artista é obrigado a exibir o mundo como gostaríamos que fosse, não como era ou é, ou, de fato, provavelmente será em breve. A parte mais estranha de seu retrato é, no entanto, o fato de que ele realmente viu a sra. Lee onde a colocou, próxima ao cotovelo da princesa, que era quase o último lugar na sala onde qualquer um que conhecesse a sra. Lee teria procurado por ela.

A explicação desse curioso acidente deve ser dada imediatamente, já que os fatos não são mencionados nos relatos públicos do baile, os quais apenas dizem que: "Atrás de sua Alteza Real, a grã-duquesa, estava a nossa encantadora e aristocrática conterrânea, sra. Lightfoot Lee, que causou grande sensação em Washington neste inverno e cujo nome os rumores públicos relacionam ao do secretário do Tesouro. A ela a princesa pareceu dirigir-se em diálogo a maior parte do tempo".

O espetáculo era muito bonito e, numa agradável noite de abril, havia muitos lugares menos agradáveis do que aquele. O espaço exterior da casa havia sido em grande parte coberto para a produção do salão de baile, grande como uma casa de ópera, com um deque e um sofá no centro de um dos lados, e outro deque com um segundo sofá do lado imediatamente oposto. Cada deque era coberto por um dossel de veludo vermelho, um trazendo o Leão e o Unicórnio, e o outro a Águia Americana. O Estandarte Real aparecia acima do unicórnio; a bandeira americana acenava, sem muita eficácia, acima da águia. A princesa, não sendo mais exatamente uma criança, julgava a luz a gás um desconforto para a sua tez e exigiu que lorde Skye lhe iluminasse a beleza com um número infinito de velas de cera, dispostas com pretensão à elegância em torno do trono grão-ducal e extravagantes e desajeitadas em torno da instituição oposta do outro lado.

Os fatos exatos eram estes. Acontecera que a grã-duquesa, tendo necessariamente entrado em contato, durante a semana anterior, com o presidente e, em especial, com a sua esposa, concebeu pela última uma antipatia que dificilmente se expressaria em palavras. Sua determinação categórica era manter a todo custo o grupo presidencial à distância, e foi só depois de uma cena tempestuosa que o grão-duque e lorde Skye conseguiram extrair-lhe o consentimento para que o presidente a acompanhasse na ceia. Mais do que isso, ela não faria. Ela não falaria com "aquela mulher", como chamava a esposa do presidente, nem se sentaria perto dela. Ela preferiria ficar no próprio quarto a noite toda e não se importava nem um pouco com o que a rainha britânica pensaria disso, pois não era sua súdita. O caso era difícil para lorde Skye, que ficou confuso, por esse ponto de vista, acerca da razão de ser obrigado a entreter a princesa; mas, com a ajuda do grão-duque e de lorde Dunbeg, que era muito ativo e sorria sua desaprovação com algum sucesso, encontrou uma saída; e essa foi a razão de existirem dois tronos no salão de baile, e a razão de o trono britânico ser iluminado com tão cuidadosa referência ao semblante da princesa. Lorde Skye imolou-se no esforço habitual dos ministros britânicos e americanos de manter os dois grandes poderes separados. Ele, o grão-duque e lorde Dunbeg atuaram como anteparos com cuidadosa diligência, destreza e sucesso. Como recurso, lorde Skye pensara na sra. Lee e contou à princesa a história das relações da sra. Lee com a esposa do presidente, uma história que não era segredo em Washington, pois, além do próprio relato de Madeleine, a sociedade conhecia perfeitamente a ideia que a primeira-dama fazia da sra. Lee, sobre quem as damas de Washington tinham agora o hábito de discorrer longamente diante da primeira-dama, que sempre mordia a isca com enorme vivacidade, para o divertimento e prazer de Victoria Dare e outras criadoras de caso.

— Ela não vai incomodá-la enquanto você mantiver a sra. Lee a seu lado – sugeriu lorde Skye, e a princesa agarrou a sra. Lee e a brandiu como se ela fosse um amuleto contra o mau-olhado diante da comitiva do presidente. Ela fez a sra. Lee ocupar um lugar atrás de si como se fosse uma dama de companhia. Graciosamente, ela até permitiu que se sentasse, e tão perto que suas cadeiras se tocavam.

Sempre que "aquela mulher" estivesse à vista, o que acontecia na maior parte do tempo, a princesa direcionava sua conversa inteiramente à sra. Lee e cuidava para que isso ficasse evidente. Mesmo antes da chegada da comitiva presidencial, Madeleine havia caído em poder da princesa e, quando esta se adiantou para receber o presidente e sua esposa, o que fez com um cumprimento de fria e imponente dignidade, arrastou Madeleine para perto de si. A sra. Lee também se curvou para cumprimentá-la; era impossível evitá-lo; foi, no entanto, ignorada em seu esforço com uma mirada de desprezo e ódio. Lorde Skye, que fazia as vezes de acompanhante da esposa do presidente, entrou em pânico e apressou-se em retirar dali sua potestade democrática, sob o pretexto de apresentar-lhe a decoração. Por fim, instalou-a no próprio trono, onde ele e o grão-duque renderam-se em guarda ao longo da noite. Quando a princesa seguiu com o presidente, ela obrigou o marido a tomar o braço da sra. Lee e conduzi-la ao trono britânico, sem nenhum objetivo senão exasperar a esposa do presidente, que, de seu elevado deque, observou o *cortège*[4] que passava embaixo com uma carranca.

[4. Em francês no original: "cortejo".]

Em todo esse imbróglio, a sra. Lee era a principal sofredora. Ninguém podia rendê-la, e ao se sentar viu-se literalmente engaiolada. A princesa disparava uma artilharia incessante de comentários fúteis, sobretudo de queixumes e defeitos alheios, que ninguém se atrevia a interromper. A sra. Lee estava dolorosamente entediada e, depois de um tempo, mesmo o absurdo da coisa deixou de diverti-la.

Ela também teve a má sorte de fazer um ou dois comentários que despertaram algum senso de humor oculto na princesa, que riu e, à maneira das personagens da realeza, deu-lhe a entender que gostaria de ter mais diversão do mesmo estilo. De todas as coisas na vida, a sra. Lee desprezava particularmente esse tipo de serviço de corte, pois ela era mais do que republicana – tinha um pouco de comunismo no coração, e sua única queixa séria em relação ao presidente e à primeira-dama era que eles desejavam ter uma corte e macaquear a monarquia.

Não lhe passava pela cabeça admitir a superioridade social de qualquer um, presidente ou príncipe, e de repente ser convertida em dama de companhia de uma pequena grã-duquesa alemã foi um golpe terrível. Mas o que poderia ser feito? Fora recrutada por lorde Skye e não foi capaz de educadamente declinar à ajuda quando ele chegara a seu lado e lhe confidenciara, com a habitual serenidade, as dificuldades e como contava com ela para ajudá-lo.

O mesmo teatro teve sequência no jantar, onde havia uma mesa presidencial real que trazia pouco mais de vinte convidados e as duas grandes damas a presidi-la, tão afastadas entre si quanto podiam estar. O grão-duque e lorde Skye, um a cada lado da esposa do presidente, cumpriam seu dever como homens e eram recompensados por ela com muitas informações sobre os arranjos domésticos da Casa Branca. O presidente, no entanto, sentado ao lado da princesa no extremo oposto, estava claramente aborrecido, em parte devido ao fato de a princesa, desafiando toda a etiqueta, obrigar lorde Dunbeg a acompanhar a sra. Lee ao jantar e colocá-la diretamente ao lado do presidente. Madeleine tentou escapar, mas foi interceptada pela princesa, que se dirigiu a ela através do presidente e, em tom decidido, pediu-lhe que se sentasse precisamente ali. A sra. Lee olhou timidamente para o vizinho, que não fez sinal algum, apenas ceou em silêncio, interrompido vez ou outra por respostas ocasionais a raros comentários. A sra. Lee sentiu pena dele e perguntou-se o que sua esposa diria quando voltassem para casa. Seus olhos capturaram na outra ponta da mesa um olhar de Ratcliffe, que a observava com um sorriso; ela procurou falar fluentemente com Dunbeg; mas apenas com o jantar encerrado, já perto das duas da manhã; e feitas as despedidas da comitiva presidencial à comitiva grão-ducal, o que se deu com toda a liturgia própria à ocasião; e retornado lorde Skye, que os acompanhara até a carruagem e lhes comunicara que haviam partido – só então a princesa soltou a empunhadura da sra. Lee, permitindo que ela se abrigasse na obscuridade.

Enquanto isso, o baile seguira à maneira de um baile. Enquanto Madeleine permaneceu sentada em sua imponente grandeza, pôde observar tudo à sua volta. Ela vira Sybil aos rodopios acompanhada de sucessivos cavalheiros em meio a uma multidão de casais, divertindo-se ao máximo e, ocasionalmente, oferecendo à irmã um aceno de cabeça e um sorriso quando seus olhos se encontravam. Lá estava também Victoria Dare, que não parecia se agitar sequer quando dançou com lorde Dunbeg, cuja educação como dançarino fora negligenciada. Era fato plenamente reconhecido, então, que Victoria flertava sistematicamente com Dunbeg, e ela havia tomado para si como mais recente dever a tarefa de ensiná-lo a valsar. A luta do aluno e a tranquilidade da professora em auxiliá-lo eram dignas de respeito. Do outro lado da sala, junto ao trono republicano, a sra. Lee observava Ratcliffe em pé ao lado do presidente, que estava aparentemente pouco disposto a deixá-lo fora do alcance de seus braços e parecia dirigir-lhe a maioria de suas poucas observações. Schneidekoupon e sua irmã estavam misturados à multidão, dançando como se a Inglaterra nunca tivesse sido tolerante à heresia do livre comércio. No geral, a sra. Lee estava satisfeita.

Se sofria consideravelmente, por um lado, por outro a dor conhecia recompensa. Ela estudou cada mulher do salão e, se havia alguma mais bonita que Sybil, seus olhos não a puderam encontrar. Se havia vestido mais perfeito, ela nada sabia de moda. Nesses pontos, sentiu a confiança da convicção. Sua calma estaria completa se ela tivesse a certeza de que nenhuma das alegrias de Sybil era superficial e não seria seguida de uma reação. Ela examinava seu rosto nervosamente, buscando alguma alteração de sua expressão feliz; a determinada altura, chegou a pensar que estava aborrecida, mas foi quando o grão-duque aproximou-se para reivindicar sua valsa, e a expressão esvaneceu-se quando eles chegaram à pista e Sua Alteza começou a girar pelo salão com precisão e espírito que teriam feito honra a um regimento da guarda do palácio real. Ele parecia satisfeito com a experiência, pois foi visto repetidas vezes com Sybil disparando de uma ponta a outra da pista de baile até que a própria sra. Lee ficou incomodada, pois a princesa franziu o cenho.

Uma vez libertada, Madeleine demorou-se algum tempo no salão para conversar com a irmã e receber parabéns. Por meia hora, ela foi uma *belle* maior que Sybil. Uma multidão de homens se aglomerou ao seu redor, divertindo-se com o papel que desempenhara ao longo da noite e cheia de elogios à sua promoção à corte. O próprio lorde Skye encontrou tempo para lhe oferecer agradecimentos em um tom mais sério do que geralmente afetava. "A senhora sofreu muito", disse ele, "e lhe agradeço". Madeleine riu ao responder-lhe que seus sofrimentos lhe pareciam nada diante dos dele. Finalmente, porém, cansou-se do barulho e da claridade do salão de baile e, aceitando o braço de seu excelente amigo, conde Popoff, caminhou em sua companhia para dentro da casa. Por fim, sentou-se em um sofá num recanto silencioso onde a luz não a incomodava tanto e um conveniente loureiro estendia as folhas em frente, de modo a fazer um caramanchão através do qual podia ver os transeuntes sem que estes a vissem, senão com algum esforço. Fosse ela uma mulher mais jovem, aquele teria sido o local para um flerte, mas a sra. Lee jamais flertava, e a ideia de flertar com Popoff teria parecido ridícula para toda a humanidade.

Ele não se sentou, mas se encostou no canto da parede, conversando com ela, quando de repente o sr. Ratcliffe apareceu e tomou o lugar ao lado dela com tamanha deliberação e senso aparente de propriedade que Popoff, sem se conter, virou-se e saiu. Ninguém sabia de onde o secretário viera ou como soubera que ela estava ali. Ele não deu nenhuma explicação, e ela teve o cuidado de não pedir nenhuma. Ela ofereceu-lhe um relato em cores vivas dos serviços que prestara como dama de companhia, que ele igualou ao das próprias provações como cortesão ao lado do presidente, que, ao que parecia, se apegara desesperadamente a seu velho inimigo na ausência de qualquer outra rocha em que se agarrar.

Naquele momento, Ratcliffe representava suficiente bem o papel do primeiro-ministro. Em uma situação difícil, ele o teria desempenhado em qualquer corte, não apenas na Europa, mas na Índia ou na China, onde a dignidade ainda é esperada dos cavalheiros.

Com exceção de certa expressão grosseira e animal em torno da boca e uma indefinível frieza nos olhos, era um homem bonito e ainda em seu auge. Não passara despercebido de todos o quanto melhorara desde que passara a frequentar o Gabinete. Ele abandonara os modos senatoriais. Suas roupas não eram mais as do Congresso, mas as de um homem respeitável, asseado e decente. Suas camisas não se projetavam mais nos lugares errados, nem seus colarinhos estavam puídos ou sujos. O cabelo não lhe caía mais sobre os olhos, orelhas e casaco, como os pelos de um terrier escocês, mas tinham os cuidados do barbeiro. Tendo ouvido a sra. Lee expressar em certa ocasião seus pensamentos sobre pessoas que não tomavam banho frio todas as manhãs, ele julgara melhor adotar o hábito, embora não o tivesse disseminado ao conhecimento geral, visto que lhe parecia aristocrático. Esforçava-se para não ser ditatorial e esquecer que fora o Gigante da Pradaria, o valentão do Senado. Em suma, fosse pela influência da sra. Lee, fosse por sua emancipação da câmara do Senado com seu código de falta de educação e questionável moralidade, Ratcliffe rapidamente se tornava um membro respeitável da sociedade, a quem um homem que nunca esteve na prisão ou na política pode reconhecer sem prejuízo como amigo.

Ratcliffe estava agora evidentemente inclinado a ser ouvido. Depois de discorrer com alguma leveza e humor acerca dos êxitos do presidente como homem de moda, ele mudou de assunto e passou a tratar dos méritos do presidente como homem de Estado, e aos poucos, enquanto falava, fez-se sério, e sua voz desceu a um tom baixo e confidencial. Ele disse claramente que a incapacidade do presidente se tornara evidente entre seus seguidores; que era apenas com dificuldade que seu Gabinete e seus amigos conseguiam impedi-lo de fazer papel de idiota cinquenta vezes ao dia; que todos os líderes do partido que tiveram a oportunidade de lidar com ele estavam tão enojados que o Gabinete teve de passar seu tempo tentando pacificá-los; enquanto esse estado de coisas durasse, a influência de Ratcliffe seria de fundamental importância; ele tinha boas razões para saber que, se as eleições presidenciais ocorressem naquele ano, nada poderia impedir sua indicação partidária e eleição; mesmo a três anos de distância, as chances a seu favor eram de pelo menos dois para um; e, feito esse exórdio, prosseguiu em tom baixo e crescente seriedade, enquanto a sra. Lee permaneceu imóvel como a estátua de Agripina, com os olhos presos ao chão:

— Eu não sou dos que são felizes na vida política. Sou político porque é mais forte do que eu; é o negócio para o qual estou mais preparado, e a ambição é meu recurso para torná-lo tolerável. Na política, não podemos manter nossas mãos limpas. Fiz muitas coisas na minha carreira política que não são defensáveis. Para agir com toda a honestidade e autorrespeito, deve-se sempre viver em uma atmosfera pura, e a atmosfera da política é impura. A vida doméstica é a salvação de muitos homens públicos, mas por muitos anos fui privado dela. Cheguei agora a esse ponto em que responsabilidades e tentações crescentes me fazem precisar de ajuda. Preciso dela. Apenas a senhora pode me dar essa ajuda. Você é gentil, atenciosa, tem princípios, orgulho e boa educação, é a mulher mais adequada que já conheci para o dever público. Seu lugar é lá. Você está entre as pessoas que exercem influência além do tempo. Peço apenas que você tome o lugar que é seu.

Esse desesperado apelo à ambição da sra. Lee era parte calculada do plano de Ratcliffe. Ele estava bem ciente de que desejava caçar um belo animal e sua isca devia estar à altura de sua grandeza. Tampouco ficou constrangido com o silêncio e a palidez da sra. Lee, que manteve os olhos fixos no chão e as mãos torcidas junto ao colo. A águia que sobe mais alto tem uma descida ao solo mais longa que a do pardal ou da perdiz. A sra. Lee tinha mil coisas para pensar nesse breve período, e no entanto descobriu que não conseguia pensar em nada; uma sucessão de meras imagens e fragmentos de pensamento passava rapidamente por sua mente, e sua vontade não exercia nenhum controle sobre sua ordem ou natureza. Um desses pensamentos fugazes foi que, de todos os pedidos de casamento que ela já ouvira, aquele fora o mais insensível e profissional. Quanto ao apelo à sua ambição, ela lhe fizera ouvidos moucos, mas uma mulher precisa ser mais do que uma heroína para ouvir elogios tão evidentemente sinceros de um homem preeminente entre seus pares sem ser afetada por eles. Para ela, no entanto, o grande e avassalador fato era que se viu incapaz de recuar ou escapar; suas táticas foram desconcertadas, suas barreiras temporárias, destruídas.

O pedido estava feito. O que ela deveria fazer diante dele?

Ela havia pensado por meses sobre o assunto sem ser capaz de tomar uma decisão; que esperança havia de conseguir decidir naquele momento, em um salão de baile e em apenas um minuto? Quando os sentimentos, padrões e paixões conflitantes de uma vida são comprimidos em um único instante, como por vezes ocorre, eles podem causar uma sobrecarga na mente, que se recusa a trabalhar. A sra. Lee ficou em silêncio e deixou as coisas seguirem seu curso; um expediente perigoso, como milhares de mulheres bem o sabem, pois as deixa à mercê da vontade imperiosa, inclinada ao domínio.

A música do salão de baile não parou. Multidões de pessoas passaram pelo retiro deles. Alguns olharam rapidamente para dentro, e ninguém teve dúvida sobre o que estava acontecendo ali. Uma atmosfera inconfundível de mistério e intensidade cercava o casal. Os olhos de Ratcliffe estavam fitos na sra. Lee, e os dela, voltados ao chão. Nenhum dos dois parecia falar ou se mexer. O velho barão Jacobi, que nunca deixava de observar tudo, viu a cena em seu trânsito e disparou um xingamento estrangeiro de sentido assustador. Victoria Dare viu o casal e foi devorada pela curiosidade a ponto de mal ser capaz de se conter.

Depois de um silêncio que parecia interminável, Ratcliffe continuou:

— Não falo de meus sentimentos porque sei que, a menos que seja obrigada por um forte senso de dever, você não se decidirá pelo bem da minha devoção. Mas digo honestamente que aprendi a confiar em você em um nível que mal sou capaz de expressar; e, quando penso no que eu poderia ser sem você, a vida me parece tão intoleravelmente sombria que estou pronto para fazer qualquer sacrifício e aceitar quaisquer condições que a mantenham ao meu lado.

Enquanto isso Victoria Dare, embora profundamente interessada no que Dunbeg lhe dizia, encontrara Sybil e parara um instante para sussurrar-lhe no ouvido:

— É melhor você ficar de olho na sua irmã, na janela, atrás do loureiro, com o sr. Ratcliffe!

Sybil estava nos braços de lorde Skye, divertindo-se maravilhosamente, embora a noite tivesse se acabado, mas, quando ela captou as palavras de Victoria, a expressão de seu rosto mudou por completo. Todas as preocupações e terrores dos últimos quinze dias se abateram sobre ela. Ela arrastou lorde Skye pelo salão e avistou a irmã. Um olhar foi o suficiente. Desesperadamente assustada, mas com medo de hesitar, foi diretamente a Madeleine, ainda sentada como uma estátua enquanto ouvia as últimas palavras de Ratcliffe. Quando entrou apressadamente, a sra. Lee, olhando para cima, deparou-se com seu rosto pálido e começou a se levantar.

— Você está passando mal, Sybil? – exclamou ela. — Há algum problema?

— Um pouco... cansada – ofegou Sybil. — Pensei que você poderia estar pronta para ir para casa.

— Estou! – bradou Madeleine. — Estou pronta. Boa noite, sr. Ratcliffe. Eu o encontro amanhã. Lorde Skye, devo me despedir da princesa?

— A princesa retirou-se há meia hora – respondeu lorde Skye, que viu a situação e estava pronto a ajudar Sybil. — Permita-me levá-las ao quarto de *toilette* e chamar a carruagem.

Ratcliffe viu-se subitamente sozinho, enquanto a sra. Lee corria para longe, dilacerada por novas preocupações. Quando tinham chegado ao quarto de *toilette* e estavam quase prontas para partir, Victoria Dare de repente se precipitou sobre elas, com uma animação de modos que lhe era muito incomum, e, tomando Sybil pela mão, puxou-a a um cômodo adjacente, fechando a porta.

— Você consegue guardar um segredo? – perguntou ela abruptamente.

— O quê? – disse Sybil, olhando para ela com interesse estupefato. — Você não quer dizer... é sério que... diga-me, rápido!

— Sim! – disse Victoria, perdendo a postura. — Estou noiva!

— De lorde Dunbeg?

Victoria anuiu com a cabeça, e Sybil, cujos nervos estavam acesos em seu mais alto grau por excitação, bajulação, fadiga, perplexidade e terror, explodiu em um ataque de riso que assustou até mesmo a calma srta. Dare.

— Pobre lorde Dunbeg! Não seja duro com ele, Victoria! – engasgou ela quando finalmente retomou a respiração. — Você realmente quer passar o resto da sua vida na Irlanda? Oh, quanta coisa você vai ensinar a eles!

— Você se esquece, minha querida – disse Victoria, entronada placidamente ao pé de uma espreguiçadeira –, que eu não sou uma miserável. Disseram-me que o castelo de Dunbeg é uma residência de veraneio bastante romântica, e na estação tediosa e escura é claro que iremos a Londres ou a algum lugar. Serei civilizada com você quando me fizer uma visita. Você não acha que uma coroa ficará bem em mim?

Sybil explodiu novamente em uma gargalhada tão irreprimível e prolongada que assustou até mesmo o pobre Dunbeg, que andava impaciente de um lado para outro à entrada da casa.

Isso assustou Madeleine, que de repente abriu a porta. Sybil se recuperou e, com os olhos cheios de lágrimas, apresentou Victoria à irmã:

— Madeleine, permita-me apresentá-la à condessa Dunbeg!

Mas a sra. Lee estava preocupada demais para sentir algum interesse por lady Dunbeg. Ela foi acometida do súbito temor de que Sybil tivera um ataque histérico, uma vez que o noivado de Victoria a fazia recordar da própria decepção. Ela apressou a irmã à carruagem.

PALACIO NACIONAL

NATIONAL PALACE

12

Elas seguiram para casa em silêncio, a sra. Lee consumida por preocupações e dúvidas, causadas em parte por sua irmã, em parte pelo sr. Ratcliffe; Sybil dividida entre o divertimento diante da conquista de Victoria e o abalo ante sua ousadia de se intrometer nos assuntos da irmã. O desespero, no entanto, era maior que o medo. Ela concluiu que mais suspense não seria tolerável; que travaria sua batalha naquele momento, sem perda de tempo; e, certamente, nenhum outro momento seria melhor. Em alguns instantes, chegaram à porta de casa. A sra. Lee dissera à criada que não esperasse por elas, e ambas estavam a sós. O fogo ainda estava vivo na lareira de Madeleine, e ela o alimentou com mais lenha. Em seguida, pediu que Sybil fosse para a cama imediatamente. Mas Sybil recusou: ela se sentia muito bem, disse, e ainda estava bem desperta; tinha muito a conversar e queria tirar tudo aquilo da cabeça. No entanto, seu apreço feminino pela *Aurora em junho* levou-a a adiar o que tinha a dizer até que, com a ajuda de Madeleine, colocou o êxito do baile cuidadosamente de lado; em seguida, vestindo o roupão e enfiando rapidamente a carta de Carrington no colo, como uma arma escondida, apressou-se ao quarto de Madeleine e se acomodou em uma cadeira diante do fogo. Ali, depois de um momento de silêncio, as duas mulheres iniciaram sua prova de força longamente postergada, em que as oponentes eram tão iguais que o resultado só poderia ser duvidoso; pois, se Madeleine era muito mais esperta, Sybil, nesse caso, sabia muito melhor o que queria, além de ter uma ideia clara de como pretendia conquistá-lo, enquanto Madeleine, sem suspeitar o ataque, não tinha nenhum plano de defesa.

— Madeleine – disse Sybil num tom sério e com uma palpitação violenta do coração –, quero que você me diga uma coisa.

— O quê, querida? – perguntou a sra. Lee, confusa e ainda parcialmente preparada para concluir que havia alguma conexão entre a pergunta da irmã e o repentino mal-estar no baile, que desaparecera tão subitamente quanto a acometera.

— Você quer se casar com o sr. Ratcliffe?

A pobre sra. Lee ficou bastante desconcertada com a franqueza do ataque. Essa pergunta fatal a confrontava a todo momento. Mal havia transcorrido uma hora desde que escapara do baile por um golpe de boa sorte, pelo qual percebia, então, estar em dívida com Sybil, e a questão novamente se lhe apresentava como um cano de revólver em sua cara. Era a cidade inteira que a interrogava.

O pedido de Ratcliffe provavelmente fora testemunhado por metade de Washington, e sua resposta era aguardada por uma plateia imensa, como se ela fosse uma comissão de contagem de votos. Seu desagrado era intenso, e sua primeira resposta a Sybil converteu-se em uma pergunta rápida:

— Por que você faz tal pergunta? Você ouviu alguma coisa, alguém falou sobre isso com você?

— Não – devolveu Sybil –, mas preciso saber. Posso ver por mim mesma, sem que me digam, que o sr. Ratcliffe está tentando fazer com que você se case com ele. Não pergunto por curiosidade; isso é algo que diz respeito tanto a mim quanto a você. Por favor, diga! Não me trate como uma criança por mais tempo! Permita-me saber quais são seus pensamentos! Estou farta de nunca saber o que se passa! Você não tem ideia do quanto isso pesa em mim. Ah, Maude, nunca mais serei feliz se você não confiar em mim sobre esse assunto.

A sra. Lee sentiu uma pequena dor na consciência e, de repente, viu-se diante de uma nova espiral a constrangê-la naquela complicação infeliz. Incapaz de ver o caminho a seguir, ignorante dos motivos da irmã, encorajada pela ideia de que a felicidade de Sybil estava envolvida, ela agora se ressentia da falta de sentimentos e era instada a oferecer uma resposta direta a uma pergunta simples.

Como poderia afirmar que não pretendia se casar com o sr. Ratcliffe? Dizer isso seria fechar a porta para todos os objetivos que tinha no coração. Se uma resposta direta havia de ser dada, era melhor dizer "Sim!" e acabar com a discussão; melhor saltar na escuridão e lidar com as consequências depois. Assim, com um suspiro interno, mas nenhum sinal visível de agitação, a sra. Lee disse, como se estivesse em um sonho:

— Bem, Sybil, vou lhe contar. Eu teria dito a você há muito tempo se eu mesma soubesse. Sim! Eu decidi me casar com o sr. Ratcliffe!

Sybil pôs-se de pé com uma nova pergunta:

— E você disse isso a ele?

— Não! Você chegou e nos interrompeu enquanto conversávamos. Fiquei feliz por você ter vindo, pois me dá um pouco de tempo para pensar. Mas já me decidi. Direi a ele amanhã.

Isso não foi dito com o ar de alguém cujo coração batesse calorosamente ante a ideia de confessar seu amor. As palavras da sra. Lee lhe saíam mecânicas, quase com esforço. Sybil arremeteu com toda a energia contra a irmã; violentamente agitada e ansiosa para se fazer ouvir, sem esperar por argumentos, ela irrompeu em uma torrente de súplicas:

— Oh, não se case, não, não! Oh, por favor, por favor, não, minha querida Maude! A menos que você queira partir meu coração, não se case com esse homem! Não é possível que você o ame! Você nunca será feliz com ele! Ele levará você para Peonia e você morrerá lá! Eu nunca mais vou vê-la! Ele a fará infeliz; ele vai bater em você, tenho certeza! Ah, se você se importa comigo, não se case com ele! Mande-o embora! Não o veja novamente! Vamos partir agora, no trem da manhã, antes que ele volte. Estou pronta; arrumo tudo para você; vamos para Newport; para a Europa – para qualquer lugar, desde que seja longe dele!

Com esse apelo apaixonado, Sybil se jogou de joelhos ao lado de sua irmã e, cingindo a cintura de Madeleine em um abraço apertado, soluçou como se seu coração já estivesse partido. Se Carrington a tivesse visto, ele teria de admitir que ela havia cumprido suas instruções ao pé da letra. Havia também muita sinceridade de sua parte. Ela quis dizer o que dissera, e suas lágrimas eram lágrimas reais, reprimidas por semanas. Infelizmente, a lógica não era seu forte. Sua ideia do caráter do sr. Ratcliffe era vaga e baseada em meras teorias do que um Gigante da Pradaria de Peonia devia ser em suas relações domésticas. Sua ideia de Peonia era igualmente indeterminada. Assombrava Sybil uma visão da irmã sentada em um sofá forrado de couro e pelo de cavalo diante de um fogareiro de ferro em uma saleta com paredes brancas, altas e nuas, uma cromolitografia em cada uma e, ao seu lado, uma mesa com tampo de mármore encimada por um vaso de vidro contendo relva seca de cemitério; a única literatura, a revista de Frank Leslie e o *New York Ledger*, com um forte cheiro de comida predominante em todos os cômodos. Ali ela via Madeleine recebendo visitas, as esposas de vizinhos e eleitores, que lhe contavam as notícias de Peonia.

Apesar de seu preconceito ignorante e irracional contra homens e mulheres do Oeste, vilarejos e pradarias do Oeste, enfim, contra tudo que fosse do Oeste, incluindo a política e os políticos, que ela perversamente afirmava serem os mais vis produtos da região, ainda havia algum bom senso nos pensamentos de Sybil. Quando aquela hora fatal chegasse para Ratcliffe, a hora que mais cedo ou mais tarde chega para todos os políticos, e um país ingrato o relegasse ao ostracismo entre seus amigos em Illinois, o que ele proporia fazer com sua esposa? Será que ele acreditava mesmo que ela, mortalmente entediada de Nova York e incapaz de encontrar prazer permanente na Europa, viveria em silêncio na romântica vila de Peonia? Se não, imaginava Ratcliffe que eles pudessem encontrar felicidade no gozo da companhia um do outro e da renda da sra. Lee na agitação de Washington? No ardor de sua perseguição, Ratcliffe aceitara antecipadamente quaisquer condições que a sra. Lee pudesse impor, mas, se ele realmente imaginava que felicidade e satisfação estavam na borda roxa desse crepúsculo, ele tinha mais confiança nas mulheres e no dinheiro do que uma experiência mais ampla jamais seria capaz de justificar.

Quaisquer que fossem os planos de Ratcliffe para lidar com esses obstáculos, eles muito dificilmente satisfariam Sybil, que, se imprecisa em suas teorias sobre os Gigantes da Pradaria, entendia as mulheres, e especialmente sua irmã, muito melhor do que Ratcliffe. Ali estava ela em segurança, e teria sido melhor se ela não tivesse dito mais nada, pois a sra. Lee, embora momentaneamente cambaleante com a veemência das palavras da irmã, tranquilizou-se com o que parecia ser o absurdo de seus medos. Madeleine rebelou-se contra a violência histérica de sua oposição e tornou-se mais sólida em sua decisão. Ela repreendeu sua irmã em claro e bom tom:

— Sybil, Sybil! Você não pode ficar assim tão descontrolada. Comporte-se como uma mulher, não como uma criança mimada!

A sra. Lee, como a maioria das pessoas que têm de lidar com crianças mimadas ou não, recorreu à severidade, não tanto porque era a maneira correta de lidar com crianças, mas porque não sabia mais o que fazer. Ela estava absolutamente incomodada e cansada. Não estava satisfeita consigo mesma ou com os próprios motivos. A dúvida a cercava de todos os lados, e seu pior oponente era aquela irmã cuja felicidade voltara a régua contra o próprio juízo.

No entanto, sua estratégia respondeu ao objetivo de pôr freios à veemência de Sybil. Os soluços da irmã chegaram ao fim, e ela logo se levantou com um ar mais tranquilo.

— Madeleine – disse ela –, você realmente quer se casar com o sr. Ratcliffe?

— O que mais eu posso fazer, minha querida Sybil? Quero fazer o que for melhor. Achei que você poderia ficar satisfeita.

— Você achou que eu poderia ficar satisfeita? – exclamou Sybil, surpresa. — Que loucura! Se você alguma vez tratou desse assunto comigo, eu devo ter dito que odeio aquele homem e não consigo entender como você pode suportá-lo. Mas eu mesma preferiria me casar com ele a ver você fazer isso. Eu sei que você vai morrer de infelicidade quando tiver feito isso. Ah, Maude, por favor, me diga que você não vai! – E Sybil voltou a soluçar baixinho, enquanto fazia carinho na irmã.

A sra. Lee estava infinitamente angustiada. Agir contra os desejos de seus amigos mais próximos era bastante difícil, mas parecer impiedosa e insensível ao ser cuja felicidade representava o que havia de mais importante era intolerável. No entanto, nenhuma mulher sensata, depois de dizer que pretendia se casar com um homem como o sr. Ratcliffe, poderia rejeitá-lo apenas porque outra mulher escolheu se comportar como uma criança mimada.

Sybil era mais infantil do que a própria Madeleine supusera. Ela não conseguia sequer ver onde residia seu interesse. Ela não sabia mais sobre o sr. Ratcliffe e o Oeste do que se ele fosse o gigante de um conto de fadas e vivesse no topo de um pé de feijão. Ela devia ser tratada como uma criança; com gentileza, afeição e paciência, mas também com firmeza e decisão. Para o próprio bem, era preciso recusar-lhe o que pedia.

Assim aconteceu que, por fim, a sra. Lee falou com uma aparência de decisão que em nada representava seu tremor interno.

— Sybil, querida, eu decidi me casar com o sr. Ratcliffe porque não há outra maneira de fazer todos felizes. Você não precisa ter medo dele. Ele é gentil e generoso. Além disso, posso cuidar de mim mesma; e vou cuidar de você também. Agora, não vamos mais discutir isso. É dia claro, e ambas estamos cansadas.

De pronto, Sybil pôs-se em perfeita calma e, de pé diante da irmã, como se dali em diante seus papéis se invertessem, disse:

— Então você realmente se decidiu? Nada que eu diga pode mudar isso?

A sra. Lee, olhando para ela mais surpresa do que nunca, não conseguiu se forçar a falar; apenas balançou a cabeça lenta e decididamente.

— Então – prosseguiu Sybil – só há mais uma coisa que posso fazer. Você deve ler isto! – e sacou do colo a carta de Carrington, estendendo-a diante do rosto de Madeleine.

— Agora não, Sybil! – protestou a sra. Lee, temendo outra longa batalha. — Leio depois que descansarmos. Vá para a cama agora!

— Não saio desta sala nem vou para a cama até você ler a carta – respondeu Sybil, sentando-se novamente diante do fogo com a decisão de uma rainha Elizabeth. — Mesmo que para isso precise ficar sentada aqui até você se casar. Prometi ao sr. Carrington que você deveria lê-la instantaneamente; é tudo o que posso fazer agora.

Com um suspiro, a sra. Lee puxou a cortina da janela e, à luz cinzenta da manhã, sentou-se para romper o lacre e ler a seguinte carta:

Washington, 2 de abril.

Minha querida sra. Lee,

Esta carta só chegará às suas mãos caso haja necessidade de que você conheça seu conteúdo. Apenas a necessidade justifica sua escrita. Devo novamente pedir perdão por me intrometer em seus assuntos particulares. Neste caso, se eu não me intrometesse, você teria razão para se queixar seriamente contra mim.

Em outra ocasião você me perguntou se eu tinha conhecimento de alguma coisa contra o sr. Ratcliffe que o mundo desconhecesse e explicasse minha baixa opinião sobre seu caráter. Ali, evitei sua pergunta. Fui obrigado por decoro profissional a não divulgar fatos que haviam chegado a mim sob promessa de sigilo. Violarei o decoro agora, unicamente porque tenho em relação a você um dever que me parece sobrepujar todos os demais.

Conheço fatos a respeito do sr. Ratcliffe que me parecem justificar uma opinião muito baixa acerca de seu caráter, fatos que o tornam impróprio para ser, não direi seu marido, mas até mesmo alguém de seu círculo.

Você sabe que sou o executor do testamento de Samuel Baker. Você sabe quem foi Samuel Baker. Você conheceu sua esposa. Ela lhe disse que eu a ajudei no exame e destruição de todos os papéis privados do marido, de acordo com seu desejo estrito no leito de morte. Um dos primeiros fatos que aprendi com esses documentos e suas explicações foi o seguinte.

Há apenas oito anos, a grande empresa Inter-Oceanic Mail Steamship Company desejava estender seu serviço ao redor do mundo e, para isso, solicitou ao Congresso um pesado subsídio. A administração desse caso foi posta nas mãos do sr. Baker, e todas as cartas particulares deste ao presidente da companhia, em cópias a carbono, bem como as respostas do presidente, caíram em meu poder. As cartas de Baker eram, claro, escritas em uma espécie de cifra, dos vários tipos que ele tinha o hábito de usar. Ele deixou entre seus papéis uma chave para essas cifras, mas a sra. Baker as poderia ter elucidado sem essa ajuda.

Resultou dessa correspondência que o projeto foi aprovado pela Câmara, e, ao chegar ao Senado, foi levado à comissão apropriada. Sua aprovação final era muito incerta; o fim da sessão se aproximava; o Senado estava muito dividido, e o presidente da comissão era decididamente hostil.

Quem presidia a comissão era o senador Ratcliffe, sempre mencionado pelo sr. Baker em cifra e com todas as precauções. Se você se interessar, no entanto, em verificar o fato e em acompanhar o histórico da Lei de Subsídios em todas as suas etapas, juntamente com o relatório, os comentários e votos do sr. Ratcliffe, basta examinar as revistas e os debates daquele ano sobre o assunto.

Por fim, Baker escreveu que o senador Ratcliffe havia engavetado o projeto de lei e, a menos que se encontrasse algum meio de vencer a oposição, não haveria relatório, e o projeto nunca chegaria à votação. Todos os meios comuns de argumentação e influência foram empregados por ele e haviam se exaurido. Em meio à urgência, Baker sugeriu que a empresa lhe desse autoridade para verificar o que o dinheiro seria capaz de produzir, mas acrescentou que seria absolutamente inútil propor pequenas somas. Sem que ao menos 100 mil dólares pudessem ser empregados, era preferível esquecer o negócio.

A carta seguinte autorizou-o a utilizar qualquer quantia não superior a 150 mil dólares. Dois dias depois, ele escreveu que o relatório havia sido aprovado e seria levado à votação no Senado dentro de 48 horas; e ele parabenizou a companhia pelo fato de ter usado apenas 100 mil dólares do crédito consignado.

O projeto foi efetivamente relatado, aprovado e transformado em lei conforme ele o previa, e a companhia desfruta do subsídio desde então. A sra. Baker também me informou que, de acordo com seu conhecimento, o marido deu a quantia mencionada, em cupons de títulos do Tesouro, ao senador Ratcliffe.

Essa transação, relacionada à sinuosidade de seu curso público, explica a desconfiança que sempre expressei em relação a ele. Você entenderá, no entanto, que todos esses papéis foram destruídos. A sra. Baker nunca poderia ser induzida a arriscar o próprio conforto trazendo os fatos ao público. Os oficiais da companhia, nos próprios interesses, nunca trairiam a transação, e seus balanços foram sem dúvida conservados de forma a não mostrar nenhum vestígio. Se eu fizesse essa acusação contra o sr. Ratcliffe, eu seria a única vítima. Ele negaria e riria disso. Eu não pude provar nada. Sou, portanto, mais diretamente interessado do que ele em manter silêncio.

Ao confiar este segredo, acredito firmemente que você não o mencionará a ninguém mais – nem mesmo à sua irmã. Você tem a liberdade, se desejar, de mostrar esta carta a uma única pessoa – ao próprio sr. Ratcliffe. Feito isto, peço que você a queime imediatamente.

Com os mais calorosos bons votos e sempre verdadeiramente seu,

John Carrington.

Quando a sra. Lee terminou de ler a carta, permaneceu por algum tempo em silêncio, olhando para a praça abaixo. A manhã havia chegado, e o céu brilhava com a fresca luz do sol de abril. Ela abriu a janela e deixou entrar o ar suave da primavera. Precisava de toda a pureza e tranquilidade que a natureza poderia dar, pois toda a sua alma se agitava em revolta, ferida, humilhada, exasperada. Contra o sentimento de todos os amigos, ela insistira em acreditar naquele homem; ela chegara ao ponto de aceitá-lo como marido; um homem que, se a lei e a justiça fossem uma só, deveria estar na cela de um criminoso; um homem que poderia tomar dinheiro para trair sua confiança. Sua raiva a princípio varreu todos os limites. Ela mal podia esperar pelo momento de reencontrá-lo e arrancar-lhe a máscara. Era preciso expressar em um só impulso toda a aversão que sentia por toda a matilha política. Ela veria se o animal vivia como outros seres; se tinha senso de honra; um único ponto limpo em sua mente.

Então lhe ocorreu que, afinal, poderia haver um engano: talvez o sr. Ratcliffe pudesse explicar a acusação. Mas esse pensamento só lhe revelou outra dolorosa ferida no orgulho. Ela não apenas acreditava na acusação como acreditava que o sr. Ratcliffe defenderia seu ato. Ela estava disposta a se casar com um homem que se julgava capaz de tal crime, e então estremeceu ante a ideia de que essa acusação poderia ter sido feita contra o marido, e que ela não podia descartá-la com imediata incredulidade, com indignado desprezo. Como aquilo acontecera? Como ela fazia parte de enredo tão nefasto? Quando saiu de Nova York, ela pretendia ser uma mera espectadora em Washington. Tivesse lhe ocorrido que poderia ser atraída a qualquer projeto de um segundo casamento, nunca teria se mudado para a capital, pois era orgulhosa de sua lealdade à memória do marido e abominava os segundos casamentos. Em sua inquietude e solidão, ela se esquecera daquilo; só se perguntara se alguma vida era válida para uma mulher que não tivesse marido nem filhos. A família era tudo que a vida tinha a oferecer? Não seria ela capaz de encontrar algum interesse fora do lar? E assim, conduzida por esse fogo-fátuo, ela havia, de olhos abertos, adentrado o pântano da política, apesar do protesto, apesar da consciência.

Ela se levantou e andou pela sala, enquanto Sybil permanecia deitada no sofá, observando-a com os olhos semicerrados. A irritação consigo crescia e, à medida que aumentava a autocensura, a raiva contra Ratcliffe esvanecia. Ela não tinha o direito de zangar-se com Ratcliffe. Ele nunca a enganara. Ele sempre admitiu abertamente que não conhecia nenhum código moral na política; que, se a virtude não respondesse ao seu propósito, ele usaria o vício. Como ela poderia culpá-lo por atos que ele havia repetidamente defendido em sua presença e com seu tácito consentimento, com princípios que justificavam aquela ou qualquer outra vilania?

Essa descoberta a atingiu como um soco, não como uma suspensão da execução. Esse pensamento a deixou furiosa consigo mesma.

Ela não conhecia os recessos do próprio coração. Supusera honestamente que os interesses e a felicidade de Sybil a estavam forçando a um gesto de autossacrifício; e, naquele momento, ela via que, no fundo de sua alma, motivos muito diferentes haviam estado em operação: ambição, sede de poder, inquietude em se intrometer em assuntos que não lhe diziam respeito, desejo cego de escapar da tortura de ver outras mulheres com vida plena e instintos satisfeitos, enquanto a própria vida se fazia de fome e tristeza. Por um tempo, ela havia de fato, inconsciente como estava do autoengano, abraçado a esperança de que um novo campo de utilidade tivesse se aberto para ela; que as grandes oportunidades de fazer o bem supririam o vazio doloroso daquele bem que fora retirado; e que ali, finalmente, estava um objetivo para o qual haveria quase um prazer em dissipar o resto da existência, ainda que soubesse de antemão que o experimento encontraria o fracasso. A vida estava mais vazia do que nunca, agora que esse sonho acabara. No entanto, o pior não era a decepção, mas a descoberta da própria fraqueza e autoengano.

Desgastada pela ansiedade prolongada, a agitação e a insônia, ela não estava à altura de lutar com as criaturas da própria imaginação. Tal tensão só poderia terminar em uma crise nervosa, e finalmente ela veio:

— Oh, que coisa vil é a vida! – exclamou ela em um lamento, erguendo os braços com um gesto de raiva e desespero impotentes.
— Oh, como eu gostaria de estar morta! Como eu gostaria que o universo fosse aniquilado! – e ela se lançou ao lado de Sybil em um acesso de lágrimas.

Sybil, que assistiu a todo o espetáculo em silêncio, esperou sem agitação que a emoção passasse. Havia pouco a dizer. Ela só podia acalmá-la.

Depois de findo o ataque, Madeleine ficou em silêncio por algum tempo, até que outros pensamentos começaram a perturbá-la. Depois de se recriminar por Ratcliffe, ela passou a se recriminar por Sybil, que parecia realmente cansada e pálida, quase como se tivesse sido vencida pelo cansaço.

— Sybil – disse ela –, você deve ir para a cama imediatamente. Você está cansada. Foi um grande erro meu permitir que ficasse acordada até tão tarde. Vá agora e durma um pouco.

— Não vou dormir até você dormir, Maude! – respondeu Sybil com uma obstinação tranquila.

— Vá, querida! Tudo está resolvido. Não vou me casar com o sr. Ratcliffe. Você não precisa ficar mais preocupada com isso.

— Você está muito infeliz?

— Só muito irritada comigo mesma. Devia ter seguido o conselho do sr. Carrington há mais tempo.

— Oh, Maude! – exclamou Sybil com repentina explosão de energia. — Eu gostaria que você tivesse ficado com *ele*!

Essa observação despertou a sra. Lee para um novo interesse:

— Ora, Sybil – perguntou ela –, você não está falando a sério, está?

— Estou – devolveu Sybil, muito decidida. — Eu sei que você acha que estou apaixonada pelo sr. Carrington, mas não estou. Gostaria muito de tê-lo como cunhado. Sem dúvida, ele é o homem mais gentil que você conhece, e você poderia ajudar suas irmãs.

A sra. Lee hesitou por um momento, pois não tinha certeza se era sábio sondar uma ferida ainda em processo de cura, mas ela não podia esperar para tirar esse último peso de seus pensamentos e arremeteu imprudentemente adiante:

— Tem certeza de que está dizendo a verdade, Sybil? Por que, então, você disse que gostava dele? E por que ficou tão infeliz desde que ele foi embora?

— Por quê? Achei que estava bem clara a razão! Porque pensei, como todo mundo, que você se casaria com o sr. Ratcliffe; e porque, se você se casasse com o sr. Ratcliffe, eu iria morar sozinha; e porque você me tratou como uma criança e nunca me teve em sua confiança; e porque o sr. Carrington era a única pessoa que eu tinha para me aconselhar e, depois que ele partiu, fiquei sozinha para lutar contra o sr. Ratcliffe e vocês dois juntos, sem uma alma humana que me ajudasse no caso de eu cometer um erro. Você teria sofrido muito mais do que eu se estivesse no meu lugar.

Madeleine olhou para ela por um momento em dúvida. Isso duraria? Saberia Sybil a profundidade da própria ferida? Mas o que a sra. Lee poderia fazer naquele momento?

Talvez Sybil tivesse se enganado um pouco. Quando a excitação passasse, talvez a imagem de Carrington pudesse voltar à sua mente com certa frequência para o próprio conforto. O futuro deve cuidar de si mesmo. A sra. Lee trouxe a irmã para perto de si e disse:

— Sybil, cometi um erro horrível. Por favor, me perdoe.

13

Somente à tarde a sra. Lee reapareceu. Quanto dormira, ela não disse, tampouco aparentava ter tido um sono longo ou agradável; mas, se lhe faltara o sono, compensara a insônia pensando muito e, enquanto pensava, a tempestade que rugia tão ferozmente em seu peito aos poucos encontrou a calma. Se ainda não havia sol, havia ao menos silêncio. Deitada horas a fio à espera de um sono que não vinha, sentiu a princípio uma viva humilhação ao pensar no quão facilmente havia sido levada pela mera vaidade a imaginar que poderia ser útil no mundo. Chegou até mesmo a sorrir em sua solidão com o retrato que desenhou de si mesma, como reformadora de Ratcliffe, Krebs e Schuyler Clinton. A facilidade com que Ratcliffe a rolara entre os dedos, agora ela podia perceber, fê-la se contorcer, e o pensamento do que ele poderia ter feito, tivesse ela se casado com ele, e da sucessão infindável de cambalhotas morais que ela teria de dar, causou-lhe um calafrio de terror mortal. Ela acabava de escapar de ser engolida pelas engrenagens da máquina e, assim, de conhecer um fim prematuro. Quando pensava nisso, sentia um desejo furioso de se vingar de toda a raça de políticos, Ratcliffe à frente; e passou horas formulando duros discursos a lhe serem lançados na cara.

Então, à medida que foi se acalmando, os pecados de Ratcliffe assumiram um matiz mais suave; a vida, afinal, não havia sido de todo obscurecida pelas artes do senador; havia até algo de bom em sua experiência, embora tivesse sido dura. Não viera a Washington em busca de homens que projetassem uma sombra, e não era a sombra de Ratcliffe forte o suficiente para satisfazê-la? Não teria ela penetrado nos recessos mais profundos da política e aprendido com que facilidade a mera posse de poder convertia a sombra de um cavalinho de pau existente apenas no cérebro de um tolo camponês num pesadelo assustador que convulsionava o sono das nações? As brincadeiras extravagantes de presidentes e senadores haviam sido divertidas – tão divertidas que ela quase fora persuadida a participar delas. Salvara-se a tempo.

Ela havia tocado o fundo daquele assunto chamado governo democrático e descobrira que não passava de um governo como outro qualquer. Ela poderia ter percebido isso com a ajuda do próprio bom senso, mas, naquele momento que a experiência o provara, estava feliz em abandonar o baile de máscaras; em retornar à verdadeira democracia da vida, a seus indigentes e suas prisões, a suas escolas e seus hospitais. Quanto ao sr. Ratcliffe, ela não sentia dificuldade em lidar com ele.

Que ficasse com seus irmãos gigantes, que vagasse nas próprias pradarias políticas, caçando seus cargos ou qualquer outra presa lucrativa, como quisesse.

Os objetivos daqueles homens não eram os seus, e unir-se à companhia deles não era sua ambição. Ela já não estava muito zangada com o sr. Ratcliffe. Não queria insultá-lo, tampouco brigar com ele. O que fizera na condição de político, fizera segundo o próprio código moral, e não lhe competia julgá-lo; proteger-se era o único direito que ela reivindicava. Ela pensou que seria perfeitamente capaz de mantê-lo à distância, e embora nunca mais pudessem ser amigos, caso Carrington tivesse escrito a verdade, não haveria necessariamente dificuldade em manter o contato como conhecidos. Apesar de ser uma perspectiva estreita de seu dever, era ao menos prova de que ela aprendera alguma coisa com o sr. Ratcliffe; talvez também fosse prova de que ela precisasse conhecer melhor o próprio sr. Ratcliffe.

Madeleine não deixou o quarto antes das duas da tarde, e a essa hora Sybil ainda não havia aparecido. Madeleine tocou a campainha e deu permissão para a entrada do sr. Ratcliffe, caso a visitasse, mas não estava em casa para mais ninguém. Em seguida, sentou-se para escrever cartas e preparar-se para o retorno a Nova York, pois era preciso acelerar a partida e escapar da fofoca e das críticas que via como uma avalanche na iminência de se abater sobre sua cabeça.

Quando por fim Sybil desceu, parecendo muito mais descansada que a irmã, passaram uma hora juntas organizando aquele e outros pequenos assuntos, de modo que as duas estavam de novo no melhor dos espíritos, e o rosto de Sybil se mostrava todo sorrisos.

Visitantes chegaram à porta naquele dia, uns movidos pela amizade, outros por pura curiosidade, pois o abrupto desaparecimento da sra. Lee do baile não passou despercebido. Contra todos, sua porta estava bem fechada. Por outro lado, à medida que a tarde seguia, ela pediu que Sybil saísse para que pudesse ter o campo inteiramente para si, e Sybil, aliviada de todos os seus temores, partiu para interromper a mais recente conversa de Dunbeg com sua condessa e divertir-se com o último "aspecto" de Victoria.

Por volta das quatro horas, a figura alta do sr. Ratcliffe foi vista saindo do Departamento do Tesouro e descendo os largos degraus de sua face oeste.

Voltando-se deliberadamente para a praça, o secretário do Tesouro atravessou a avenida e, parando na porta da sra. Lee, tocou a campainha. Ele foi imediatamente admitido. A sra. Lee estava sozinha em sua sala de estar e levantou-se com certa gravidade ao recebê-lo, mas deu-lhe boas-vindas com a cordialidade possível. Ela queria pôr fim às suas esperanças de forma imediata e decisiva, porém sem ferir seus sentimentos.

— Sr. Ratcliffe – começou ela, com ele já acomodado ao sofá –, tenho certeza de que o senhor ficará mais satisfeito se eu falar sem rodeios e com franqueza. Não pude responder a seu pedido na noite passada e farei isso agora sem demora. O que o senhor deseja é impossível. Preferiria nem sequer discuti-lo. Paremos por aqui e retornemos às nossas antigas relações.

Ela não foi capaz de forçar-se a expressar qualquer sentimento de gratidão por sua afeição, ou de se lamentar por ter sido obrigada a encontrá-lo com tão pouco a dar em troca.

Tratá-lo com civilidade tolerável era tudo o que ela achava que podia ser exigido de si.

Ratcliffe sentiu a mudança de modos. Estava preparado para uma luta, mas não para ser recebido com uma recusa tão direta logo de início. Seu olhar ficou sério, e ele hesitou por um instante antes de falar, mas, quando finalmente falou, foi com a mesma firmeza e decisão que a sra. Lee.

— Não posso aceitar essa resposta. Não direi que tenho direito a uma explicação – não tenho nenhum direito que a senhora deva respeitar –, mas tenho para mim que pelo menos posso pedir o favor de uma justificativa e que a senhora não a recusará. A senhora estaria disposta a me contar suas razões para essa decisão abrupta e dura?

— Não nego seu direito de explicação, sr. Ratcliffe. O senhor tem o direito, se prefere assim pensar, e estou pronta a lhe dar todas as explicações em meu poder; mas espero que não insista em fazê-lo. Se pareceu que falei de forma abrupta e com severidade, foi apenas para poupar-lhe o maior aborrecimento da dúvida. Uma vez que sou forçada a lhe impor a dor, não era mais justo e mais respeitoso que eu lhe dissesse de uma só vez? Somos amigos. Partirei muito em breve. Sinceramente, quero evitar dizer ou fazer qualquer coisa que mude nossas relações.

Ratcliffe, no entanto, não deu atenção a essas palavras e não respondeu a elas. Ele era um debatedor muito experiente para ser enganado por tais ninharias, quando precisava concentrar todas as suas faculdades em prender seu oponente na parede. Ele perguntou:

— Sua decisão é nova?

— É tão antiga, sr. Ratcliffe, que a perdi de vista por um tempo. Os pensamentos de uma noite ma trouxeram de volta.

— Posso perguntar por que a senhora voltou a ela? Com certeza a senhora não teria hesitado sem razões fortes.

— Vou lhe dizer francamente. Se, parecendo hesitar, eu o enganei, sinceramente sinto muito por isso. Não foi minha intenção. Minha hesitação se deu pela dúvida quanto à minha vida ser de fato útil para ajudá-lo. Minha decisão se deu pela certeza de que não somos feitos um para o outro. Nossas vidas correm em trilhas separadas. Ambos somos velhos demais para mudá-las.

Ratcliffe balançou a cabeça com um ar de alívio.

— Suas razões não são sólidas, sra. Lee. Não existe tal divergência em nossas vidas. Pelo contrário, posso oferecer à senhora o espaço de que precisa e que não pode ser de mais ninguém; enquanto a senhora pode dar à minha vida tudo do que ela precisa agora. Se essas são suas únicas razões, tenho certeza de que posso demovê-las.

Madeleine parecia não estar totalmente feliz com essa ideia e postou-se de forma um pouco dogmática.

— Não adianta discutirmos esse assunto, sr. Ratcliffe. O senhor e eu temos uma visão muito diferente da vida. Eu não posso aceitar a sua, e o senhor não pode praticar a minha.

— Mostre-me – disse Ratcliffe – um único exemplo de tal divergência, e aceitarei sua decisão sem mais discussão.

A sra. Lee hesitou e olhou para ele por um instante, como se quisesse ter a certeza de que ele falava a sério. Havia uma insolência no desafio que a surpreendera, e, se ela não desse cabo dela naquele momento, não havia como dizer quantos problemas aquilo lhe poderia causar. Depois de destrancar a gaveta da escrivaninha ao lado, tirou a carta de Carrington e entregou-a ao sr. Ratcliffe.

— Aqui está um exemplo que chegou ao meu conhecimento recentemente. Pretendia mostrá-la ao senhor de qualquer forma, mas preferia ter esperado.

Ratcliffe tomou a carta que ela lhe entregou, abriu-a deliberadamente, olhou para a assinatura e leu. Ele não demonstrou nenhum sinal de surpresa ou perturbação. Ninguém poderia imaginar que ele tivesse, desde o momento em que viu o nome de Carrington, um conhecimento tão preciso do que dizia a carta quanto como se ele mesmo a tivesse escrito. Sua primeira sensação foi apenas de raiva quanto ao fracasso de seus planos. Tal como havia acontecido, ele não fora capaz de compreender de imediato, pois não lhe ocorria a ideia de que Sybil tivesse participação no episódio. Ele havia estabelecido para si que Sybil era uma menina boba e frívola, que em nada influenciava as ações da irmã. Havia caído no erro masculino de misturar a astúcia da inteligência com a força do caráter. Sybil, embora não fosse uma metafísica, desejava o que quer que fosse com muito mais energia do que a irmã, esgotada com o esforço da vida. O sr. Ratcliffe errou nesse ponto e ficou imaginando quem foi que havia cruzado seu caminho, e como Carrington conseguira estar presente e ausente, conseguir um bom cargo no México e frustrar seus planos em Washington ao mesmo tempo. Ele não tinha a inteligência de Carrington em tão alta conta.

A barreira imposta o irritara violentamente. Mais um dia, pensou, e ele teria conseguido se conservar a salvo dela; e era bem provável que estivesse certo. Tivesse conseguido ter o controle, ainda que mínimo, da sra. Lee, ele lhe teria contado o caso com tintas próprias e do próprio ponto de vista, e ele acreditava totalmente que poderia fazer isso de modo a despertar sua compaixão. Agora que sua mente fora dominada por outra perspectiva, a tarefa se tornava muito mais difícil; no entanto, ele não se desesperou, pois era sua teoria que a sra. Lee, nas profundezas de sua alma, queria estar à frente da Casa Branca, tanto quanto ele próprio desejava estar lá, e que seu aparente melindre era mera indecisão feminina diante da tentação. Seus pensamentos agora se voltavam para o melhor meio de dar novamente impulso à ambição de Madeleine. Ele queria tirar Carrington pela segunda vez do jogo.

Foi assim que, depois de ler a carta uma vez para saber o que havia nela, voltou e leu-a devagar para ganhar tempo. Depois, enfiou-a no envelope e a devolveu à sra. Lee, que, com a mesma tranquilidade, como se o interesse dela tivesse chegado ao fim, lançou-a negligentemente ao fogo, onde foi reduzida a cinzas sob os olhos de Ratcliffe.

Ele observou a carta queimar por um momento e depois se virou para a sra. Lee, dizendo com sua calma habitual:

— Pretendia ter contado à senhora sobre o caso. Lamento que o sr. Carrington tenha pensado em me antecipar. Sem dúvida, ele tem os próprios motivos para pôr meu caráter em questão.

— Então é verdade! – disse a sra. Lee, um pouco mais depressa do que pretendia falar.

— Verdade em seus principais fatos; falso em alguns de seus detalhes e na impressão que cria. Durante a eleição presidencial, ocorrida fez oito anos no outono passado, houve, como a senhora deve se lembrar, uma disputa violenta e uma votação muito apertada. Acreditávamos (embora eu não fosse tão proeminente no partido como agora) que o resultado dessa eleição seria quase tão importante para a nação quanto o resultado da própria guerra. Nossa derrota significava que o governo deveria passar para as mãos manchadas de sangue dos rebeldes, homens cujos desígnios eram mais do que duvidosos, e que não podiam, mesmo que tivessem boas intenções, conter a violência de seus seguidores. Por causa disso, não poupamos esforços. Não poupamos dinheiro, mesmo em quantia muito superior aos nossos recursos. Como foi empregado, não direi. Nem eu mesmo sei, porque me mantive distante desses detalhes, que caíram no Comitê Central Nacional, do qual eu não era membro. O ponto principal era que uma quantia muito grande havia sido tomada de empréstimo com garantia de promissórias e deveria ser paga. Os membros do Comitê Nacional e alguns senadores realizaram discussões sobre o assunto, das quais tomei parte. Ocorreu então que, no fim da sessão, o chefe do comitê, acompanhado por dois senadores, veio até mim e me disse que eu deveria abandonar minha oposição ao Subsídio a Navios a Vapor. Eles não fizeram nenhuma declaração aberta de suas razões, e eu não os pressionei nesse sentido. A declaração deles, como chefes responsáveis da organização, de que determinada ação de minha parte era essencial para os interesses do partido, foi o bastante para mim. Não me considerei livre para persistir em uma mera opinião privada a respeito de uma medida sobre a qual, reconheci, havia uma altíssima probabilidade de estar incorrendo em erro. Dessa forma, fui o relator do projeto e dei meu voto, assim como a grande maioria do partido. A sra. Baker está enganada em dizer que o dinheiro me foi pago. Se foi pago de todo, e disso não tenho conhecimento, exceto a partir da carta, foi ao representante do Comitê Nacional. Não recebi dinheiro. Não tive nada a ver com o dinheiro, a não ser por ter podido tirar minhas conclusões sobre o pagamento subsequente da dívida da campanha.

A sra. Lee ouviu tudo isso com intenso interesse. Naquele instante, seu sentimento era que havia atingido o centro da política, como se pudesse, à maneira de um médico com seu estetoscópio, examinar a doença orgânica. Agora, por fim, ela sabia por que o pulso batia com aquela irregularidade mórbida e por que os homens sentiam uma ansiedade que não explicavam ou simplesmente não eram capazes de fazê-lo. Seu interesse pela doença superou o asco que a imundície da revelação lhe causara. Dizer que a descoberta lhe causava um prazer sincero era fazer-lhe injustiça; mas a excitação do momento varreu todas as demais sensações. Ela nem sequer pensou em si mesma. Somente depois se deu conta do absurdo do desejo de Ratcliffe de que, diante de uma história como aquela, ainda restasse a ela vaidade o bastante para empreender a reforma da política. E com a ajuda dele! A audácia do homem lhe teria parecido sublime se tivesse a certeza de que ele sabia a diferença entre o bem e o mal, entre uma mentira e a verdade; mas, quanto mais o observava, mais certa ficava de que a coragem do secretário era uma simples paralisia moral, e de que ele falava sobre virtude e vício como um daltônico que discorresse sobre o vermelho e o verde; ele não os via como ela; se fosse deixado por sua conta, não havia nada que pudesse guiá-lo. Teria sido a política a causadora dessa atrofia dos sentidos morais por desuso? Enquanto isso, ali estava ela, sentada face a face com um maníaco moral, que não tinha sequer senso de humor o bastante para constatar o absurdo do próprio pedido, segundo o qual ela deveria sair à beira daquele oceano de corrupção e repetir o antigo papel de rei Canuto ou *dame* Partington com o esfregão e o balde. Que fazer com um animal como aquele?

O espectador que observasse a cena com um conhecimento mais amplo dos fatos poderia ter encontrado divertimento em outra perspectiva do assunto, isto é, na inocência de Madeleine Lee. A despeito de todas as advertências, ela permanecia um mero bebê de colo diante do grande político. Ela tomou a história dele como verdadeira, e a julgou a pior possível; se, no entanto, os correligionários de Ratcliffe estivessem então presentes para ouvir sua versão, teriam olhado uns aos outros com um sorriso de orgulho profissional e declarado, sem sombra de dúvidas, que se tratava do homem mais hábil que o país já havia produzido, quase certos de que seria o presidente. Eles não teriam, porém, contado as próprias versões da história se pudessem tê-lo evitado, mas, esclarecendo o caso entre si, poderiam ter chegado à hipótese de que os fatos se organizavam mais ou menos da seguinte forma: que Ratcliffe os arrastara a um enorme gasto para assegurar a vitória de seu partido no estado e, desse modo, garantir a própria reeleição para o Senado; que eles tentaram responsabilizá-lo, e ele tentou fugir à responsabilidade; que houve calorosas discussões sobre o assunto; que ele mesmo sugerira, em particular, o recurso a Baker, moldara sua conduta segundo seu desejo e os obrigara, a fim de honrar a dívida que tinham, a receber o dinheiro.

Mesmo que a sra. Lee tivesse ouvido essa parte da história, embora esta pudesse ter tornado mais aguda sua indignação contra Ratcliffe, suas opiniões permaneceriam as mesmas. Do modo como se deu, ouvira o suficiente e, com grande esforço para controlar a expressão de nojo, afundou-se na poltrona quando Ratcliffe concluiu. Ao percebê-la muda, ele prosseguiu:

— Não me comprometo a defender o caso. É o ato de minha vida pública de que mais me arrependo... não por sua realização, mas pela necessidade de realizá-lo. Eu não me diferencio da senhora na opinião sobre esse ponto. Não posso reconhecer que há aqui alguma divergência real entre nós.

— Receio – devolveu a sra. Lee – não poder concordar com o senhor.

Essa observação sucinta, cuja brevidade trazia uma farpa de sarcasmo no bojo, escapou aos lábios de Madeleine antes que ela a tivesse de fato planejado. Ratcliffe sentiu a ferroada, o que o fez deixar de lado sua calma estudada de modos.

Erguendo-se da poltrona, ele permaneceu sobre o capacho da lareira diante da sra. Lee e disparou contra ela aqueles velhos tom e estilo senatoriais, que eram em nada calculados para granjear-lhe a empatia:

— Sra. Lee – iniciou ele com ênfase severa e tom dogmático –, há deveres conflitantes em todas as transações da vida, exceto nas mais simples. A despeito do que façamos, seja o que for, é preciso violar algum dever moral. Tudo o que pode ser solicitado a nós é que nos guiemos pelo que pensamos ser o mais elevado. Na época em que o caso ocorreu, eu era um senador dos Estados Unidos. Também era um membro fiel de um grande partido político que eu considerava idêntico à nação. Em ambas as atribuições eu tinha deveres para com meus eleitores, o governo e o povo. Eu poderia interpretar esses deveres de maneira restrita ou ampla. Eu poderia dizer: que pereça o governo, que pereça a União, que pereça o povo, antes que eu suje as minhas mãos! Ou eu poderia dizer, como disse e diria novamente: seja meu destino o que for, esta gloriosa União, a última esperança da humanidade sofredora, há de ser preservada.

Ali ele fez uma pausa e, observando que a sra. Lee, depois de fitá-lo por um tempo, passou a mirar o fogo, perdida em reflexões sobre os estranhos caprichos da mente senatorial, voltou à carga em outra linha de argumentação. Ele julgou corretamente que devia haver algum defeito moral em suas últimas observações, embora não pudesse vê-lo, o que tornava inútil a insistência naquela linha de argumentação.

— A senhora não deveria me culpar. A senhora não pode me culpar com justiça. É a seu senso de justiça que eu apelo. Já escondi da senhora minhas opiniões sobre este assunto? Pelo contrário, não é verdade que sempre as confessei? Não é verdade que neste mesmo lugar, quando desafiado pelo mesmo Carrington, assumi o crédito por um ato menos defensável do que este? Não lhe disse, então, que havia violado a santidade de uma grande eleição popular e revertido seu resultado? Esse foi o meu único ato! Comparado a ele, estamos tratando aqui de uma trivialidade! Quem é ferido por uma empresa de navegação que doa mil ou 10 mil dólares para um fundo de campanha? Os direitos de quem são afetados por ela? Talvez os donos de suas ações recebam 1 dólar a menos por ação em dividendos. Se eles não reclamam, quem mais poderá fazê-lo? Mas naquela eleição eu privei 1 milhão de pessoas de direitos que lhes pertenciam tão absolutamente quanto suas casas! A senhora não poderia dizer que eu fiz errado. A senhora não me dirigiu nenhuma palavra de culpa ou crítica por isso. Se houve ofensa, a senhora aquiesceu! Certamente me levou a supor que não viu delito. Por que age tão severamente em relação a um crime menor?

O golpe calou fundo. A sra. Lee encolheu-se visivelmente diante dele e perdeu a calma. Aquela era a mesma censura que fizera contra si mesma e à qual não encontrara resposta. Com alguma agitação, ela exclamou:

— Sr. Ratcliffe, por favor, faça-me justiça! Tentei até aqui não ser severa. Não disse nada no sentido do ataque ou da culpa. Reconheço que não é meu lugar julgar seus atos. Tenho mais motivos para culpar a mim mesma do que ao senhor, e Deus sabe o quanto e o quão amargamente me culpei.

Lágrimas brotaram de seus olhos quando ela disse essas últimas palavras, e havia um tremor em sua voz.

Ratcliffe percebeu que estava em vantagem e, sentando-se mais perto dela, baixou a voz e insistiu em seu apelo ainda mais energicamente:

— A senhora me fez justiça naquela ocasião; por que não o fazer agora? Estava convencida, então, de que eu fiz o melhor que pude. Sempre agi dessa forma. Por outro lado, nunca fingi que todos os meus atos poderiam ser justificados pela moralidade abstrata. Onde, então, está a divergência entre nós?

A sra. Lee não se comprometeu a responder a esse último argumento: ela só retornou ao seu antigo terreno.

— Sr. Ratcliffe – disse ela –, não quero discutir essa questão. Não tenho dúvidas de que o senhor pode me superar na argumentação. Talvez do meu lado isso seja mais uma questão de sentimento do que de razão, mas a verdade é evidente demais para mim de que não sou apta à vida política. Eu seria um peso para o senhor. Deixe-me ser juíza de minha própria fraqueza! Não insista!

Ela estava envergonhada de si mesma por esse apelo a um homem que não era capaz de respeitar, como se lhe suplicasse misericórdia, mas temia a reprimenda por tê-lo frustrado e tentava humilhantemente escapar a ela.

Ratcliffe só foi ainda mais incentivado por sua fraqueza.

— Preciso insistir, sra. Lee – respondeu ele, fazendo-se ainda mais sério ao prosseguir. — Meu futuro está em envolvido demais em sua decisão para me permitir aceitar sua resposta como uma palavra final. Preciso da sua ajuda e farei de tudo para obtê-la. Você precisa de afeto? O meu afeto por você é ilimitado. Estou pronto a prová-lo por uma vida de devoção. Você duvida da minha sinceridade? Teste-a da maneira que quiser. Você teme ser arrastada ao nível rasteiro da política? No que diz respeito a mim mesmo, meu grande desejo é ter sua ajuda na purificação da política. Que ambição mais elevada pode haver do que servir o próprio país para tal fim? Seu senso de dever é agudo demais para não sentir que os mais nobres objetos capazes de inspirar qualquer mulher combinam-se para lhe dar uma direção.

A sra. Lee sentia um imenso desconforto, embora não estivesse de modo algum abalada.

Ela começou a perceber que deveria assumir um tom mais forte para dar um ponto final à importunação e respondeu:

— Não duvido de seu afeto ou sinceridade, sr. Ratcliffe. É de mim mesma que duvido. Você foi muito gentil ao me oferecer muito de sua confiança neste inverno, e, se ainda não sei da política tudo o que há para se conhecer, aprendi o suficiente para provar que não poderia fazer nada mais estúpido do que me imaginar competente para reformar qualquer coisa. Se tivesse tal pretensão, seria apenas uma mulher mundana e ambiciosa, tal como as pessoas me julgam. A minha ideia de purificar a política é absurda. Lamento usar de tanta força em minhas palavras, mas estou falando sério. Não me apego muito à vida e não valorizo muito a minha própria, mas não permitirei que ela se perca dessa maneira; não partilharei dos lucros do vício; não estou disposta a receber bens roubados, ou ser posta em uma posição em que seja eternamente obrigada a sustentar que a imoralidade é uma virtude!

À medida que prosseguia, agitava-se mais e, mais animada, suas palavras ganharam mais gume do que ela havia imaginado. Ratcliffe sentiu e demonstrou seu aborrecimento. Seu semblante ficou carregado, e seus olhos a encararam com uma expressão terrível. Ele chegou a abrir a boca para uma réplica furiosa, mas controlou-se com esforço e então retomou seu argumento.

— Havia esperado encontrar na senhora – começou ele, mais solene do que nunca – uma coragem que desconsiderasse tais riscos. Se todos os verdadeiros homens e mulheres assumissem o tom que a senhora assumiu, nosso governo não demoraria a perecer. Se concordar em fazer parte do meu caminho, não nego que talvez encontre menos satisfação do que espero, mas terá uma simples morte em vida se a senhora se colocar como uma santa em uma coluna solitária. Defendo o que acredito ser sua própria causa ao defender a minha. Não sacrifique sua vida!

A sra. Lee estava desesperada. Não era capaz de proferir a resposta que trazia nos lábios, que se casar com um assassino ou um ladrão não era uma maneira segura de diminuir um crime. Ela já havia dito algo semelhante, por isso se absteve de falar mais claramente. Então voltou ao seu antigo tema.

— Devemos, em todo caso, sr. Ratcliffe, usar nossos julgamentos de acordo com nossa própria consciência. Só posso repetir agora o que disse no começo. Lamento parecer insensível às suas manifestações de afeto por mim, mas não posso fazer o que o senhor deseja. Vamos manter nossas antigas relações, se quiser, mas não me pressione mais.

Ratcliffe ficou cada vez mais sombrio à medida que percebia uma possibilidade de derrota. Seus propósitos eram tenazes, e ele nunca abandonara em sua vida um objetivo que desejasse tanto. E não iria abandoná-lo. Naquele momento, estava tão dominado pelo fascínio da sra. Lee que preferia abandonar a própria presidência a ela. Ele realmente a amava tão sinceramente quanto era possível à sua natureza amar o que quer que fosse. À obstinação de Madeleine, ele opusera uma obstinação ainda maior; naquele meio-tempo, porém, seu ataque encontrara um obstáculo, e ele ficou sem saber o que fazer. Não seria possível mudar de terreno, oferecer incentivos que apelassem ainda mais fortemente para a ambição feminina e o amor à exposição do que a própria presidência? Ele começou de novo:

— Não há nenhuma forma de promessa que possa lhe dar? Nenhum sacrifício que possa fazer? A senhora não gosta de política. Devo deixar a política? Farei qualquer coisa para não a perdê-la. Provavelmente poderia conseguir uma nomeação para o cargo de ministro na Inglaterra. O presidente decerto preferiria ver-me lá a ter-me aqui. Suponha que eu abandonasse a política e assumisse a missão inglesa. Esse sacrifício não a afetaria? A senhora poderia passar quatro anos em Londres, onde não há política, e onde sua posição social seria a melhor do mundo; e eu chegaria à presidência dessa forma quase tão certamente quanto da outra.

Então, de repente, percebendo que não fazia progressos, ele abandonou a calma estudada e irrompeu num apelo de violência quase igualmente estudada.

— Sra. Lee! Madeleine! Não posso viver sem você. O som da sua voz... o toque da sua mão... até o farfalhar do seu vestido... são como vinho para mim. Pelo amor de Deus, não me deixe!

Ele pretendia esmagar a oposição pela força. Com veemência cada vez maior à medida que falava, ele se inclinou e tentou agarrar a mão dela. Ela recolheu-a como se estivesse diante de um réptil. Ficou exasperada por essa obstinada desconsideração de sua tolerância, por essa tentativa grosseira de suborná-la com um cargo, esse flagrante abandono até mesmo de uma pretensão de virtude pública; o mero pensamento de seu toque era mais repulsivo do que uma doença asquerosa. Decidida a ensinar-lhe uma lição que jamais esqueceria, ela falou abruptamente e com evidentes sinais de desprezo em sua voz e modos:

— Sr. Ratcliffe, eu não serei comprada. Nenhuma categoria, nenhuma dignidade, nenhuma consideração, nenhum estratagema concebível me levaria a mudar de ideia. Basta!

Durante a conversa, Ratcliffe estivera mais de uma vez prestes a perder a paciência. Naturalmente ditatorial e violento, apenas o longo treinamento e duras experiências lhe ensinaram o autocontrole, e, quando cedia à paixão, os acessos de fúria ainda eram tremendos. A evidente repulsa pessoal da sra. Lee, ainda mais do que sua última reprimenda, ultrapassou os limites de sua paciência. Diante dela naquele estado, até mesmo ela, combativa como estava, e não em um estado de espírito calmo, sentiu um choque momentâneo ao ver como seu rosto corava, seus olhos brilhavam e suas mãos tremiam de raiva.

— Ah! – exclamou ele, voltando-se para ela com uma dureza, quase uma selvageria, de modos que a assustaram ainda mais. — Eu podia imaginar o que me esperava! A sra. Clinton logo me avisou. Ela não tardou a me dizer que encontraria em você uma *coquette* sem coração!

— Sr. Ratcliffe! – exclamou Madeleine, levantando-se da poltrona e dirigindo-se a ele com advertência quase tão inflamada quanto a dele.

— Uma *coquette* sem coração! – repetiu ele, ainda mais asperamente do que antes. — Ela disse que você faria exatamente isso! Que você pretendia me enganar! Que você se alimentava da lisonja! Que você nunca seria mais do que uma *coquette* e que, se me casasse com você, me arrependeria pelo resto da vida. Acredito nela agora!

Os ânimos da sra. Lee também estavam naturalmente alterados. Nesse momento, ela também se via inflamada de raiva e furiosamente movida por um impulso de aniquilação contra aquele homem. Consciente de que tinha o controle da situação, ela era capaz de controlar a voz com mais facilidade e, com uma expressão de desprezo inexprimível, dirigiu-lhe suas últimas palavras, palavras que estiveram soando o dia todo em seus ouvidos:

— Sr. Ratcliffe! Escutei você com muito mais paciência e respeito do que merece. Por uma longa hora rebaixei-me discutindo com você se devo me casar com um homem que, pela própria confissão, traiu a mais alta confiança que poderia ter recebido, que recebeu dinheiro por seus votos como senador e que agora desfruta de cargo público por meio de uma fraude bem-sucedida, quando, segundo a justiça, deveria estar em uma prisão do Estado. Para mim, basta. Entenda de uma vez por todas que existe um abismo intransponível entre a sua vida e a minha. Não duvido que você se torne presidente, mas seja lá o que for ou onde estiver, nunca se dirija a mim ou me cumprimente!

Ele fitou por um instante o rosto dela com uma espécie de fúria cega e parecia prestes a dizer mais, quando ela passou por ele, e, antes que o percebesse, Ratcliffe estava só.

Mergulhado em paixão, mas consciente de sua impotência, Ratcliffe, depois de um momento de hesitação, deixou a sala e a casa. Deixou-se sair, fechando a porta atrás de si e, uma vez parado na calçada, o velho barão Jacobi, que tinha especial razão para desejar saber como a sra. Lee havia se recuperado do cansaço e excitação do baile, aproximou-se do local.

Um simples olhar na direção de Ratcliffe revelou-lhe que algo não ia bem na carreira daquele grande homem, cuja sorte sempre seguia com tão amargo desdém. Impelido pelo espírito do mal que sempre trazia a seu lado, o barão aproveitou o momento para sondar a profundidade da ferida de seu amigo. Eles se encontraram na porta tão de perto que o contato foi inevitável, e Jacobi, com seu pior sorriso, estendeu-lhe a mão, dizendo no mesmo instante com malignidade diabólica:

— Espero poder oferecer minhas felicitações a Sua Excelência!

Ratcliffe estava feliz de encontrar alguma vítima em quem pudesse descarregar sua raiva. Ele tinha uma longa lista de humilhações para retribuir a esse homem, cujo último insulto fora além do tolerável. Com um xingamento, ele jogou a mão de Jacobi para o lado e, agarrando-lhe o ombro, empurrou-o para fora do caminho. O barão, entre cujas fraquezas não havia notícia da falta de temperamento sanguíneo e coragem pessoal, não tinha intenção de tolerar tal humilhação de um homem como aquele. Ainda enquanto a mão de Ratcliffe se encontrava em seu ombro, ele ergueu a bengala e, antes que o secretário visse o que estava por vir, o velho o atingira com toda a força no rosto. Por um momento, Ratcliffe cambaleou para trás e ficou pálido, mas o choque o deixou sóbrio. Ele hesitou um único instante entre esmagar o oponente com um golpe ou não, mas sentiu que, para alguém de sua idade e força, atacar um diplomata enfermo em uma rua pública seria um erro fatal, e enquanto Jacobi permanecia, violentamente agitado, com a bengala erguida e pronta para desferir um novo golpe, o sr. Ratcliffe de repente lhe deu as costas e, sem dizer uma palavra, afastou-se.

Quando Sybil retornou, pouco tempo depois, não encontrou ninguém na sala de estar.

Ao ir até o quarto da irmã, encontrou Madeleine deitada no sofá, parecendo exausta e empalidecida, mas com um leve sorriso e uma expressão de paz no rosto, como se tivesse realizado algum ato que sua consciência aprovasse. Ela chamou Sybil para ficar a seu lado e, tomando-lhe a mão, disse:

— Sybil, querida, você irá para o exterior comigo de novo?

— Claro que sim – respondeu a irmã. — Irei ao fim do mundo com você.

— Quero ir para o Egito – disse Madeleine com um sorriso fraco. — A democracia deixou meus nervos em frangalhos. Oh, que descanso seria viver na Grande Pirâmide e mirar para sempre a estrela polar!

3085. Cosmos Pictures Co. New York — Great Pyramid

CONCLUSÃO

De Sybil para Carrington:

Nova York, 1º de maio

Meu caro sr. Carrington,

Prometi escrever-lhe, e assim, para cumprir minha promessa, e também porque minha irmã deseja que eu fale sobre nossos planos, envio esta carta. Deixamos Washington – para sempre, creio eu – e vamos para a Europa no próximo mês.

Você deve saber que quinze dias atrás, lorde Skye ofereceu um grande baile à grã-duquesa de algum lugar absolutamente impronunciável. Nunca sou capaz de descrever as coisas, mas foi tudo muito bem. Usei um lindo vestido novo e foi um grande sucesso, garanto-lhe. Madeleine também estava maravilhosa, embora tenha tido de ficar sentada a maior parte da noite com a princesa – que estava muito malvestida! O duque dançou comigo várias vezes; ele não conseguia girar, mas isso não parece importar a um grão-duque.

Pois bem! As coisas chegaram a um ponto crítico no fim da noite. Segui suas instruções e, depois que chegamos em casa, entreguei sua carta a Madeleine. Ela diz que a queimou. Não sei o que aconteceu depois – uma cena tremenda, suspeito eu, mas Victoria Dare me escreve de Washington contando que todos falam da recusa do sr. R. por M., e de uma coisa terrível que aconteceu em nossa porta entre o sr. R. e o barão Jacobi no dia seguinte ao baile. Ela diz que houve uma briga física, e o barão o atingiu no rosto com a bengala. Você sabe como Madeleine tinha medo de que eles fizessem algo do gênero em nossa sala de estar. Fico feliz que tenham esperado até estarem na rua. Mas não é chocante? Dizem que o barão será mandado embora, ou convocado de volta, algo assim. Gosto daquele velho cavalheiro e, por causa dele, folgo em saber que os duelos tenham saído de moda, embora não acredite muito que o sr. Silas P. Ratcliffe pudesse acertar qualquer coisa. O barão passou por aqui há três dias a caminho de sua viagem de verão à Europa. Ele deixou o cartão em nossa residência, mas estávamos fora e não o encontramos. Estaremos lá em julho com os Schneidekoupon, e o sr. Schneidekoupon prometeu enviar seu iate ao Mediterrâneo, para que possamos navegar por lá depois de completar o percurso do Nilo e visitar Jerusalém, Gibraltar e Constantinopla. Acho que será muito agradável. Odeio ruínas, mas imagino que você pode comprar coisas deliciosas em Constantinopla. Claro, depois do que aconteceu, nunca poderemos voltar a Washington. Sentirei muita falta de nossos passeios a cavalo. Li A última cavalgada juntos, do sr. Browning, como você me sugeriu; achei bonito e muito tranquilo, de verdade. Nunca havia conseguido entender uma palavra dele antes – então nunca havia tentado. Adivinhe quem está noiva? Victoria Dare, com uma coroa e uma turfeira, e lorde Dunbeg preso a elas. Victoria diz que está mais feliz do que em qualquer outro de seus noivados e que tem certeza de que este é para valer. Ela diz que tem 30 mil por ano provenientes dos pobres da América, que também podem servir para aliviar um dos coitados da Irlanda.

Você sabe que seu pai era um agente de seguradora, ou algo assim, e o que se diz é que ganhou dinheiro enganando seus clientes a partir do que reivindicavam. Ela está doida para ser uma condessa e quer transformar o castelo Dunbeg em um lugar adorável sem demora e nos entreter a todos lá. Madeleine diz que ela é bem o tipo que fará um grande sucesso em Londres. Madeleine está muito bem e envia seus mais ternos cumprimentos. Acredito que ela vai adicionar um "Prometi deixá-la ler esta carta...", mas não acho muito divertido escrever ou receber uma carta supervisionada.

Esperando notícias suas,
Sinceramente sua,

Sybil Ross.

Dentro do envelope havia uma tira fina de papel contendo outra mensagem de Sybil, inserida no último momento e sem o conhecimento da sra. Lee:

Se eu estivesse em seu lugar, tentaria novamente depois de ela voltar para casa.

O P.S. da sra. Lee era muito curto:

A parte mais amarga de toda essa horrível história é que nove entre dez dos nossos compatriotas diriam que eu cometi um erro.

POSFÁCIO

POR BRUNO GAMBAROTTO

O anonimato do autor de *Democracia – Um romance americano*, publicado em um 1º de abril de 1880, foi decerto um dos mais bem guardados segredos do mundo editorial norte-americano. Até que a autoria fosse atribuída a Henry Adams pelo editor do romance, Henry Holt, em 1920 (dois anos depois da morte do autor), foram quarenta anos de reimpressões e resistência a especulações. Era certo, pela qualidade dos retratos políticos e pela intimidade que mostrava com o universo social de Washington, que se tratava de alguém familiarizado com os círculos do poder. Dentre os palpites mais notáveis, constam um importante jornalista da cidade (E. L. Godwin, editor do *Nation*, segundo as suspeitas de Theodore Rooselvelt, 26º presidente norte-americano), um brilhante cientista (Clarence King, responsável por um dos primeiros levantamentos geológicos do solo norte-americano), o ex-secretário de Estado de Lincoln (John Hay, na opinião do irmão de Henry Adams, Charles Francis Jr.) e a própria esposa do autor (Marian "Clover" Adams, como o pensava o sogro do escritor). Apenas uma resenhista, a britânica Mary Augusta Ward, relacionou a obra a um artigo de conteúdo reformista publicado por Adams na *North American Review*, revista da qual ele fora editor em 1872 e 1876.

Godwin, King e Hay compartilhavam com Marian a proximidade e a confidência do escritor. O foco da busca do autor no círculo de Adams tinha razão de ser: a partir de 1880, a casa

Bruno Gambarotto é tradutor, mestre e doutor em Teoria Literária e Literatura Comparada pela Universidade de São Paulo (USP).

dos Adams nas imediações da Lafayette Square (endereço de Madeleine Lee) seria a sede dos Five of Hearts, salão presidido por Marian e considerado, até seu suicídio, em 1885, um dos mais elegantes e bem frequentados de Washington, ponto de reunião e passagem de uma miríade nacional e internacional de literatos, artistas e políticos. A certa altura, cogitou-se que o romance era obra coletiva dos cinco fundadores do salão – os casais Adams e Hay e a figura errante de King.

Talvez os contemporâneos julgassem que a autoria exclusiva de Adams fosse uma suposição óbvia – e até perigosa – demais. Ali estava o herdeiro de uma das mais tradicionais dinastias políticas do país. Os Adams deram à vida pública norte-americana dois presidentes: o pai fundador John Adams (1797-1801) e seu filho, John Quincy Adams (1825-1829). Deste, descende uma geração de homens públicos (inclusive o pai de Henry, Charles Francis) dedicados à representação de seu estado natal, Massachusetts, e do país, na condição de diplomatas e funcionários de alto escalão.

A julgar pelo que o escritor registra em sua obra-prima autobiográfica, *The Education of Henry Adams*, todos os caminhos de sua formação – os primeiros passos em Harvard, os dois anos de estudo de direito na Alemanha (1858-1860), a temporada como secretário do pai em missão diplomática na Inglaterra (1861-1866) e os sete anos de carreira acadêmica como professor do Departamento de História em sua *alma mater* (1870-1877) – o levavam a Washington, onde a recusa à carreira propriamente política não trouxe prejuízo a sua circulação pelos corredores do Capitólio. Em sua atividade letrada são evidentes a consciência do poder como vocação familiar e a intimidade com as estruturas que orientam seu exercício como construtos históricos.

Parte dessa noção histórica da política está embutida no estranho título da obra. Em *Democracia – Um romance americano*, o subtítulo sugere uma qualidade estranha ao que, em princípio, é apenas um sistema político entre outros. Trata-se de algo intrínseco à vida americana, força que a move à aventura ou, lembrando o conceito histórico que Adams formula em *The Education*, "dínamo" que capta a energia dinâmica e a devolve como eletricidade a impulsionar o progresso histórico do "primeiro povo" (lembrando um exagerado John Jay em *The Federalist*) "ao qual o céu favoreceu com uma oportunidade de deliberar sobre as formas de governo sob as quais deveriam viver e escolhê-las".[1]

O dínamo permite que se pense a democracia americana como um *work in progress* que parte de sua concepção negativa – o *perigo democrático*, assim compatilhado pelos federalistas –, fúria de liberdade que destrói vínculos tradicionais e dissolve anarquicamente toda forma de autoridade (e à qual se contrapõe o *modelo representativo*, em que a *igualdade* é moderada por um sufrágio restrito, regulado por raça, gênero e propriedade) para chegar à sua *exaltação* a partir das décadas de 1820 e 1830, com o fim de uma ideia aristocrática de prática política e a inclusão definitiva dos contingentes urbanos como protagonistas do processo eleitoral e representativo.

Nesse panorama, é importante notar o papel tradicional, porém sempre em decadência, dos Adams: embora atentos às mudanças de paradigma político já nas primeiras décadas da República – como o demonstram as diferenças entre o aristocrático federalista John Adams, para quem a democracia era um regime fadado ao fracasso,[2] e o republicano democrático (a seguir a nomenclatura partidária da época) John Quincy –, e em geral representantes de posturas progressistas, sobretudo em relação à escravidão, os Adams permaneceram fiéis a uma limitada nobreza da prática política em face da democracia de massa que começava a ganhar forma na primeira metade do século XIX e se consolidaria no pós-Guerra de Secessão.

A perspectiva de Henry Adams em *Democracia* leva em conta essa tradicional inadequação familiar no que talvez tenha sido seu caso mais crítico – o do homem que, recusando qualquer carreira política, nunca deixou de viver em contato direto com o poder. No romance, essa inadequação se verifica na proliferação de *alter egos* marcados por algum nível de impotência ante o *status quo*. Como num prisma, eles estão tipologicamente presentes na miríade de figuras que frequentam o salão de Madeleine Lee – seja na vaidade do diplomata e historiador darwinista Nathan Gore e no jovial ímpeto reformista do deputado C. C. French, ambos presas fáceis do jogo político mais amplo; seja nos modos aristocráticos dos europeus presentes às reuniões, corpo diplomático do Velho Mundo sempre a lembrar, com razoáveis doses de cinismo, a mesquinhez e a corrupção que dominam o processo democrático local.

De modo mais doloroso, porém, o deslocamento de Adams tem contrapartida na grandeza ética, porém quixotesca, do advogado John Carrington, representante de um Sul cuja consciência não se rende ao escravismo e, mais do que isso, preserva com o Nordeste de Madeleine (e aqui falam as teses do historiador Adams) as afinidades morais que, nas primeiras décadas da República, foram decisivas para a formação de uma classe dirigente unida; e, principalmente, na descida da protagonista aos infernos da máquina política e sua amargura final. Como observa José Luis Orozco (*Henry Adams y la tragedia del poder norteamericano*), "o que assoma em Henry Adams é a consciência de que, de algum modo, seu mundo liberal norte-americano" – o do século XVIII, como Adams não se cansa de lembrar em *The Education* – "perdeu verossimilhança e vigência e que, com esse mundo, seus portadores anacrônicos devem marchar com a dignidade de sua superioridade".[3]

Essa é a postura decorrente do que se narra, em *The Education*, como a grande desilusão política de sua vida: a presidência de Ulisses S. Grant (1869-1877). Aguardado por "quatro quintos do povo americano" como um novo George Washington, o candidato do Partido Republicano estava munido de autoridade para reconduzir à normalidade as relações entre interesse público e privado, absolutamente corrompidas nos anos da guerra, e ditar termos justos e firmes à reintegração e reconstrução dos antigos estados confederados. Essa, ao menos, era a esperança do jovem autor, recém-retornado da bem-sucedida missão diplomática do pai e decidido a seguir a carreira de jornalista na capital federal. Apesar da vitória eleitoral acachapante e de uma maioria no Congresso garantida, o grande herói militar da União jamais seria capaz de levar a cabo a moralização da administração pública: não só suas duas administrações foram marcadas pela escalada das grandes fortunas derivadas da especulação, do tráfico de influência e informação privilegiada e da corrupção de agentes públicos, como nelas se consagrou também um tipo político específico, absolutamente voltado às disputas partidárias e à defesa dos interesses plutocráticos e descolado, portanto, de sua função representativa. Adams não precisou esperar sequer as notícias dos primeiros escândalos: durante o anúncio do gabinete de Grant o jovem literato se viu abatido por uma "súbita revolução que, em cinco minutos, transformou seus projetos de futuro em um absurdo tão risível que só lhe restava sentir vergonha de si". Em carta ao irmão Charles Francis Jr., anos depois, Henry comentaria: "Grant destruiu minha vida e a última oportunidade de erguer a sociedade de volta a um patamar elevado".[4]

O ambiente político, as circunstâncias e os protagonistas das administrações Grant e de seu sucessor, Rutherford Hayes, servem de modelo direto à ação de *Democracia*. No que toca à composição do fictício presidente recém-eleito, natural de Illinois e do qual só conhecemos o nome (Jacob), eram claras aos contemporâneos as referências aos dois mandatários reais: a ambos, por sua origem (Ohio) simbolicamente ligada ao avanço norte-americano para o Oeste; a Grant, por representar um Poder Executivo fraco; e a Hayes, pelas circunstâncias de sua nomeação como candidato, que eliminam da disputa à presidência, pelo Partido Republicano, aquele que inspira o grande protagonista político do romance. Mais importante do que as referências a Grant e Hayes na composição da figura frágil e grosseira do presidente eleito (em *The Education*, Adams descreve Grant como um "tipo pré-intelectual", uma espécie de "homem das cavernas") é a clara identificação de Silas P. Ratcliffe com James Gillespie Blaine, que, como seu correlato em *Democracia*, é o mais importante e hábil político de todo o

233

pós-guerra. Ambos iniciam suas carreiras no Partido Republicano de Lincoln alinhando-se à defesa da União e ao abolicionismo e tornam-se figuras centrais das duas casas do Legislativo, exercendo liderança que os qualifica a cargos-chave do Executivo. O político do Maine duas vezes nomeado secretário de Estado (1881 e 1889-1892) e o fictício secretário do Tesouro, natural de Peonia, Illinois, compartilham também a ambição à presidência – e o fracasso de ambos em suas primárias se converte em reforço de uma ambição que a contrapartida real da personagem futuramente realiza, com sua nomeação em 1884, pelo Partido Republicano, para concorrer contra o democrata Grover Cleveland em uma eleição definida por uma margem de cerca de 1.200 votos em favor do democrata.

Mais do que a honra de ser o primeiro *roman à clef* da política norte-americana, o que faz de *Democracia* um dos poucos do gênero a perdurar para além das circunstâncias de sua produção é a qualidade da construção ficcional e da análise decalcada da realidade política. Blaine é compreendido, a partir da figura de Silas P. Ratcliffe, como a mais bem-acabada realização política dos Estados Unidos de então: um homem vulgar, sem cultura e sem escrúpulos, que unicamente "bebe, come e respira política" (como o senador republicano John Sherman descrevia o comportamento de Blaine). Aos olhos de Madeleine Lee, porém, a crueza de Ratcliffe vem acompanhada de uma ambiguidade: será ela tributária de um princípio de vitalidade selvagem, em outros contextos já domesticado e enfraquecido pela civilização que a viúva nova-iorquina representa; ou seu comportamento não passa de brutalidade predatória derivada de um rebaixamento geral da prática política por obra do poder econômico, que necessita do controle e da subserviência dos operadores políticos para a satisfação de uma ganância desenfreada? Aqui não entra em questão a mera avaliação da moralidade política, mas uma análise do quanto sua prática, compreendida sob um viés cultural e psicológico, é afetada pelas circunstâncias históricas. A força da reflexão justifica o fato de Silas P. Ratcliffe ter sobrevivido a seu inspirador.

Em seu anacronismo de "homem do século XVIII", Adams cultiva um distanciamento histórico que lhe permite avaliar a prática política sob as contingências do sistema em que ela opera (o da democracia representativa) e a partir do quadro específico da vida social de seu país.

A democracia norte-americana em 1880 tinha diante de si grandes perspectivas: o fim das tensões históricas em torno da escravidão e a colonização dos territórios do Oeste, com sua incorporação definitiva à União, são um divisor de águas na história da república, inaugurando uma revisão importante do entendimento do empreendimento civilizatório iniciado, no século XVII, pelas colônias britânicas da América do Norte. A sedução que a vitalidade de Ratcliffe exerce em *Democracia* tem por fundo esse vigor natural e a possibilidade de revitalização de uma experiência social que a Guerra de Secessão levara a um esgotamento. Esse Oeste, porém, há de conviver com outra leitura, propriamente adamsiana: a de promover a desvirtuação dos propósitos morais e o esvaziamento das instituições legadas pelos colonos puritanos e os pais fundadores. Segundo escreve Adams num ensaio presente em sua *History of the United States of America during the First Administration of Thomas Jefferson* (1889),[5] a civilização que chega ao Oeste no século XIX "raramente estava iluminada por uma ideia"; seus representantes "não buscaram lugar para nenhuma nova verdade, tampouco almejaram criar, como os puritanos, um governo de santos ou, como outros, um governo de amor e paz; tais experimentos foram por eles deixados para trás, restando-lhes apenas a luta com os problemas mais duros da vida da fronteira".

O narrador de *Democracia* descreve o trabalho do "grande estadista" Ratcliffe nos seguintes termos: "A beleza de seu trabalho consistia na habilidade com que escapava das questões de princípio". O percurso de Madeleine coincide com o desencantamento dessa ausência de princípios: a liberdade vigorosa que inicialmente seduz a viúva, convidando-a a adentrar as profundezas da política, converte-se em mera "ignorância semibárbara", "luxúria de poder, anseio pela confusa vacuidade da liberdade selvagem como aquela na qual índios e lobos se deleitavam".

Tal vazio (tão próximo, em sua analogia com a vida selvagem, da descrição do escritório político de Ratcliffe) não seria possível sem a transformação da experiência do Oeste – e da política norte-americana da chamada Era Dourada (1870-1895) – no que Adams entendia ser a vulgaridade inescrupulosa do capitalismo monopolista que passa a dominar o Estado norte-americano, corrompendo a prática política com seu cinismo e convertendo a liderança em demagogia e a sociedade em escória. Através dos olhos de Madeleine, Adams se constrange menos diante da fraude eleitoral confessada por Ratcliffe, que (como observa o próprio) altera o resultado de uma eleição presidencial e fere princípios políticos fundamentais, do que com o recolhimento de propina para o pagamento de dívidas de campanha e o enriquecimento próprio, que revela a redução do jogo político ao interesse do grande capital. O episódio da fraude eleitoral (que remete abertamente às controvérsias em torno da eleição de Rutherford Hayes e às negociações para a garantia de sua posse) preserva, ainda que residualmente, a autonomia da política como fundamento da vida coletiva. Já no pecadilho da propina residia algo mais grave: o poder econômico reduzira o Estado, dentro do qual os representantes de uma sociedade plural encontravam unidade de princípio e base de diálogo (*ex pluribus unum*) para construção do bem comum, em um corpo político sem vida.

NOTAS

1. Citado por John Dunn. *A história da democracia: um ensaio sobre a libertação do povo*. São Paulo: Editora Unifesp, 2016, p. 119.

2. "A democracia nunca foi, tampouco pode ser, tão durável quanto a aristocracia ou monarquia; e enquanto ela dura, é mais sangrenta do que ambas. [...] Lembre-se: a democracia nunca dura. Logo perde o vigor, logo se exaure e se mata. Nunca houve democracia que não tenha cometido suicídio." Carta a John Taylor, 14 de dezembro de 1814.

3. José Luis Orozco. *Henry Adams y la tragedia del poder norteamericano*. México D.F.: Fondo de Cultura Económica, 1985, p. 100.

4. Citado por B. H. Gilley. "*Democracy*: Henry Adams and the Role of the Political Leader". *Biography*, v. 14, n. 4 (inverno, 1991), pp. 349-65. University of Hawai'i Press.

5. Citado por Orozco, *op. cit.*, pp. 111-112.

LEGENDAS DAS IMAGENS

pp. 2-3 Mercado financeiro, Broad Street, Nova York. [Detroit Publishing Co., c. 1906.]

p. 11 Vista do North Garden e Lafayette Square a partir da Casa Branca, Washington, D.C. [Frances Benjamin Johnston, 1897.]

pp. 12-13 Estátua de Andrew Jackson, Lafayette Square, Washington, D.C. [William Henry Jackson, Detroit Publishing Co., 1880-1897.]

pp. 28-29 Capitólio, Washington, D.C. [William Henry Jackson, Detroit Publishing Co., 1880-1897.]

pp. 46-47 Câmara do Senado, Capitólio, Washington, D.C. [T.W. Ingersoll, c. 1898.]

pp. 58-59 Biblioteca do Congresso vista a partir do domo do Capitólio, Washington, D.C. [William Henry Jackson, Detroit Publishing Co., 1880-1897.]

p. 75 Casa Branca, Washington, D.C. [c. 1870.]

pp. 76-77 Mount Vernon, Virginia. [Detroit Publishing Co., 1880-1910.]

p. 95 Túmulo de George Washington, Mount Vernon. [Virginia. Bell & Bro., 1860-1870.]

pp. 96-97 Sala do Presidente, Capitólio, Washington D.C. [1860-1930.]

pp. 114-115 Edifício do Departamento do Tesouro dos Estados Unidos, Washington, D.C. [William Henry Jackson, Detroit Publishing Co., 1880-1897.]

pp. 132-133 Custis-Lee Mansion (hoje Arlington House), Arlington, Virginia. [Detroit Publishing Co., 1910-1920.]

pp. 150-151 Rock Creek. Ervin S. Hubbard. [George Washington University Libraries. 10 de março 1895.]

pp. 168-169 Legação Britânica. [1918-1920.]

pp. 188-189 Palacio Nacional, Cidade do México, México. [Abel Briquet, 1880-1900.]

p. 203 Salão de Corcoran House, na antiga esquina de H Street e Connecticut Avenue NW, Washington, D.C. [Frances Benjamin Johnston, 1890-1910.]

pp. 204-205 Casas na altura do número 1721, H Street, Washington, D.C. [Ervin S. Hubbard. George Washington University Libraries. 18 de março 1894.]

pp. 223 e 227 Pirâmide de Quéops, planalto de Gizé, Egito. [Cosmos Pictures Co., 1890-1902.]

Library of Congress Prints and Photographs Division Washington, D.C.
Internet Archive (fotos das páginas 150-151 e 204-205)

© Editora Carambaia, 2019
Título original: *Democracy – An American Novel*
[Nova York, 1880]

Preparação
Juliana Araujo Rodrigues

Revisão
Ricardo Jensen Oliveira e Cecília Floresta

Projeto gráfico
Estúdio Lógos: Julio Mariutti e Maria Cau Levy

Diretor editorial: Fabiano Curi
Editora-chefe: Graziella Beting
Editora: Ana Lima Cecilio
Editora de arte: Laura Lotufo
Assistente editorial: Kaio Cassio
Produtora gráfica: Lilia Góes
Gerente administrativa: Lilian Périgo
Coordenadora de marketing e comercial: Renata Minami
Coordenadora de comunicação e imprensa: Clara Dias
Assistente de logística: Taiz Makihara
Auxiliar de expedição: Nelson Figueiredo

Editora Carambaia
Rua Américo Brasiliense, 1923, cj. 1502
04715-005 São Paulo SP
contato@carambaia.com.br
www.carambaia.com.br

CIP-BRASIL.
CATALOGAÇÃO NA PUBLICAÇÃO
SINDICATO NACIONAL DOS
EDITORES DE LIVROS, RJ

A176d
Adams, Henry, 1838-1918
Democracia: Um romance americano / Henry Adams; tradução e pósfacio Bruno Gambarotto.
1. ed. – São Paulo: Carambaia, 2019.
240 p.; 23 cm.

Tradução de: *Democracy: An american novel*
ISBN 978-85-69002-67-3

1. Romance americano.
I. Gambarotto, Bruno. II. Título.

19-59850   CDD: 813   CDU: 82-31(73)
Meri Gleice Rodrigues de Souza
Bibliotecária CRB-7/6439

O projeto gráfico desta edição partiu da ideia da imagem, mencionada logo no primeiro capítulo, da democracia como um teatro. Ao longo do livro inteiro há um movimento de abrir e fechar de cortinas, desde a capa mais estreita que o miolo até a última página, passando pela mancha azul que diferencia os capítulos. Além das cores da bandeira e do uso de fotografias da época do romance, as duas tipografias usadas – Franklin Gothic na capa e nas aberturas de capítulo, Century no corpo do texto – também são desenhos norte-americanos feitos na virada do século XIX para o XX.

O livro foi impresso em papel Munken Print Cream 80 g/m² em outubro de 2019, na gráfica Ipsis.

Este exemplar é o de número

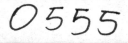

de uma tiragem de 1.000 cópias